A VERDADE SOBRE OS
INCAS

ROSELIS VON SASS

A VERDADE SOBRE OS
INCAS

10ª edição

ORDEM DO GRAAL NA TERRA

Editado pela:
ORDEM DO GRAAL NA TERRA
Rua Sete de Setembro, 29.200
06845-000 – Embu das Artes – São Paulo – Brasil
www.graal.org.br

1ª edição: 1977
10ª edição: 2024
Revisada

Dados Internacionais de Catalogação na Publicação (CIP)
(Câmara Brasileira do Livro, SP, Brasil)

Sass, Roselis von, 1906–1997
    A verdade sobre os Incas / Roselis von Sass. – 10. ed. – Embu das Artes, SP : Ordem do Graal na Terra, 2024.

    ISBN 978-85-7279-053-6

    1. Incas - História 2. Mistérios I. Título.

24-216786   CDD-001.94

Índices para catálogo sistemático:

1. Incas : Civilização antiga 001.94

Eliane de Freitas Leite - Bibliotecária - CRB 8/8415

Copyright © ORDEM DO GRAAL NA TERRA 1977
Direitos autorais: ORDEM DO GRAAL NA TERRA
Registrados sob nº 22.893 na Biblioteca Nacional

Impresso no Brasil
Papel certificado, produzido a partir de fontes responsáveis

Que este livro traga alegria e esclarecimentos sobre a vida do último povo ligado à Luz que viveu na Terra.

Roselis von Sass

"INÚMERAS SÃO AS COISAS QUE NO COLOSSAL MAQUINISMO DO UNIVERSO COPARTICIPAM NA 'VIDA' DO SER HUMANO; NADA EXISTE, PORÉM, A QUE O PRÓPRIO SER HUMANO NÃO TENHA INICIALMENTE DADO ORIGEM."

Abdruschin
"NA LUZ DA VERDADE"
Destino

INTRODUÇÃO

A História dos incas! Na verdade se deveria dizer "episódios da História dos incas". Os incas constituíam uma estirpe de líderes. Isso já o próprio nome expressa. Pois "inca" significa "senhor", isto é, uma pessoa com consciência do poder e também possuidora desse poder. O poder outorgado aos incas originou-se de seu elevado saber espiritual, de seu amor à Luz e a todas as criaturas, de sua confiança, de sua alegria de trabalhar e de sua pureza...

Os historiadores já há muito procuram decifrar a História desse povo, sem terem chegado até hoje a um resultado... Seu aparecimento misterioso e seu repentino desaparecer... O "aparecer" dos incas ainda seria compreensível aos pesquisadores, pois, já muito antes dos incas, povos antigos haviam surgido como um cometa, perdendo depois de certo tempo sua importância e desaparecendo a seguir...

O que, porém, nenhum dos pesquisadores compreendeu até hoje, foi o comportamento dos incas perante os invasores espanhóis. Por que opuseram tão fraca, sim, até nenhuma resistência ante aquela cobiçosa horda espanhola? Por que essa indiferença?

Como pôde acontecer que um povo culto como eles, que possuía um Estado tão bem organizado, se deixasse tiranizar e explorar por um punhado de aventureiros e assassinos europeus?

Para responder a tais perguntas é preciso conhecer alguns acontecimentos que cerca de duzentos anos antes da invasão espanhola começaram a efetivar-se... Foram acontecimentos infelizes, que impressionaram os incas profundamente e os quais também tornam compreensível o seu estranho comportamento posterior. Neste livro serão narrados esses acontecimentos que trouxeram consigo tanto sofrimento.

Antes, porém, de chegarmos a essa parte da História, devemos conhecer o povo inca. Sua vida nos altiplanos quase inacessíveis dos Andes... Seu êxodo quando deixaram esses vales e, depois, a fundação de sua nova pátria, a dourada Cidade das Flores*... Essa cidade sempre permaneceu o centro do posterior grande reino inca.

Também sua vida nos primeiros decênios e algumas ocorrências importantes desse tempo na nova pátria terão de ser mencionadas, a fim de se poder compreender a índole e a atitude deles perante o mundo exterior...

O ouro! Os incas sempre estavam envoltos por ouro. Nos rios, riachos e rochas, frequentemente havia largos veios de ouro à vista. Encontravam-se grandes pepitas. Estas davam a impressão de terem sido fundidas outrora sob o efeito de forte calor e depois, ao esfriarem, moldaram-se em grandes pedaços... A maior parte do ouro os incas encontraram nas regiões andinas, hoje pertencentes à Bolívia.

O que o ouro significava para os incas? Sempre se rodeavam de ouro... No ouro viam o irradiar do sol. Ouro significava para eles beleza, alegria, adorno. Cobriam as colunas e as paredes de seus templos com ouro... Pois o ouro fazia parte de sua fé, de sua religião, porque esse metal ainda trazia em si, segundo sua opinião, um vislumbre da eternidade...

A contemplação do ouro provocava uma espécie de iluminação intuitiva neles, pela qual então criavam suas obras de arte. Eram obras de arte raras, não ficando em nada atrás dos tesouros egípcios que hoje podem ser admirados nos museus do Cairo, de Paris e de Londres. Desaparecidos estão os preciosos tesouros, assim como os próprios incas também desapareceram diante dos olhos dos conquistadores...

Algumas poucas peças desses tesouros escaparam da pilhagem, podendo ser vistas no "Museo del Oro", em Lima...

Contudo, no "Museo del Oro" não se veem apenas as poucas obras de arte de ouro dos incas que permanecem até hoje conservadas. Ao lado desses testemunhos de uma cultura desaparecida, encontram-se também objetos que fazem recordar com pavor os conquistadores do outrora pacífico reino inca, de tão elevado nível. São as armas dos invasores e conquistadores europeus, ávidos por ouro...**

Ouro e armas! Um conjunto que não poderia ser mais significativo na época atual...

---

* Atual Cuzco, Peru.
** Oficialmente denominados Museos "Oro del Perú" – "Armas del Mundo".

PRIMEIRA PARTE

A FUNDAÇÃO DO IMPÉRIO INCA

CAPÍTULO I

A CULTURA SUL-AMERICANA

Os Povos Pré-incaicos

A História dos povos altamente desenvolvidos que habitaram a América do Sul há milênios certamente jamais será esclarecida totalmente, uma vez que nenhum desses povos deixou um sistema de escrita que pudesse dar informações sobre eles. Pode-se falar de culturas esquecidas que despertaram o interesse da ciência há um tempo relativamente curto.

Os povos, seus nomes e idiomas foram levados pelo vento. Mas a quantidade de descobertas arqueológicas indica seu elevado grau de cultura. Descobriram-se ruínas que dão testemunho da magnífica arte arquitetônica desses povos desaparecidos. Essas pedras em decomposição falam a sua própria língua... Contudo, onde está o ser humano capaz de interpretá-la?

O artesanato também alcançou um alto grau de desenvolvimento. O mesmo pode-se dizer dos trabalhos em metais. Isto se tornou evidente através dos preciosos utensílios e maravilhosas joias de prata e ouro que foram encontrados. Também as cerâmicas pintadas em cores vivas e as estatuetas de pedra, encontradas em escavações feitas em muitos locais, dão testemunho do senso artístico desses povos desconhecidos.

Fala-se hoje de culturas *chavín, tiahuanaca, paracas, mochica*, etc. São todos nomes de localidades, onde foram feitas descobertas importantes. Fazem parte disso a cultura *nazca* e ainda outras mais.

Próximo a Chavín de Huántar, por exemplo, foram descobertas ruínas de templos e sepulturas, onde se encontravam joias de prata e ouro artisticamente trabalhadas. Essa localidade encontra-se num vale no norte do Peru. Nada se conhece do povo que outrora ali habitou.

No centro da região costeira do Peru, aliás perto de Moche – daí o nome cultura mochica – descobriram-se ruínas e restos de um aqueduto de pedra elevado, testemunhando igualmente o alto grau de desenvolvimento de um povo que aí viveu em tempos remotos. Junto a Moche descobriu-se, além disso, uma pirâmide. Na ponta achatada havia outrora, ainda nitidamente reconhecível, um templo. O achado de uma pirâmide, em si, não é nada excepcional, pois nas Américas do Sul e Central encontram-se muitas pirâmides. Umas bem conservadas, outras desmoronadas ou até já transformadas em pó. A pirâmide encontrada perto de Moche é notável, devido ao seu tamanho extraordinário. De acordo com as afirmações de Franz Braumann em seu livro "Sonnenreich des Inka" (O Reino Solar dos Incas), foram utilizados para a construção dessa pirâmide cento e trinta milhões de tijolos secos ao sol.

Distante, ao sul, na deserta península de Paracas, também foram descobertos resquícios de um povo culto. Além das instalações de sistemas de irrigação e de muitas sepulturas, foram encontrados nas cavernas dessa península rochosa centenas de esqueletos humanos em posição sentada. O extraordinário nesses esqueletos eram as mortalhas que os envolviam e que nada tinham perdido da vivacidade de suas cores. Essas mortalhas eram constituídas de tecidos finos com bonitos bordados, guardadas hoje em diversos museus da Europa e da América do Norte. O ar seco das cavernas conservou esses tecidos, especialmente impregnados, com toda sua beleza até os dias atuais.

Deveriam ser mencionadas ainda as ruínas com a famosa Porta do Sol, ao sul do lago Titicaca. O local ali é chamado Tiahuanaco, por isso a expressão *cultura tiahuanaca*.

Todos esses povos já haviam ultrapassado seu clímax antes de os incas aparecerem. Seus destinos parecem ter sido semelhantes aos dos romanos, dos gregos e dos egípcios. Desenvolveram-se até certo limite, a partir do qual houve então uma decadência rapidíssima, provavelmente por motivos relacionados às suas religiões.

Em contraste com as religiões da América Central, como a dos astecas, dos maias, etc., não se encontrou, nos países sul--americanos, indícios de atos de culto com sacrifícios humanos.

O povo de Tiahuanaco começou a venerar, certo dia, ídolos de animais, como o puma e o condor. Esse culto parecia ter-se alastrado a partir dali, pois os mesmos ídolos de animais foram encontrados em diversas escavações nos vales altiplanos dos Andes e regiões costeiras.

Agora, ainda alguns esclarecimentos sobre as inúmeras pirâmides descobertas nas Américas do Sul e Central. Trata-se sempre de pirâmides com degraus, os quais conduzem a um alvo elevado, geralmente um templo. Esse tipo de construção surgiu pouco depois de os sábios desses povos receberem a notícia da Grande Pirâmide, perto de Gizé, e seu significado. Ninguém poderia imitar essa única e tão distante obra. Todos os que conheciam o segredo da Grande Pirâmide estavam cientes disso. Gostavam, no entanto, desse tipo de construção. Poderiam construir um outro tipo de pirâmide em seus países. Pirâmides com degraus. Degraus que conduzissem a um alvo elevado.

Por esse motivo as pirâmides das Américas do Sul e Central não possuíam pontas, mas sim grandes plataformas onde eram erigidos templos. Cada degrau representava uma fase do desenvolvimento na vida humana que tinha de ser vivenciada plena e integralmente. A subida, muitas vezes, era penosa. Contudo, sem esforços, jamais se poderia alcançar um elevado alvo espiritual.

A subida e a entrada nos templos das pirâmides, situados no alto, eram sempre um acontecimento festivo na vida daqueles seres humanos. Como no espírito, assim também acontecia na Terra. Quem ficasse parado, cansado, no meio do caminho, ou até retrocedesse, ao invés de continuar a subida penosa, para esse não haveria nenhuma realização, nem na Terra nem no espírito.

As doutrinas ligadas às pirâmides de degraus eram tão compreensíveis e nítidas, que mesmo o mais simples ser humano podia compreendê-las e aceitá-las com alegria. Isso, contudo, não permaneceu assim. Certo dia, surgiram heresias também nesses povos, causando pouco a pouco a decadência espiritual e, por fim, também a terrena.

Os Incas

E os incas? Onde estavam os incas e o que faziam enquanto outros povos das Américas do Sul e Central construíam templos e pirâmides, criando obras de arte que atravessaram milênios?

Historicamente, sabe-se que os incas surgiram de modo misterioso, desaparecendo certo dia também misteriosamente. Consta que o Império Inca, quando conquistado por Pizarro (1532–1554), abrangia os países hoje denominados Equador, Peru, Bolívia, a metade norte do Chile e uma parte da Argentina. Foi um grande império, com um sistema estatal exemplar, composto de muitos povos "subjugados", império esse governado com severidade pelos incas, que eram todos autocratas.

Corresponde à verdade o fato de o Império Inca ser composto de muitos povos. Mas em momento algum foi utilizada a força das armas para dominar outros povos. Tratava-se sempre de uniões voluntárias, não procuradas pelos incas, mas sim pelos respectivos povos. Seriam os incas realmente autocratas? Se foram, então utilizavam seu poder e sua influência sempre em benefício do todo, jamais em proveito próprio. Na realidade, desde o início, sem se tornarem conscientes disso, criaram um Estado com promoção social no mais verdadeiro sentido da palavra, pois, em todos os tempos, davam mais do que recebiam.

Vozes! Vêm de muito longe... Falam da grandeza de um povo proveniente dos altiplanos dos Andes e que em amor, bondade e sabedoria estava ligado a tudo quanto é criado... Era um povo que há dois mil anos ainda estava livre de culpas...
"Somos pastores na Terra", dizia esse povo de si mesmo. "Pastores em nome do deus do Sol, 'Inti'!"
"Devemos proteger, guiar e ensinar, assim como nós fomos protegidos, guiados e ensinados por poderes superiores..."
Procuramos e encontramos os seres humanos que outrora assim falavam! Pois nada se perdeu do que ocorreu desde o nascimento do primeiro ser humano na Terra. Tudo o que aconteceu no decorrer dos tempos ficou registrado e guardado. Não, nada se perdeu. Pode-se dizer também que toda a vida humana, que começou na Terra há três milhões de anos, foi filmada e guardada até que todos os destinos humanos se cumpram na lei da justiça.

A Vida nos Altiplanos

Nossa história começa há cerca de dois mil anos, mas o povo que se denominava "pastores do deus do Sol, Inti", já existia havia muitos e muitos milênios. Segundo as tradições, esse povo originava-se de um país que havia longos tempos submergira no mar.

O país por eles chamado "país do Sol" afundou, sim, nas águas do mar, contudo somente quando também o último membro desse povo havia sido posto em segurança pelos servos do senhor do Sol...

Já desde muitos milênios, esse povo compunha-se de seres humanos que se esforçavam por conhecimentos e sabedoria, percebendo muito do que acontecia fora da Terra. Pode-se dizer também que ainda possuíam o sexto sentido; por isso, nada do que ocorria entre "o céu e a Terra" lhes permanecia enigmático. No que diz respeito aos costumes desse povo, já eram, naquele tempo, altamente civilizados.

A pátria desses seres humanos, denominados incas, situava-se nos vales dos Andes, numa altitude de três mil a quatro mil metros e era de difícil acesso. Eram vales cobertos de capim verde-claro, cheio de seiva, com riachos de água cristalina, cascatas ruidosas e pequenos lagos no meio das montanhas. As grandes águias e falcões andinos voavam alto sobre os vales, e nas épocas de colheita chegavam bandos de pássaros das florestas, situadas mais embaixo, a fim de buscar o seu quinhão dos grãozinhos vermelhos de quinoa brava, um cereal parecido com o arroz.

Lhamas, alpacas, cabras selvagens, vicunhas, perus e galinhas cinzentas das montanhas alimentavam-se nos vales e nas encostas, refrescando-se nos riachos. Todos os animais aproximavam-se dos seres humanos sem nenhum receio. Nunca eram caçados ou torturados de modo algum. O medo que o ser humano de hoje provoca nos animais era-lhes desconhecido. Mesmo o puma preto malhado de cinza não era exceção nisso. Muitas vezes as fêmeas dos pumas permitiam que as crianças brincassem com seus filhotes. Os incas diziam que as mães puma vinham apresentar orgulhosamente seus filhotes aos seres humanos...

Os incas estavam sempre cercados por ouro. Grãos de ouro brilhavam no fundo dos riachos. Grandes pepitas eram encontradas entre o cascalho e em depressões, e veios de ouro traspassavam os paredões das rochas. O ouro significava para eles o reflexo do Sol na Terra. Apesar dos meios primitivos de que dispunham, os ourives confeccionavam diversas joias, como braceletes, ornatos para cabelos e também copos, tigelinhas e sininhos.

Nos vales, quentes durante o dia, faziam plantações de milho, arroz vermelho, amendoim, mandioca, abóboras, cacau, uma espécie de tomate, etc. Os campos de cultivo situados nos paredões das montanhas e que subiam em forma de terraços eram seguros por muralhas habilmente levantadas. A água necessária às plantações era, muitas vezes, conduzida de fontes situadas a milhas de distância e em regiões muito elevadas. Distâncias não eram importantes para os incas.

O principal alimento dos incas, porém, era a batata. Havia muitos tipos: tubérculos brancos, marrons, pretos, vermelhos, rugosos e bulbos leves como uma pluma. Com esses últimos preparava-se uma nutritiva e duradoura provisão de viagem.

Mesmo frutas não faltavam aos habitantes dos altiplanos. Eles buscavam toda a sorte delas nos vales mais baixos e muito quentes, onde muitas vezes jorravam nascentes de água quente. Eram grandes e doces framboesas pretas e vermelhas, mamões, frutas-do-conde, abacates, cajus, jambos e ainda muitas outras espécies de frutas. Também colhiam nas regiões mais baixas grandes e suculentas folhas, uma espécie de espinafre e ervas de tempero.

Nesses vales, onde frequentemente reinava uma temperatura tropical, crescia também uma espécie de árvore de bálsamo. O óleo dessa árvore misturado ao óleo extraído do amendoim era muito usado para proteção da pele, tanto pelos homens como pelas mulheres.

Os incas também comiam carne. Aliás, carne de peru e de uma espécie de coelho que rapidamente se multiplicava. Esses coelhos tinham um pelo amarelado muito bonito e as peles eram utilizadas de diversas maneiras. Animais grandes, como por exemplo as vicunhas, nunca eram abatidos. Eles forneciam lã, com a qual confeccionavam os mais finos tecidos.

Os incas viviam, assim como seus antepassados, em pequenas casas de pedra encostadas aos paredões das montanhas, as quais eram construídas com tal perfeição, que de longe pareciam parte da montanha. Levantavam também construções grandes e baixas que serviam de "casas do conselho".

Como lugares de devoções, escolhiam grandes praças livres, situadas mais alto, em cujo centro colocavam um pedestal de barro azul. O barro azul encontrava-se em grandes quantidades nas sedimentações. Em cima do pedestal havia uma placa de ouro e nela colocavam um sino de ouro. Nessas praças os incas se reuniam para suas devoções. Quando todos estavam presentes, o sacerdote pegava o sino e o badalava quatro vezes. Em cada vez ele se dirigia para uma das quatro regiões do céu. Em tempos anteriores, tocadores de flautas apresentavam suas melodias após o badalar do sino. Disso, porém, tiveram de desistir, pois o som das flautas atraía tantos animais, que a praça de devoções parecia estar sitiada por eles.

Depois do toque do sino, entoavam canções, nas quais expressavam gratidão, felicidade e alegria. Orações, como a cristandade as conhece, eram para os incas tão estranhas como para todos os outros povos da antiguidade. Jamais teriam ousado dirigir pedidos ao Criador. Um tal pensamento nem lhes teria surgido. Suas canções eram totalmente traspassadas por seu amor à Luz.

As devoções realizavam-se duas vezes por mês. Sempre ao nascer do sol. Eram acontecimentos máximos na vida desses seres humanos.

Há dois mil anos, os incas já possuíam um calendário composto de figuras de pedra. E ele em nada ficava atrás do posterior e tão famoso calendário dos maias, que até hoje é considerado o mais exato da Terra. Os maias, aliás, receberam esse famoso calendário dos olmecas e toltecas, de modo que nem lhes cabe tal fama.

Não Havia Doenças

Os incas daquele tempo não conheciam doenças. Nasciam saudáveis, alimentavam-se corretamente e também respiravam de modo certo; assim, com saúde, podiam deixar a Terra, alcançando uma idade avançada. Seus sábios ensinavam que a duração da vida de cada um já estava determinada antes do nascimento. E que consequentemente todas as funções corpóreas durante o tempo previsto executariam seu trabalho sem perturbações. Portanto, não havia motivo algum para não devolver o corpo à terra, assim sem máculas, como fora recebido.

A expressão "morte" era estranha para os incas. Se alguém falecia, então ia para "a grande viagem". O nascimento chamavam de "a vinda". Uma vez que estavam sem culpas, ninguém temia "a grande viagem". Ela fazia parte de sua vida, assim como o nascimento – "a vinda".

Seus astrônomos olhavam frequentemente para o céu estrelado, seguindo as largas e estreitas estradas que conduziam para cima, para baixo e para os lados, e as quais ligam os astros entre si.

Essas estradas assemelham-se a faixas de neblina branca e reluzente, podendo ser vistas apenas por seres humanos capazes de traspassar a matéria grosseira. Os astrônomos de muitos povos antigos conheciam essas estradas que uniam os astros entre si. Esse conhecimento transformou-os em mestres insuperáveis no campo da astronomia...

    Os incas tinham também consciência de que em seus vales havia condições de vida apenas para um bem determinado número de pessoas. Por isso, cuidavam muito para não ultrapassar esse número. Esse também era o motivo de poucas crianças nascerem. Do sétimo ao décimo segundo ano de vida, as crianças eram livres. Podiam ir e vir, brincando onde quisessem. Geralmente deixavam os lares ao nascer do sol, voltando somente pouco antes de "os olhos da noite" reluzirem no céu.

    As crianças passavam seus dias frequentemente nos distantes pastos, onde brincavam com filhotes de alpacas, lhamas ou carneiros. Sentindo fome, buscavam framboesas que vicejavam nas encostas. Acontecia também de entrarem nas grutas a fim de visitar os pumas, ou subiam até os ninhos das águias, para ver quantos ovos havia.

    Os pais deixavam, despreocupados, seus filhos saírem para onde quisessem. Pois as crianças nunca estavam sozinhas. Estavam sempre acompanhadas pelos pequenos, porém poderosos, guardiões, os *pillis*. E os *pillis* eram dignos da confiança que os pais neles depositavam. Nunca acontecia nenhum mal às crianças, embora se movimentassem por declives íngremes ou escalassem encostas até os ninhos das águias, de difícil acesso. A pele das crianças, naturalmente, ficava em geral cheia de escoriações por causa das pedras, ou arranhada pelos arbustos espinhosos. Mas isso era tudo.

    No quinto ano de vida, cada criança recebia um nome. Esse nome era gravado num disco de ouro que representava o Sol, o qual era pendurado numa fita em torno do pescoço. Todo inca orgulhava-se de seu disco do Sol, do qual nunca se separava. Era, de certo modo, a prova de pertencer ao senhor do Sol, Inti.

O Cometa

    Os incas eram um povo feliz. Feliz no espírito e feliz na Terra. Sonhavam ainda com um paraíso, quando todos os outros povos já haviam perdido o caminho que conduzia a esse paraíso.

Muito aconteceu desde aquele tempo até os dias de hoje. Os vales, com seus campos de cultivo dispostos em terraços, desapareceram. Erupções vulcânicas, terremotos e desmoronamentos soterraram tudo o que o ser humano outrora ali edificou.

Antes, porém, que os *espíritos** das montanhas pusessem as pedras em movimento, o feliz povo dos incas foi levado embora. Para longe, para um país onde se cumpriria seu destino.

Então chegou o dia que se tornou inesquecível para os incas. Tinham acabado de se reunir na sua praça de devoções e, como sempre faziam, olhavam para o céu com os braços erguidos, a fim de cumprimentar o Sol. Foi quando viram a extraordinária coloração que lá havia. O Sol estava rodeado por amplos círculos coloridos, parecendo vibrar de algum modo. Mas não somente os círculos se moviam. Toda a atmosfera encontrava-se em vibrante movimentação. Antes mesmo de saber o que estava acontecendo, ouviram um bramir. Um bramir diferente misturado a vozes jubilosas.

E antes de compreenderem o que estava ocorrendo, vários exclamaram:
— Um cometa! Um cometa!

Sim, um cometa movimentava-se no céu. Um cometa com uma cauda tão comprida, que se estendia de um lado a outro do céu.

— Esse não é um cometa comum! disse um dos astrônomos pensativamente. É de outra espécie. É um anunciador. A vinda de um cometa assim, na Terra, sempre está ligada a um acontecimento de âmbito mundial.

Cheios de devoção e com um anseio inconsciente no coração, todos olhavam para o céu.

— Ele se distancia de nós! disse uma das mulheres, enquanto lágrimas lhe escorriam pelas faces.

De repente, todos começaram a soluçar. Choravam como se uma dor desconhecida tivesse abalado suas almas. Mas na dor escondia-se também uma alegria desconhecida. Ninguém sabia o que lhes acontecia. Sentimentos intuitivos os mais contraditórios afluíam neles.

— Por que estamos chorando? perguntou uma moça. As vozes que ouvimos eram cheias de júbilo.

---
* Enteais.

As lágrimas abalaram esses seres humanos que não conheciam o sofrimento e que durante suas vidas derramavam apenas poucas lágrimas.

Os astrônomos seguiram com os olhos de seu espírito o rastro do cometa. Para que parte da Terra e a que povo teria sido enviado?

— Ele anuncia o nascimento de um espírito de sublimes alturas. Isso já aconteceu várias vezes, desde que existem seres humanos na Terra! disse um deles.

O historiador acenou com a cabeça, concordando. Das tradições, ele tivera conhecimento de um cometa que há longos tempos também se tornara visível na Terra, anunciando um nascimento elevado.

O bramir desapareceu, e as cores brilhantes em volta do Sol se apagaram. Quem seria o elevado espírito, que viera para a Terra acompanhado de um cometa?

O Sublime, em quem todos estavam pensando, nascera, nesse ínterim, num estábulo em Belém. Só que... esse nascimento aconteceu doze anos antes da data fixada pelos dignitários eclesiásticos, como data do nascimento de Jesus.

Os incas jamais esqueceram o cometa, pois no mesmo dia cumpriu-se a profecia a eles retransmitida por seus antepassados.

Foi pouco antes do pôr do sol. Os sábios, todos eles clarividentes e clariaudientes, reuniram-se numa das casas do conselho. O aspecto do cometa desencadeara neles os mais contraditórios sentimentos. Inquietação, expectativa alegre, tristeza...

— Está chegando um mensageiro! disse o sacerdote, interrompendo o silêncio.

— Um mensageiro?

Alegria esperançosa perpassou a todos. Escutando, levantaram a cabeça. Quase no mesmo momento, ouviram o tinir específico de sino, que anunciava os "mensageiros". Parecia-lhes como se todo o ar estivesse impregnado pelos sons de sinos. De repente, uma neblina branca perpassou o recinto, e os sinos silenciaram.

Envolta pela névoa branca, via-se uma figura alta. Durante um momento tornou-se visível um rosto moreno-dourado com olhos indescritivelmente brilhantes, e uma voz sonora ecoou pelo recinto. Os sábios estremeceram ao som dessa voz...

"Venho por ordem de um superior!" ecoou em suas almas. "Vim guiar-vos para fora destes vales e indicar os futuros caminhos! Outros, antes de vós, ouviram um chamado semelhante, saindo, então, a fim de que seu destino se cumprisse. Hoje eles vivem no país de Tupan-an, e a felicidade e a paz estão com eles! Vossos caminhos vos conduzem para fora destes vales, contudo a direção é outra. Distante daqui, vivem seres humanos que se originaram da mesma pátria espiritual que vós. Desta vez caíram em perigo espiritual na Terra e imploram por auxílio. Fostes escolhidos para ajudar esses seres humanos que são da mesma espécie que vós. Tendes a força e a sabedoria para tanto. Ensinai-os com amor, bondade, dignidade e paciência! Guiai-os, para que eles reencontrem o caminho perdido! No servir deveis reinar! Preparai-vos, pois logo voltarei."

O mensageiro desapareceu, mas o sentido de sua mensagem havia-se gravado a fogo em seus corações. Não apenas os sábios na casa do conselho escutaram a voz dele. Mulheres e moças interromperam seu trabalho, a fim de ouvir essa mensagem fora do comum que impregnava suas almas e que se expressava através de sua intuição. Tinha chegado o dia esperado por eles inconscientemente. Para onde o enviado os conduziria?...

A confiança dos incas em sua condução espiritual era ilimitada. O que os poderes superiores resolvessem, eles executavam sem vacilar. Não havia nada que pudesse turvar essa confiança. Dúvidas, insegurança ou medo do futuro eram sentimentos desconhecidos. Por isso, já no dia seguinte começaram os preparativos de viagem. E uma expectativa alegre tomou conta de suas almas. Precisavam deles... Era-lhes permitido ajudar outrem, outros seres humanos desconhecidos... Nem era de se imaginar a grandeza dessa graça que fora proporcionada a todos...

CAPÍTULO II

O CAMINHO
PARA O ALVO DESCONHECIDO

A Partida

Em poucos dias todos os incas estavam prontos para deixar seus vales e ir ao encontro do alvo desconhecido. Pela primeira vez utilizavam-se das lhamas como animais de carga. Desde a mais tenra idade, as crianças montavam esses animais mansos, porém nunca haviam sido utilizados para carregar alguma coisa. Porém, quando a hora chegou, permitiram de boa vontade que as cargas fossem colocadas. Levava-se apenas o mais necessário. Roupas, cobertores e sacos de dormir para as crianças, algumas ferramentas, arcos e flechas, sementes, novelos de lã e as cordas de quipo; como provisão de viagem traziam consigo *cunos*.

Os *cunos* eram pequenas e duras bolinhas preparadas com farinha de batata e congeladas. Eram muito nutritivas, conservavam-se por longo tempo, e eram sempre armazenadas em grandes quantidades.

A partida, porém, ainda demorou alguns dias. Pois um *rauli* tinha-se aproximado de Bitur, o sábio, a fim de lhe dar alguns conselhos para a viagem. Entre outras coisas, ele disse:

"Pela primeira vez depareis com seres humanos doentes, que esperam cura de vós. Juntai musgo vermelho, sementes de árvores, resinas e frutinhas amarelas e duras, e levai tudo isso convosco em potes de barro fechados. O musgo, as resinas e as frutinhas produzem um insuperável líquido curativo, quando cozidos juntos. Esse líquido cura e limpa as feridas."

Quando o *rauli* calou, Bitur agradeceu, acenando com a cabeça em sinal de que tinha entendido tudo.

O *rauli* era um *espírito* da vegetação. Como tal, conhecia as ocultas forças curativas das plantas e sabia também onde e como poderiam ser aplicadas. Seu aparecimento foi um acontecimento todo especial, e as pessoas pressentiam que muito ainda teriam de aprender no que se referia a outros seres humanos. A composição do líquido curativo sugeria doenças malignas...

Mal o *rauli* desapareceu, e já se formavam grupos a fim de colher resinas, musgos, frutinhas e uma espécie de groselha, nas florestas e vales situados mais embaixo. Com isso passaram-se vários dias. Mas, então, chegou a hora em que pela última vez eles se reuniram em seus lugares de devoções, entoando canções em louvor ao Deus-Criador. Uma dessas canções tinha o seguinte sentido:

"Senhor do Universo! Criador da Luz! Criador da vida!
Moras em alturas inacessíveis para nós. Vivemos nas profundezas, num astro. Somente nosso amor se eleva a Tuas alturas. Aceita esse amor. Somos pequenos, contudo também somos Tuas criaturas!"

Entoavam canções nas quais vibravam alegria e agradecimento, mas também uma certa tristeza. Tristeza por serem obrigados a abandonar seus queridos animais, que eram livres, e, mesmo assim, tinham vivido ali junto deles. Desde quando a lembrança alcançava, os animais foram sempre seus companheiros.

No dia da partida, quase todos choravam. Olhavam para suas pequenas e firmes casas de pedra, para a água conduzida a casas e campos cultivados e para os prados floridos... Contudo, a tristeza não durou muito. O senhor do Sol, Inti, atraiu a atenção deles para seu astro. Admirados, olhavam para cima e viam amplos círculos coloridos, semelhante ao dia em que o cometa foi visto no céu. Só que agora os círculos e as irradiações eram mais intensos e mais fulgentes. E todos intuíram que Inti lhes transmitia uma mensagem. Uma mensagem de segurança e confiança.

— Inti está sobre nós! exclamou uma mulher jubilosamente. Ele permanecerá sobre nós, para onde quer que nos dirijamos!

Sorridentes, acenavam todos para o Sol.

— E os animais ficam sob sua proteção! exclamou uma moça confiantemente.

Inti sempre fora o amo deles na Terra. Desde tempos imemoriais...

O sábio San, que caminhava à frente do grupo, chamou a atenção de todos para a partida. E assim os incas deixaram, no sexto mês do ano, o mês das festividades do Sol, a sua pátria terrena. Contudo, felicidade e alegria estavam com eles.

Nos primeiros dias seguiram pela estrada que eles mesmos haviam construído. Era a estação do ano em que as flores desabrochavam por toda parte nos altiplanos, e framboesas pretas e vermelhas amadureciam nas encostas, crescendo abundantemente em toda a região dos Andes. À noite, acampavam nas proximidades de riachos e prados, onde os animais podiam pastar.

O mensageiro não mais apareceu. Tinham, porém, a certeza que, de algum modo, ele novamente se mostraria, a fim de continuar a indicar-lhes o rumo.

Durante os primeiros dias, os viajantes foram acompanhados por um grande bando de águias. Nunca haviam visto tantas dessas aves juntas. As águias voavam em determinada altitude, desaparecendo ao pôr do sol. Mas no dia seguinte estavam novamente à vista. Os incas muitas vezes olhavam também para os picos das montanhas, e os gigantes das montanhas sempre acenavam para eles. De modo alegre, como se não se estivessem separando.

— Também veremos os gigantes em nossa nova e desconhecida pátria! consolavam-se mutuamente. Se não for nas montanhas, então será nas nuvens.

O Novo Guia

Na manhã do quinto dia as águias não mais apareceram. Foi o dia em que a estrada feita pelos próprios incas aproximava-se do fim.

— As águias acompanharam-nos num trecho do caminho e agora voltaram para seus lugares de nidificação! disse um dos sábios para todos os que ainda olhavam em volta, à procura das aves.

Depois, olhou para cima, para os cumes das montanhas cobertos de neve que brilhavam sob a luz do sol nascente, como cascatas endurecidas. Eram ainda as montanhas que conheciam e amavam. Durante o dia, as encostas das rochas tornavam-se quentes como fogo e sob o frio concentrado da noite gemiam, crepitavam e estrondavam ao se contraírem.

— Uma águia! Uma águia! exclamaram de repente algumas crianças acocoradas, que brincavam com filhotes de galinhas das montanhas ao lado de seus animais que pastavam.

Era realmente uma águia. Uma águia de brancura resplandecente, parecendo pairar numa nuvem colorida.

— Paira acima de nós, no ar! Por que ela não continua voando? gritavam as crianças entre si agitadamente.

Entusiasmados, os adultos observavam a águia que mais parecia uma aparição da Luz.

— Vamos partir. Não devemos deixar o nosso novo guia esperar! disse San, seriamente.

Todos riram e alegraram-se por ter o "mensageiro" lhes mandado um guia tão extraordinário.

E a viagem continuava. Os caminhos eram, daí em diante, muitas vezes penosos e difíceis. Porém, com disposição alegre e guiados pela águia branca, continuavam ao encontro de seu alvo desconhecido.

A longa viagem trouxe aos incas, sempre ávidos por aprender, muitos reconhecimentos novos e descobertas. Assim, surgiu neles o plano de construir também uma estrada que passasse por entre as montanhas, conduzindo-os mais além, para países desconhecidos. Essa estrada, na qual mais tarde muitas gerações trabalharam, tornou-se realidade. Igualmente o plano de construir pontes surgiu-lhes quando tiveram de transpor a pé um largo rio.

Certo dia, um abismo profundo impediu-lhes de continuar a marcha na direção costumeira. Tiveram que dar uma longa volta que os levou até a altitude onde a neve era permanente. Era uma penosa caminhada, mas também essa rota chegou ao fim. Pouco antes de o caminho levar outra vez para baixo, apareceu o risonho *rauli* mais uma vez. Encontrava-se entre alguns blocos de rocha, acenando agitadamente para Bitur, que vinha logo atrás de San.

Bitur logo seguiu o aceno, olhando para as plantas que o *rauli* indicava. Tratava-se de plantas baixas, azuladas, parecendo algas, semicobertas pela água da neve e que cresciam entre os amontoados de pedras.

"Destas plantas também necessitareis!" disse o *rauli*. "Lembrai-vos bem delas!"

Antes que Bitur pudesse perguntar sobre a utilidade da planta, o *rauli* já havia desaparecido. Depois de alguma hesitação, Bitur retirou um maço dessas algas da água da neve, sacudiu-as para que a água saísse e guardou-as cuidadosamente em seu saco de viagem. Depois esfregou uma folha, cheirando-a. Para uma pausa mais prolongada, porém, não havia tempo, pois tinham de prosseguir a fim de achar, ainda antes do pôr do sol, um lugar onde pudessem passar a noite.

Alguns dias mais tarde um grande deslizamento de montanha interrompeu-lhes novamente o caminho. Dessa vez tiveram de descer por um desfiladeiro. Nesse desfiladeiro havia cacos de cerâmica de todos os tamanhos e cores; havia também alguns vasos intactos, também de cerâmica, pintados de cor ferrugem e azul. No tronco de uma árvore caída estava encostada uma alongada placa de pedra, onde se via, em alto relevo, um ser humano com cabeça de gato. Ninguém mostrou interesse pelos restos dessa cultura humana que outrora existira ali. Cada um queria deixar, o mais depressa possível, esse desfiladeiro sinistro.

— Aqui cheira a decomposição! disse a mulher de San, olhando em redor, como se procurasse algo.

— Nada encontrarás! disse San. Pois a montanha soterrou, debaixo de si, todos os que outrora viveram aqui. Tudo indica isso.

— Soterrou? perguntou ela incrédula. Não, os espíritos da montanha não matam nem soterram seres humanos!

— Os seres humanos que aqui viveram, disse San explicando, decerto foram incentivados a deixar esta região a tempo. Eles sempre fazem isto, quando nas montanhas um perigo ameaça as pessoas.

Na saída do desfiladeiro ecoaram exclamações jubilosas. Conduzidas por um dos homens, as crianças levavam com segurança seus animais de montaria através do desfiladeiro e subiam agora para as planícies ensolaradas. Chegando em cima, a caminhada prosseguiu rapidamente. Queriam afastar-se o mais depressa possível daquele desfiladeiro.

No dia seguinte, tiveram uma nova surpresa, pois ao lado de uma nascente havia duas esferas de pedra que pareciam lapidadas. Cada uma das pedras tinha mais de um metro de diâmetro.

— De onde vieram essas pedras? E quem lhes deu essa forma?

— Estais lembrados ainda da pedra que certo dia encontramos no centro da nossa praça de devoções? perguntou o sacerdote aos que estavam em redor, acariciando com a mão uma das pedras lisas.

Alguns dos mais velhos lembravam-se.

— Na verdade, continuou o sacerdote, a pedra de devoção era quadrada, mas foi lapidada da mesma maneira como esta aqui.

— Mais, ele não precisou dizer.

— São presentes dos gigantes! exclamaram logo algumas das moças que souberam daquele acontecimento por meio de narrações. O sacerdote acenou afirmativamente com a cabeça.

— Exatamente como a nossa pedra de devoção, que também foi um presente deles.

Só aos gigantes era possível movimentar e trabalhar blocos de pedra tão pesados. Mas onde se achavam os seres humanos considerados dignos de tais presentes? Para onde quer que olhassem, nada indicava a presença de seres humanos.

Às Margens do Titicaca

A viagem durou ainda meses, uma vez que frequentemente eram intercalados vários dias de descanso, por causa das crianças e dos animais. Contudo, tão logo estivessem novamente prontos para viajar, aparecia a águia nos ares a fim de continuar a guiá-los. Então chegou o dia que se tornou inesquecível para cada um. Pouco antes do meio-dia, defrontaram-se com uma superfície de água que parecia não terminar. Eles bem conheciam lagos de montanhas e grutas, onde rios ruidosos de montanhas seguiam seu curso, mas uma superfície de água tão extensa... Encontravam-se à margem do mais alto lago da Terra, o lago Titicaca.

Silenciosos, como que escutando, observavam a movimentação das ondas no lago, onde se espelhavam as áureas e cinzentas formações de nuvens que subiam do sul. Peixes, cujas escamas brilhavam como ouro na luz do sol, pulavam brincando para fora da água ou nadavam velozmente, fazendo amplos círculos.

As crianças corriam de um lado para outro agitadamente pela margem pedregosa, e chamavam cantando as sereias do lago. Nos lagos montanhosos de sua antiga pátria sempre viveram sereias e peixes. Quando as crianças sentiam fome, as sereias até as presenteavam com peixes. Empurravam os peixes para a margem, de modo que elas facilmente podiam apanhá-los. Enquanto corriam cantando de um lado para outro, os animais ficavam parados em silêncio. Tinha-se a impressão de que também estavam surpresos com tanta água. Apenas de vez em quando tiniam os sininhos de ouro pendurados no pescoço com cordões vermelhos.

Enquanto isso, os adultos preparavam o acampamento para a noite. Entre salgueiros, arbustos de avelã, trevos aromáticos que cresciam no meio das pedras, manjericão e vegetais providos de folhas com pelos longos, os incas passaram sua primeira noite no lago Titicaca. A maior parte do caminho estava, pois, atrás deles... Quando os véus da noite passaram sobre a água, encobrindo os vales, ecoou um canto jubiloso, parecendo pairar sobre o lago.

— A sereia, pois, veio para nos cumprimentar, presenteando-nos com conchas e peixes! murmuravam as crianças, com sorrisos felizes, ao ouvir o canto.

Cerca de mil incas haviam seguido o chamado do mensageiro, a fim de caminhar ao encontro de um alvo desconhecido. Atrás, ficaram apenas homens e mulheres idosos. Aproximadamente cem tinham ficado, já que seu tempo de vida logo acabaria e eles não queriam morrer durante a viagem.

Essas pessoas, apesar de sua idade avançada, davam ainda a impressão de jovens e belas, não tendo perdido nada de sua força de atração. Hoje, tudo é totalmente diferente. A velhice é ligada à doença e caducidade, e a beleza é considerada somente como um triunfo da juventude.

Os incas eram, em todas as fases de suas vidas, de extraordinária beleza. A força luminosa de seus espíritos superiores e a pureza de suas almas expressavam-se em seus corpos terrenos. Tinham a pele bronzeada, cabelos pretos e olhos imperscrutáveis, circundados por longos cílios. As mulheres usavam seus cabelos sob forma de tranças, mas os homens cortavam-nos o mais curto possível, igual a todos os sábios de tempos idos.

Confeccionavam suas roupas com finos tecidos de lã, que teciam com lã de vicunhas. As mulheres usavam uma espécie de bata, contudo mais justa e bordavam essa vestimenta com fios de lã de várias cores. Os homens vestiam calças e camisas justas, e também camisas sem mangas, amarradas com cordões sobre o peito. As crianças, até os doze anos, vestiam uma espécie de macacão, com o qual podiam movimentar-se livremente. Ao iniciar o tempo de aprendizagem, após os doze anos, recebiam a mesma roupa que os adultos.

A vestimenta mais importante dessas pessoas era sempre o poncho. Os ponchos eram compostos de dois panos ou cobertores costurados com cordéis. Eram feitos de lã mais grossa e mais encorpada, as barras eram decoradas com franjas curtas. Gorros de lã encobriam as orelhas e protegiam adultos e crianças dos ventos gelados que sopravam pelos vales em determinadas épocas do ano. Os calçados dos incas consistiam, enquanto viviam em seus altiplanos, em botas de feltro. Eles conheciam, tal como outros povos antigos, como os gregos por exemplo, o processo de fabricar feltro com pelos de animal.

Além do disco do Sol de ouro que adultos e crianças usavam no pescoço, pendurado numa fita, as mulheres ornavam-se com aros de ouro, decorados com pequenas estrelas também de ouro. Nas tranças das crianças eram entrelaçados cordéis azuis, nos quais afixavam sininhos de ouro. Do mesmo modo penduravam no pescoço das lhamas, os animais de montaria das crianças, cordéis onde prendiam dois ou quatro sininhos um pouco maiores.

Os incas eram muito asseados. Banhavam-se nos frios lagos das montanhas, bem como nos riachos, e possuíam também, em suas pequenas casas de pedra, instalações de banho. A bela e limpa pele dos rostos e corpos era frequentemente friccionada com óleo de bálsamo. Sua vestimenta sempre parecia nova, pois quando uma peça do vestuário tornava-se velha, não sendo mais possível limpá-la, era queimada numa vala distante.

O andar dos incas era ereto e orgulhoso, traziam sempre consigo a consciência de sua elevada missão. Onde quer que chegassem, chamavam a atenção. Emanava deles um misterioso e irradiante brilho, que os fazia sobressair por toda parte. Eram líderes natos, sabendo conduzir os seres humanos com sabedoria e bondade. Não obstante eram severos, pois não aceitavam muito bem fraquezas humanas.

Mas tudo que empreendiam em benefício de outros, faziam-no por verdadeiro amor ao próximo. Todos os seus esforços eram em prol do contínuo desenvolvimento espiritual dos povos que mais tarde, pouco a pouco, se ligaram a eles voluntariamente. Este, decerto, foi também o motivo da ilimitada confiança e amor que a eles eram ofertados de todos os lados.

No tempo do êxodo dos vales, os incas tinham somente uma regra de vida que determinava todo o seu comportamento. Originara-se de seus antepassados e podia ser retransmitida em poucas palavras:

"O ser humano recebeu a vida de presente. Terá, porém, de se tornar digno desse presente, se quiser conservá-lo. Deve vivenciar a vida e dar-lhe significado e firmeza através do trabalho!"

Mais tarde, ao criar o reino das quatro direções do céu, eles emitiram sete regras de vida, determinantes para eles próprios, bem como para todos os outros e em todos os tempos.

Até seu trágico fim, os incas permaneceram sempre um pequeno povo líder, e durante longo tempo somente casaram-se com pessoas de sua própria raça.

Recomeça a Caminhada

Os incas ficaram acampados durante quatro dias à beira do grande lago, depois prosseguiram em sua caminhada. A águia voou nesse dia tão alto, que mal era vista. No entanto continuava presente, voando à frente deles.

Era uma caminhada repleta de vivências, ao longo do lago. As inúmeras aves aquáticas, de todos os tamanhos e cores, voavam por cima da água ou balançavam-se nas ondas... Todas as ilhas, mesmo as menores ilhas de junco, pareciam ser lugares de nidificação dessas belas aves... Toda a atmosfera estava preenchida de alegria. Os incas, que ainda entendiam a linguagem dos animais, sabiam quão imensamente felizes eram essas criaturas.

No decorrer dos dias de caminhada ao longo do lago, depararam também com uma espécie de castor, que trabalhava afoitamente no junco e capim d'água, construindo seus diques característicos. Encontraram também marmotas...

— Parece-me que aqui vivem menos animais! disse a mulher de San pensativamente.

— Certamente aqui também devem viver muitos animais! opinou San. Só que não se aproximam tanto de nós, como estamos acostumados. Por que é assim, saberemos somente quando conhecermos os seres humanos ao encontro dos quais caminhamos.

Os que ouviram tal declaração de San ficaram profundamente preocupados. Não podiam imaginar que existissem animais que evitassem os seres humanos. Sabiam que todos os animais gostavam quando uma carinhosa mão humana passava sobre seus pelos ou penas. A preocupação que havia brotado em seus corações logo foi afastada. Para eles não havia um caminho de volta. Fosse o que fosse... tinham de prosseguir. Pois foram enviados, e uma águia indicava-lhes o caminho... Olhavam agradecidos para o Sol no alto, e seus olhos brilhavam orgulhosos, conscientes de sua missão.

A Região do Titicaca

Na região do lago Titicaca muito se alterou nos últimos dois mil anos. A vegetação vicejante com os inúmeros bosques de salgueiros não mais existe. Os incontáveis patos e outras aves aquáticas que nidificavam nas ilhas e no junco foram quase totalmente exterminados. O mesmo destino sofreram os castores e muitos outros animais, menores e maiores, que outrora ali habitavam. O extermínio dos animais, porém, começou com a invasão dos europeus, que, ávidos de ouro, trouxeram toda a sorte de males para o país.

Até o lago parece haver-se alterado. A água hoje parece turva e suja, e da riqueza de peixes de outrora quase nada mais se percebe. O grande lago, hoje, está cheio de grandes e pequenos sapos. Restam somente poucos lugares no lago onde os sapos ainda não chegaram.

Tal fato os mergulhadores da equipe do pesquisador do fundo do mar, Jacques Ives Cousteau, tiveram a oportunidade de constatar, quando exploravam esse lago lendário. Não acharam tesouros. Apenas sapos, sapos que em quantidades inacreditáveis habitam aquelas águas...

A ilha Titicaca, que no tempo dos incas era coberta de placas de ouro, ainda existe. O ouro, naturalmente, foi roubado há tempos. A única coisa que nesse lago não mudou, foram os barcos. Ainda hoje são confeccionados com amarrados de junco, assim como eram há dois mil anos.

Ao sul do lago Titicaca vive hoje um povo, os aimarás. Supõe-se que esses aimarás sejam descendentes da desaparecida *cultura tiahuanaca*. Portanto, que seus antepassados construíram os templos e casas já no tempo pré-incaico, cujas ruínas ainda hoje são vistas parcialmente lá. Os antepassados dos hoje denominados aimarás eram extraordinários ourives e também se dedicavam muito à confecção de tecidos, contudo não eram construtores.

Um outro povo também altamente desenvolvido, que se denominava *povo dos falcões*, viveu lá muito antes da vinda dos incas. Construíram templos e casas, bem como adutoras, e eram um povo feliz. Eram felizes enquanto sua religião ainda possuía a força viva que fluía da Verdade... Mais tarde, contudo, seguiram as insinuações de espíritos maus, e a felicidade desapareceu de suas vidas. Seus templos e casas foram destruídos, e a desgraça abateu-se sobre todos eles...

Quando os incas, em sua caminhada, chegaram a "Tiahuanaco", avistaram somente ruínas e seres humanos que diziam que "os deuses os amaldiçoaram"... Mais tarde os incas erigiram sobre os alicerces do templo destruído um Templo do Sol, circundado por colunas. E assim Tiahuanaco tornou-se, na época dos incas, um centro de peregrinações, para onde muitas pessoas, de perto e de longe, se dirigiam para a Festa do Sol.

Durante longos tempos assim permaneceu. Mas depois evidenciou-se que sobre o lugar, realmente, pairava uma maldição. Pois, certo dia, também o maravilhoso Templo do Sol, dos incas, foi destruído, juntamente com todas as demais edificações... Restaram apenas ruínas...

O Encontro

Foi um dia cheio de acontecimentos aquele em que os incas depararam com um vasto campo de ruínas, encontrando-se com membros do arrasado *povo dos falcões*.

San, Bitur e alguns sábios entraram hesitantemente nesses destroços de pedras, enquanto os outros permaneceram distantes. O que os sábios viam eram colunas tombadas, blocos de muro, entulho e poeira. Contemplavam calados as inúmeras ruínas. O que acontecera ali? Terremotos não lhes eram estranhos. Terremotos? Então deveriam avistar fendas na terra... todavia, nada disso se percebia. Num monte de entulho, encontrava-se deitada uma figura humana, bem entalhada, com a cabeça de um falcão...

Calados, os sábios contemplavam a esquisita estátua.

— O artista que criou isto malbaratou seu dom! disse Bitur.

— É um ídolo! Só pode tratar-se de um ídolo.

— Um ídolo?

Eles olhavam perplexos para San, mas logo compreenderam. Os sábios incas, por meio de tradições e de vivências espirituais próprias, sabiam que a maior parte da humanidade tinha perdido o caminho para a pátria espiritual. E ao invés de procurar o caminho certo, criavam símbolos mortos e frios... criavam ídolos para si...
— Este é um deles! disse San, lembrando-se, ao ver a estátua, daqueles de quem as tradições falavam.
Mas onde estariam as pessoas que ainda há pouco tempo deveriam ter habitado ali? Não viam seres humanos, no entanto sentiam-se observados.
— Vejo apenas sombras de medo e desespero. Elas agarram-se aos blocos de pedra.
Os sábios acenavam com a cabeça, concordando. San tinha razão. Existiam sombras...
Cerca de duas horas mais tarde, apareceu um grupo de pessoas caminhando através do campo de ruínas. Aproximavam-se lentamente, assim como se tivessem de carregar um pesado fardo. Pararam à curta distância. Apenas um homem e uma mulher prosseguiram, ajoelhando-se a poucos metros diante dos incas e baixando a cabeça.
"Por que essas pessoas ajoelham-se diante de nós?" perguntavam os sábios a si próprios. Essa pergunta silenciosa foi rapidamente respondida. O homem que parecia doente levantou a cabeça, olhando para os incas com os olhos turvos de sofrimento.
— Sois os prometidos!... Chegastes... Agradeço aos deuses por ainda me permitirem viver...
Falar, parecia tornar-se difícil para o homem, pois somente depois de uma pausa mais prolongada ele continuou:
— Sou um dos sacerdotes do nosso arruinado povo. Ofendemos os deuses e todas as demais criaturas...
Agora também a mulher levantava a cabeça e dizia com voz baixa, porém firme:
— Um dos nossos videntes anunciou-nos, pouco antes de morrer, que seres humanos de roupas brancas, com discos do Sol sobre o peito, viriam ajudar-nos em nossa grande aflição.
Depois de uma pausa, ela acrescentou:
— Ele morreu pouco antes de os deuses nos amaldiçoarem, demolindo tudo o que eles próprios, outrora, nos ajudaram a construir.

— Levantai-vos, a fim de que possamos estar frente a frente! disse San com severidade.

A mulher ajudou o homem a se levantar. As roupas de ambos estavam manchadas, e os rostos amargurados, não obstante fosse nitidamente reconhecível serem de raça nobre. A mulher parecia ter lido os pensamentos dos incas, pois disse que eram membros do *povo dos falcões*, e que seus antepassados, segundo velhas tradições, se originavam do país do Sol...

— Assim é! respondeu San. Somos da mesma raça, pois nós também nos originamos do país do Sol!

— Vós sois os senhores, deixai que sejamos vossos servos! pediu o homem com voz fraca.

— Senhores? perguntou San surpreso. Estás enganado. Somos pastores na Terra; protegemos, ensinamos e guiamos. Nós vos ajudaremos.

— Nossos idiomas são parecidos. Compreendo quase todas as palavras! disse a mulher com uma voz em que novamente vibrava alguma esperança.

Também os incas estavam contentes em poderem entender-se com as primeiras pessoas que encontraram. Isso facilitaria a sua missão.

De repente, gritos encheram o ar. Gritos que pareciam vir de longe, como um eco.

— São nossos doentes. Muitos já morreram!... disse a mulher.

Os gritos que agora se faziam ouvir como uivos vinham de uma casa baixa, coberta de junco, que estava entre muros caídos numa depressão do terreno. Os incas caminharam na direção dos gritos, seguidos do sacerdote e das outras pessoas que o acompanhavam. Os gritos silenciaram quando eles se aproximaram.

"*Deuses Brancos*"

Os incas pararam diante da casa, e somente com esforço podiam esconder o pavor que sentiam ante o aspecto das pessoas acocoradas ou deitadas nas esteiras de junco. Tratava-se, na maioria, de mulheres seminuas, horrivelmente marcadas, que com dificuldade se levantavam ao ver os incas vestidos de branco, que se aproximavam.

— Vieram os "deuses brancos"! Socorro... Socorro!... gritou uma mulher, correndo para dentro de casa.

Outras mulheres ajoelhavam-se e erguiam as mãos, implorando.

— Ajudai-nos... Tirai a maldição de nós...

Os incas olhavam calados e perplexos para esses seres humanos que choravam, pediam e gritavam, e que agora se ajoelhavam todos nas esteiras. Nesse momento, saiu da casa uma mulher idosa, aproximando-se de San.

— Não tenho mais lágrimas. Petrificaram. Não espero ajuda... contudo peço vosso auxílio... para os outros... ajudai-os... eles ainda merecem!...

Após dessas palavras, ela voltou com passos cansados para a casa.

Bitur foi o primeiro a superar o pavor. As capacitações de médico, nele inerentes, despertavam. Queria ajudar a amenizar o sofrimento desses infelizes... A pele das mulheres estava coberta de grandes manchas vermelhas, circundadas de pus. Enquanto olhava mais de perto essas manchas, lembrou-se do *rauli*.

"O *rauli* sabia disso e por esse motivo nos deu conselhos durante a caminhada!" pensou ele aliviado.

— Sereis curados! disse para os doentes, pois um pequeno ser da natureza lembrou-se de vós, dando-nos plantas curativas.

Depois, afastou-se rapidamente. O preparo do líquido curativo demoraria algum tempo.

— Onde estão os outros? perguntou interessado um dos incas ao sacerdote. A julgar pelas ruínas deveis ter sido um povo grande.

— A maioria está morta. E os outros saíram. Por medo... Na realidade fugiram, a fim de permanecerem o mais longe possível deste lugar amaldiçoado. Somente os doentes ficaram.

Ao proferir essas palavras, o sacerdote indicou para diversas direções.

De fato, viam-se várias casas baixas e compridas. O junco verde-acinzentado dos telhados mal se destacava do ambiente.

Ao voltar para o acampamento, Bitur logo pôs-se a trabalhar. Cozinhou o musgo, as resinas e as frutinhas, transformando-os numa massa concentrada. Depois diluiu-a em água e encheu vários jarros já preparados para isso. O ardor e a coceira das feridas provavelmente desapareceriam após serem tratadas com essa infusão.

Mas ele ainda não estava satisfeito. Algo ainda faltava. Sentia isso nitidamente. As algas da neve!... Era isso... Essas ainda estavam faltando para a cura.

Segurando nas mãos o maço dessas plantas, soube de repente que essas esquisitas plantas azuis expeliriam o veneno do corpo dos doentes. A cura deveria realizar-se de dentro para fora...

Preparou um chá dessas algas, muito amargo, diluindo-o depois também, e o colocou em jarros. Em seguida, deixou o acampamento com um séquito de ajudantes, visitando e tratando pouco a pouco todos os doentes. As feridas foram pulverizadas primeiro com um pó escuro de resina, depois cada um recebeu uma pequena dose do chá de algas para beber.

O tratamento ajudou. Depois da primeira aplicação, já melhorou o estado dos enfermos. Uma semana mais tarde todos estavam curados, exceto uns poucos que morreram. Bitur lembrou-se agradecido do *rauli*. Sem os conselhos do pequeno "espírito verde", teriam ficado impossibilitados de ajudar.

A notícia da vinda dos deuses brancos e da cura miraculosa dos doentes, já considerados mortos, espalhou-se com a velocidade do vento. Essa notícia foi transmitida até os povos costeiros. E inconscientemente brotou em todos os seres humanos, ao ouvir isso, o desejo de conhecerem os deuses brancos. Mais tarde, quando esses povos se ligaram aos incas, perceberam naturalmente que os incas não eram deuses, mas seres humanos. Seres humanos extraordinariamente belos e sábios... porém, criaturas humanas.

Apesar desse conhecimento, muitos, intimamente, acreditavam que os incas descendessem de deuses ou pelo menos que tivessem sido enviados por eles... Tal crença foi transmitida de geração em geração, tornando-se lenda.

Mais tarde, quando pesquisadores ocuparam-se com a origem da lenda dos deuses brancos, supuseram que ela se referisse aos europeus. Isto, naturalmente, foi um erro. Pois as hordas europeias, que assaltaram e saquearam o Peru, pareceram aos habitantes de lá tão apavorantes, que muitos pensaram tratar-se de demônios, que escondiam seus rostos debaixo de "cabelos". Demônios que por algum motivo desconhecido adquiriram forma humana. Os barbudos europeus em suas roupas desleixadas, e os maus desejos e pensamentos oriundos deles eram de fato temíveis...

CAPÍTULO III

O INÍCIO DO GRANDE REINO

O Alvo É Alcançado

Os incas demoraram-se apenas poucos dias na região do *povo dos falcões*. Quando a águia novamente apareceu nos ares acima deles, a fim de continuar a guiá-los, todos logo ficaram prontos. Calados, como era seu costume, seguiam seu guia alado. Sem peso e livres seguiam sua rota, e o eterno anseio pela Luz e a perfeição, que os preenchia, irradiava de seus espíritos.

O caminho seguinte era fácil e bonito. Nascentes brotavam nas maravilhosas florestas, e algumas regiões que atravessaram pareciam parques ajardinados. O solo estava coberto de capim, folhagens e samambaias que nasciam entre as pedras. Ali cresciam árvores de troncos vermelhos, nogueiras e também árvores de frutas saborosas que os incas já conheciam. O ar estava cheio do chilrear dos inúmeros passarinhos que viviam nessa região e que confiantemente pousavam nos braços que as pessoas lhes estendiam. A alegria das crianças eram as chinchilas que ali havia em grande quantidade, e que se deixavam de bom grado pegar e carregar. Também um grande rebanho de vicunhas, com muitos filhotes, pastava nas proximidades do acampamento onde os viandantes pernoitaram.

Nenhum inca sabia que essa seria sua última noite de peregrinação. Que estavam, no entanto, perto de seu alvo, isto todos sentiam.

No dia seguinte, por volta do meio-dia, seu guia alado os deixou. A águia desceu, baixando tanto que quase roçou suas cabeças, voando a seguir, subindo lentamente em círculos amplos, desaparecendo de seus olhares.

A águia desaparecera, significando que haviam alcançado o alvo. Tinham agora somente de procurar esse alvo. Pois, no lugar onde se encontravam, não podiam ficar, visto que o solo estava coberto somente de pedras e cascalho. Não demorou muito, e San descobriu uma trilha estreita, pouco visível, que conduzia através de morros e montanhas a um vale florido.

O Sol tinha alcançado seu ponto mais alto, quando os incas entraram no vale rodeado quase que totalmente por montanhas e morros, que de agora em diante seria sua pátria.

— É a terra de Inti para onde a águia nos guiou! exclamaram as crianças. Todas as flores têm a cor dele!

As crianças tinham razão. A paisagem que se oferecia ao espectador era estonteante. Todas as encostas em volta do vale estavam cobertas por um esplendor de flores amarelas. A maravilha amarela de forte fragrância assemelhava-se às flores de giesta. Essas flores, porém, não cresciam em arbustos, mas em árvores baixas. A julgar pelos grossos troncos, essas árvores já deveriam ser antiquíssimas.

A alegria e o agradecimento que os incas sentiram ao ver esse vale maravilhoso é impossível de ser descrito. Os rostos erguidos para o céu estavam úmidos do orvalho das lágrimas de alegria.

Depois de poucos minutos, o agradecimento sentido por eles transformou-se num hino de louvor em honra do Criador:

"Somos apenas criaturas insignificantes no Teu mundo", cantavam. "Não obstante, ó grande Senhor, permite que sejamos protegidos, ensinados e guiados, desde o início até o fim de nossa existência!"

— Nossa chegada é um tempo de festa para nós. Mas é também um tempo de festa em todo o vale, pois as flores encontram-se em sua mais bela magnificência! disse uma das mulheres em voz baixa.

A mulher expressou o que todos sentiam intuitivamente em seus corações.

Os incas jamais se esqueceram do dia de sua chegada. Cada ano, nessa época, celebravam uma festa. A festa das flores, dedicada à rainha das flores e a todos os incontáveis pequenos espíritos das flores, que prepararam tão maravilhosamente o dia de sua chegada.

Antes de o dia findar, foi proporcionada aos incas ainda mais uma alegria. Ao anoitecer vieram visitantes. Visitantes muito bem-vindos. A grande manada de vicunhas, que horas antes haviam visto, acabava de chegar ao vale. Um animal atrás do outro troteava pela trilha estreita que levava para dentro do vale. Esses bem-vindos "fornecedores de lã" não vieram apenas para uma breve visita. Ficaram, e a manada primitiva formou uma numerosa prole.

Pouco a pouco apareceram também outros animais. Gordas ovelhas das montanhas, alpacas e lhamas. Sempre chegavam em maiores ou menores manadas. Esses animais também ficaram e multiplicaram-se. Pastagens, havia muitas. Os animais, naturalmente, iam também para pastagens mais afastadas. Conforme a sua espécie, gostavam de migrar. Mas voltavam após um período mais ou menos longo, deixando docilmente que cortassem sua valiosa lã... As chinchilas, de vislumbre azul-prateado, tornaram-se inseparáveis companheiras das crianças pequenas. Essa região também era muito rica em aves. Perus, um tipo de faisão e grandes codornas vinham em bandos. Todos os animais, sem exceção, sentiam-se visivelmente bem, com a proximidade dos seres humanos.

O povo dos incas e os animais ainda estavam ligados entre si em amor, compreendendo-se mutuamente. Todos consideravam os animais como seres criados pelo mesmo Deus, possuindo portanto os mesmos direitos que eles. Por isso não havia nada de extraordinário em que os animais ainda se sentissem atraídos por esses seres humanos, servindo-lhes alegremente, embora de modo inconsciente.

Com os enteais, denominados pelos incas "espíritos da natureza", mantinham um relacionamento todo especial. Estavam conscientes de que eles próprios não faziam parte do mundo em que viviam, onde lhes era permitido desenvolver-se. Esse mundo já existia antes deles. Pertencia aos espíritos da natureza.

Um antepassado especialmente sábio deixara uma doutrina transmitida de geração a geração a todos os meninos e meninas, tão logo passassem da idade infantil. Essa doutrina era a primeira importante lição em suas vidas. Dizia:

"O grande Deus-Criador colocou-nos aqui na Terra sob a proteção dos espíritos da natureza! São os nossos mestres, irmãos e irmãs! Mas entre eles há também senhores e senhoras! Como, por exemplo, Inti, o senhor do Sol e a grande mãe da Terra, Olija. Todos esses, grandes, pequenos e minúsculos, presenteiam-nos. Alimentam-nos e vestem-nos, preenchendo toda a nossa vida com alegria. Iluminam com luz brilhante os nossos dias e estendem o véu da escuridão sobre nossas noites, para que nossos corpos possam descansar bem! Nós recebemos

41

e recebemos! Contudo, criatura nenhuma pode só receber sem ter de dar algo em troca! Tampouco nós, espíritos humanos! Que recebem de nós os espíritos da natureza?"

Aqui o grande sábio sempre fazia uma pausa, para se concentrar. O mesmo faziam também os respectivos *amautas** escolhidos para retransmitir a história de seu povo às gerações mais novas.

"Procurei, no meu espírito, a resposta para isso", recomeçava o sábio depois de uma curta pausa.

"Nós, espíritos humanos, somos de outra espécie da dos espíritos da natureza. Uma outra luz e uma outra força movem nossos espíritos. Isto acarreta também outras responsabilidades! Temos de nos mostrar dignos de nossa condição humana! Devemos nos movimentar e trabalhar, criando um mundo no meio do reino da natureza, um mundo de beleza e harmonia! Atuando assim, então não seremos somente os que recebem, mas também os doadores! Sim, também doadores! Pois nosso amor por todas as criaturas do reino da natureza terrena é recebido por elas como um presente, proporcionando um brilho especial à sua existência."

Ao anoitecer do dia da chegada, toda a região exalava um aroma de resina de pinheiros e pinhas. Os incas assavam, nos seus pequenos fogões de barro, o primeiro pão em sua nova pátria. Começava outra fase de suas vidas. Havia muito trabalho à sua frente. Contudo, o trabalho nunca os assustava, pois era para eles uma necessidade vital. Encontravam-se diante de um novo começo. Mas tudo o que era novo incitava a sua energia, despertando forças criadoras neles latentes.

O Lançamento da Pedra Fundamental

Alguns dias mais tarde, os sábios determinaram o ponto central de sua futura cidade, marcando-o com uma cruz dentro de um círculo. Eles fizeram a cruz, cujas traves mediam mais ou menos um metro, com pedras de quartzo quase transparentes, que haviam

---

* Sábios professores.

trazido. Todas essas pedras apresentavam finos veios de ouro, dispostos de maneira singular. Após desenharem a cruz no círculo, aproximaram-se quatro jovens. Cada um carregava na mão uma delgada lança de ouro, com a ponta dirigida para baixo. Colocaram-se em volta da cruz e ficaram esperando. Um silêncio impressionante reinava ao redor. Não se ouvia nenhum som humano. Os muitos seres humanos olhavam como que encantados para cima, para Inti, que ao subir parecia envolver todos com sua ondulante luz dourada. O silêncio, cheio de luz e vida foi, de repente, interrompido por sons de trombetas. Nesse momento os quatro jovens fincaram suas lanças de ouro profundamente na terra, nos lugares previamente marcados, cada lança entre duas traves da cruz. Juntas formavam um quadrado perfeito.

Depois que as trombetas silenciaram, um dos sábios aproximou-se do centro da cruz. Era o astrônomo Pachacuti. De conformidade com os outros sábios, ele explicou o seguinte:

— Fundamos hoje um novo reino no país para o qual fomos guiados. As traves da cruz indicam as quatro direções do céu. Nisso há um profundo sentido. Significa, entre outras coisas, que nosso reino está aberto para as quatro direções. Aberto para todas as criaturas humanas que anseiam por saber e que necessitam de ajuda!

Pachacuti olhou durante alguns minutos para a cruz antes de continuar.

— O quadrado é o signo do reino da natureza. E as quatro lanças que formam o quadrado junto com a cruz representam: o fogo, o ar, a água e a terra. Fomos enviados e guiados para cá. Que cada um de nós, hoje e sempre, fique consciente desta missão!

Pachacuti deixou o lugar. E em seguida começou a falar um outro sábio que estivera ao lado dele.

— Tão logo estivermos em condições, colocaremos nesse lugar um pedestal quadrado, fixando nele uma cruz.

Aliás, usaremos as mesmas pedras que agora constituem a forma da cruz no chão. Utilizaremos também as lanças de ouro. Elas ornamentarão os cantos do pedestal. Um pouco abaixo desse pedestal haverá um pequeno lago, pois para nós, incas, a água é sempre sagrada, uma vez que a consideramos um reflexo da pureza celeste.

— Uma nova fase de vida começa agora para todos nós! disse um terceiro sábio. Era o professor de História, Aracauén. Uma fase de vida que também nos trará novos reconhecimentos espirituais!

Jarana, o sacerdote, meneou a cabeça afirmativamente. Ele aproximou-se da cruz e olhou para ela visivelmente comovido. Logo depois pronunciou as palavras que finalizaram o solene lançamento da pedra fundamental. Elas diziam:

— Se quisermos viver felizes sob a luz do Sol, então toda a nossa existência e nossa atuação devem ser perpassadas de pureza! Assim foi até agora e assim deverá permanecer até que o último inca feche seus olhos na Terra!

A pedra fundamental para o reino das quatro direções do céu estava lançada, e as trombetas ecoaram de novo. Nesse ínterim, aproximaram-se todos que estavam mais afastados, para ver a extraordinária "pedra fundamental". Os sábios, que continuavam de pé, aguardando, deram os necessários esclarecimentos. A atenção de todos dirigia-se para a cruz no chão. Era como se cada um deles quisesse gravar a forma, da qual parecia sair um encantamento misterioso.

Quando os incas lançaram a pedra fundamental para o seu assim chamado reino, nenhum deles tinha consciência das dimensões que este alcançaria. Em vez de reino se poderia dizer "esfera de influência", que abrangia o Equador, Peru, Bolívia, parte do Chile e da Argentina...

Naquele tempo, pensavam somente na cidade entre as montanhas que construiriam com a ajuda e ensinamentos de seus amigos da natureza. Mais além, seus desejos e pensamentos não iam.

A cidade por eles fundada recebeu muitos nomes no decorrer do tempo: Cidade dos Deuses Brancos, Cidade Dourada, Jardim Dourado, Cidade de Inti, Pátio Dourado, Cidade das Flores. Os próprios incas denominavam-na Cidade do Sol. Não por causa do abundante ouro, com o qual sempre enfeitavam suas casas e templos por dentro e por fora; também não em honra de Inti, mas em memória da maravilhosa floração amarelo-ouro que os recebeu quando chegaram à sua nova pátria.

Hoje, no local da radiante Cidade do Sol dos incas ergue-se a cidade de Cuzco. A cidade inca foi destruída. Os alicerces e as pedras da cidade foram utilizados pelos espanhóis para a construção de suas igrejas e casas.

A segunda grande cidade construída mais tarde pelos incas recebeu o nome de "Cidade da Lua". Hoje ali se encontra a cidade de La Paz.

A Lua também tinha para os incas um significado especial. Viam nela a mediadora entre o Sol e a Terra. Para isso havia também explicações especiais:

"Existem várias luas no nosso mundo terreno. Visíveis e invisíveis. Elas transmitem apenas um reflexo do Sol, mas esse reflexo basta para proporcionar às águas, às plantas e às criaturas que desenvolvem suas atividades à noite a energia solar de que necessitam. A noite está cheia de vida e movimento. E também cheia de silêncio! Para que o descanso das criaturas diurnas não seja perturbado.
A natureza encerra muitos milagres. Tudo se encontra em movimento. Ininterruptamente! Não obstante, nada sai do equilíbrio. São os muitos servos do grande senhor Viracocha* que trabalham em seu reino da natureza e zelam para que a estabelecida ordem universal não seja perturbada!"

Enquanto os incas viveram, a Cidade do Sol permaneceu o centro do governo com a residência do rei. Permaneceu, até o fim, o centro do reino.

---
* Zeus.

A *Extensão do Reino*

Seguem agora ainda alguns esclarecimentos referentes ao grande reino dos incas.

Os incas sempre permaneceram um povo relativamente pequeno. Habitavam as duas cidades fundadas por eles e assim ficaram. Jamais se expandiram além.

O reino dos incas, ou digamos melhor sua esfera de influência, assumiu extensões muito grandes, porque com o tempo povos de toda a espécie vieram pedir anexação. Tratava-se em geral de povos que já haviam alcançado um elevado grau de desenvolvimento e, não obstante, renderam-se às insinuações de espíritos decaídos, tendo aceitado religiões que não conduziam ao reino da Luz; pelo contrário, apenas atuavam de modo separador desse reino.

Cada povo que se ligava aos incas continuava com seu próprio governo, escolhendo seus funcionários de administração conforme sua vontade. Em tempo algum os incas saíram para conquistar um país e subjugar seu povo. O assim chamado reino inca era na realidade uma confederação de países, que em nada prejudicou a liberdade e os direitos de autodeterminação de cada um dos povos.

Aliás, os incas impuseram duas condições para o ingresso na confederação. Os respectivos povos tinham de se comprometer em afastar-se das falsas religiões e idolatrias, voltando para a verdadeira crença em Deus. Essa condição todos aceitavam alegremente, pois cada um que entrava em contato com os incas estava convicto de que eles tinham um segredo que os destacava de todos os demais seres humanos. E eram unânimes de que esse segredo estava ligado à religião deles.

A segunda condição exigida pelos incas era o aprendizado de seu idioma, o quíchua.

"Pois sem um idioma em comum", diziam os incas, "não podemos tornar compreensíveis a vós as leis que formam a base de nossa vida. O mais importante continua sendo a religião. Um povo ligado por uma religião que conduz para cima, ao Criador, se tornará espiritualmente forte e seguro! E então será muito mais protegido contra influências provenientes de profundezas mortais, também contra o medo e a superstição."

Também a segunda condição foi logo aceita de bom grado pelos povos que procuravam anexação. Então mandavam sempre certo número de homens e mulheres para a cidade dos deuses brancos, a fim de aprender o idioma dos incas. Aqueles que tinham mais capacitações para isso fundavam mais tarde escolas do idioma em seus próprios países. Essas escolas, frequentemente visitadas por preceptores incas, eram muito procuradas por velhos e moços. Dessa maneira, depois de um certo tempo, muitos podiam entender-se com os incas, assimilando suas leis e doutrinas.

Os Trabalhos para a Construção da Cidade se Iniciam

Quando os incas se estabeleceram no meio da florida paisagem, seus primeiros cuidados diziam respeito à água. A água, porém, logo foi encontrada. Foi Jarana, o sacerdote, quem primeiro descobriu a nascente. Ele havia seguido por uma trilha de animais selvagens que terminava num vale próximo, entre colinas. Ali viu a pequena nascente que brotava entre as pedras, formando um pequeno lago num rebaixamento próximo. O estreito "vale de água" era maravilhosamente belo. Dos paredões das colinas pendiam trepadeiras de vários metros de comprimento com grandes flores azuis, das quais muitas já se haviam transformado em sementes. Em volta do pequeno lago cresciam folhagens seivosas verde-escuras e entre elas havia flores da lua, redondas, de cor amarela e haste longa. Jarana ficou olhando encantado. Centenas de pequenos pássaros do sol estavam pousados nas trepadeiras, bicando as sementes maduras das cápsulas. Chilreavam e cantavam, e seu canto misturava-se ao zunir das grandes mamangavas vermelhas que retiravam o pólen aromático das flores amarelas. Também pássaros da neve, de rabo comprido, voavam em grande algazarra por cima do vale.

Jarana deixou esse belo recanto da Terra. Só lentamente conseguia avançar, pois, repentinamente, o caminho fervilhava de pequenos roedores azul-prateados, pulando por cima de seus pés e postando-se sobre as patinhas traseiras. Ficou parado, olhando em redor. Era idoso. Muito velho e já bem perto do marco do tempo que colocaria um fim à sua existência terrena. Contudo, não podia lembrar-se de nenhum dia em que alguma criatura do reino da natureza não tivesse alegrado seu coração. Cheio de amor olhou para os pequenos animais que pulavam a seus pés, e a seguir voltou para o acampamento.

— A água da nascente dá para todos. Para animais e seres humanos! disse ele contente.

Logo depois retornou ao caminho que conduzia até a nascente, seguido por homens, mulheres e crianças. Carregavam jarros e canecas para beber dessa água que lhes era oferecida na nova pátria.

— Enquanto bebermos a água com alma pura, a saúde estará em nossos corpos! Pois na água repousa o brilho da pureza e a saúde de nossos corpos!

Depois dessas solenes palavras, Jarana foi o primeiro a encher sua caneca, bebendo a refrescante água. Seguindo-o, vieram todos os demais com os seus jarros. Devagar e cuidadosamente eles aproximaram-se da fonte, pois ninguém queria pisar e danificar as plantas e flores que vicejavam por toda parte em redor.

Não se deve supor, no entanto, que a construção da Cidade Dourada dos incas tenha demorado apenas poucos anos. Isso nem teria sido possível. Pois numa altitude de quase quatro mil metros o ritmo de trabalho é outro. Muito mais lento. Nenhum ser humano pode movimentar-se e trabalhar tão rapidamente como nas regiões situadas mais embaixo.

Os palacetes, os templos, as adutoras magnificamente instaladas e os jardins de ouro da cidade surgiram somente no decorrer dos séculos.

As primeiras residências construídas pelos incas em sua nova pátria assemelhavam-se às que haviam abandonado. Eram pequenas, baixas e de pedra. Não faltavam pedras. Encontravam-se por toda parte, em todos os tamanhos e formas. Os construtores apenas tinham de ajustá-las direito.

A preparação do material do telhado – palha e junco – ocupava mais tempo do que o levantar das paredes. O junco e a palha – utilizavam-se diversas espécies – tinham de ser mergulhados num preparado para torná-los resistentes e impermeáveis antes de serem usados. Esse preparado era feito de plantas, raízes e um pó negro de resina. A resina, aliás, era a mesma que as abelhas usavam para tapar as frestas em suas colmeias entre as pedras.

Depois de o material do telhado ter ficado mergulhado tempo suficiente, era prensado em maços entre pedras e posto para secar. As camadas prontas, com as quais cobriam os telhados, eram finas, duras e brilhantes, mas tão impenetráveis, que nenhuma gota de chuva vazava. Em sua antiga pátria, os incas preparavam o material de cobertura do mesmo modo, com a diferença, porém, que adicionavam galhos flexíveis à palha. Com isso seus telhados, às vezes, pareciam reluzentes tampas de cesto de cor marrom.

Todos os incas trabalhavam diligentemente. Enquanto uma parte dos homens ocupava-se com a construção das casas, outra preparava os campos de cultivo para a semeadura. Não longe do centro da cidade, encontraram glebas de terra fértil, onde logo plantaram as sementes de duas qualidades diferentes de milho: o vermelho e o branco.

Auxílio para a Construção

Aproximadamente seis meses depois de estarem estabelecidos em sua pátria florida, os incas receberam uma visita. Numa manhã apareceram cerca de vinte homens, que ficaram parados timidamente à certa distância, aguardando. Jarana, Bitur, Pachacuti e Aracauén, que nesse momento trabalhavam num canalete, a fim de conduzir a água da fonte para mais perto da cidade, olharam surpresos para os estranhos.

— São membros do *povo dos falcões*! disse Bitur, sorrindo. Um deles eu conheço. É o sacerdote Sarapilas.

Bitur dirigiu-se aos estranhos, cumprimentando o sacerdote com a saudação dos incas:

— Que o Sol sempre ilumine teu coração!

Sarapilas inclinou a cabeça, depois olhou para Bitur e ergueu para ele, em saudação, as palmas das mãos.

— Seguimos vosso rastro. Eu me opus a isso, enquanto pude! disse ele, cheio de pesar. A falsa religião que aceitamos fez nossas almas adoecerem, cobrindo nossos corpos de feridas.

— Almas doentes, porém, não se curam com sumos de plantas! respondeu Bitur. Somente podem ser curadas por uma religião que conduza rumo à Luz, dando-lhes força para a cura. Idolatria e cultos a ídolos não somente tornam as almas doentes, mas também matam o espírito.

Sarapilas sabia que Bitur tinha razão. Por isso disse:

— Doenças das almas deveriam ser curadas por sacerdotes. Por verdadeiros sacerdotes! acrescentou ele, ciente de sua culpa.

— Trouxestes doentes! disse Bitur sorrindo. Trazei-os para cá. Seus corpos talvez eu possa curar; suas almas, porém, eles mesmos devem purificar.

Enquanto Bitur e Sarapilas conversavam, os outros se haviam aproximado dos forasteiros, formando um círculo em volta de ambos.

— Sim, trouxemos doentes! disse um deles. E pedimos que os curem. Não esquecemos que curastes doentes já abandonados por nossos médicos, que os consideravam incuráveis. Ainda estamos em dívida convosco. Também isto não esquecemos. Desta vez queremos equilibrar, ajudando-vos na construção de vossas casas. Podemos preparar pedras, cortar madeiras e aparelhá-las, e sabemos também cavar canaletes de água! acrescentou com interesse aquele que falava.

— Somos vinte homens fortes! disse um deles já mais idoso. Viemos apenas pagar nossa antiga dívida e a nova que vamos acrescentar. Os doentes poderiam ter sido trazidos pelo sacerdote sozinho.

— Curaremos vossos doentes na medida do possível e aceitaremos vossa ajuda! disse Bitur.

Os forasteiros acenaram com a cabeça, agradecendo, retornando rapidamente pelo caminho de onde tinham vindo.

Algumas horas depois, chegava à cidade inca uma comprida fila de lhamas pesadamente carregadas. As cargas dos animais consistiam em alimentos, louças, ferramentas, tendas, etc. Logo a seguir chegou uma outra tropa de lhamas no vale. As cargas trazidas por elas apresentavam um aspecto desagradável. Eram mulheres emagrecidas e crianças desfiguradas por uma terrível doença de pele. As gordas e bem alimentadas lhamas, nas quais essas criaturas marcadas cavalgavam, soltavam berros roucos ao chegar e ver outras lhamas nas proximidades.

San recebeu os forasteiros, indicando-lhes os locais onde poderiam montar suas tendas e acomodar seus doentes. Bitur já estava a postos, a fim de preparar os remédios necessários. Uma vez que se tratava da mesma doença de pele, podia-se aplicar os mesmos métodos de cura. Com exceção da resina, ele possuía ainda todas as ervas necessárias, as quais havia cuidadosamente secado e guardado. A falta da resina não era problema, pois possuíam o pó negro da resina que misturavam no preparado usado como material de telhado.

Seguindo sua intuição, Bitur espalhara certa vez esse pó numa ferida purulenta de uma lhama. O ferimento do animal tinha um aspecto ruim. Depois de tratada com o pó de resina, a ferida parou de eliminar pus, cicatrizando lentamente.

A mistura de ervas com o pó preto de resina ajudava também os seres humanos. Os ferimentos purulentos secavam e cicatrizavam bem. Bitur sabia, naturalmente, que uma doença tão grave de pele não poderia ser curada apenas com o tratamento externo da ferida. A purificação teria de ocorrer de dentro para fora. Por isso, deu de beber a todos o extrato amargo das algas da neve, o que muito contribuía para a cura dessas pessoas enfraquecidas. Esse extrato foi feito com o último maço de algas que restava.

Os incas souberam que os sobreviventes do *povo dos falcões* fixaram-se numa localidade ao sul do lago Titicaca, e que nenhum deles quisera voltar para o lugar da desgraça.

— Nunca mais teremos um templo próprio! diziam. Os grandes, que com suas forças gigantescas ajudaram-nos a construir o templo, destruíram-no quando atuamos erradamente e, ao atuarmos assim, a pureza nos deixou. Perdemos tudo. Tudo!

Sarapilas Confessa sua Culpa

O que realmente havia acontecido, a causa que tinha provocado a desgraça, os incas souberam através de Sarapilas durante uma reunião dos sábios.

— Nós, sacerdotes e sacerdotisas, causamos todo o infortúnio! Nosso maravilhoso templo poderia ainda hoje estar de pé. O ouro de suas colunas brilhava ao longe! começou Sarapilas, com voz cheia de tristeza. Certo dia, chegou um homem desconhecido com um grande séquito, a fim de falar com o nosso sumo sacerdote. Ele havia feito uma longa caminhada e pertencia a um povo que se chamava "povo das máscaras". Esse desconhecido apresentou-se como sacerdote enviado de uma grande deusa, e quem primeiro acreditou nele foram nossas sacerdotisas... Essas falsas sacerdotisas, hoje, estão mortas...

Sarapilas fez uma pausa. Seu corpo magro parecia curvar-se como que sob um pesado fardo.

— O rosto do tentador estava marcado por uma cicatriz desfigurante. Mesmo essa desfiguração não nos serviu de advertência! recomeçou ele. Sua roupa era apertada e preta, encobrindo-o do pescoço aos pés. Na cabeça usava uma coroa de pequenas penas brilhantes de pássaros. E tinha o pescoço envolto por uma comprida e fina serpente.

Os incas emitiram uma exclamação de surpresa.

— Uma serpente? perguntou Jarana, incrédulo.

— Era de ouro e prata! disse Sarapilas, explicando. Mas também poderia ser uma serpente viva, pois esse malfeitor era mais perigoso do que qualquer serpente. Nós deveríamos tê-lo matado logo, e não quando já era tarde demais.

Inicialmente o impostor falava muito sobre seu povo. Afirmava que sempre viveram de acordo com os grandes, pequenos e minúsculos espíritos, comemorando também as festas prescritas... "De repente, tudo mudou", dissera depois o diabo preto. "Brigas irromperam por causa de mínimas coisas. Também com estirpes vizinhas surgiram muitas lutas. Junto a todo o infortúnio, a terra começou a tremer e um vulcão irrompeu, cobrindo nossos campos de cultivo com cinzas incandescentes. Era visível que forças escuras desejavam nossa ruína..."

A voz de Sarapilas tremeu, ao continuar falando.

— Abreviarei a história a nós narrada pelo diabo preto. Ele e outros sacerdotes haviam mandado matar uma moça, aconselhados por um mago que afirmava poder ver, examinando o fígado e os rins dela, de onde soprava o vento mau que ameaçava a todos... O fígado e os rins não lhe proporcionaram nenhuma revelação, disse o mago mais tarde. Não obstante, o impostor não lamentou a morte da moça, porque depois de uma semana, ela lhe teria aparecido à noite, confiando-lhe um segredo. Ela lhe teria mostrado redondas frutas amarelo-avermelhadas de um cacto, as quais cresciam em altos arbustos. Ela até o havia conduzido à região onde tais frutas cresciam. "Come dessas frutas!" disse ela ao impostor de modo categórico. "Ou seca-as, até se tornarem um pó! E quando tomares do chá de raízes, mistura nele um pouco desse pó. Segue meu conselho e então acharás com certeza a felicidade que procuras!"

E, de fato, alguns sacerdotes e algumas sacerdotisas experimentaram essas frutas de cacto, parecidas com maçãs. Pois diziam a si mesmos que o conselho de uma falecida somente poderia trazer algo de bom.

O efeito deve ter sido surpreendente. E realmente foi. Pois eu mesmo, disse Sarapilas, hesitante, tomei desse pó de cacto no chá. Eu flutuava. Vi cores maravilhosas e era feliz. E todas as pessoas pareciam-me dignas de amor. Ao mesmo tempo pude realizar toda a sorte de coisas más, cuja execução normalmente não me teria sido possível. Nós todos, sacerdotes e sacerdotisas, bem como muitos dos funcionários e o próprio povo, bebíamos o chá de cacto, exigindo cada vez mais e mais. Também recebíamos mais, pois o impostor trouxera grandes provisões disso.

A situação, porém, tornou-se ainda pior. Digo pior porque as pessoas que começavam com aquilo pediam e exigiam mais e mais desse entorpecente. Tinham terríveis acessos e gritos espasmódicos, sem perceberem que suas almas e seus corpos tornavam-se cada vez mais doentes. Chegou então o dia em que a provisão do impostor acabou. Mal ouso lembrar-me disso. Naquele tempo também eu perambulei pelo inferno dos espíritos decaídos.

Os sábios percebiam que custava a Sarapilas grandes esforços para continuar a falar. Foi uma confissão de culpa que ele apresentou, a qual não poderia ter sido mais degradante.

— Nossas sacerdotisas tornaram-se supersticiosas e começaram a acreditar em feiticeiros! continuou a falar. "Oferece mais um sacrifício!" exigiam do impostor. "Talvez, então, apareça a falecida novamente, dando-te novos conselhos! Membros de tribos estranhas encontram-se aqui no país. Mata uma de suas moças!"

O impostor recuou espantado diante de tal sugestão. Ele era mau e decerto já matara muitas vezes. Não obstante, recusou-se a satisfazer o desejo das sacerdotisas. Tratava-se de quatro delas que se tornaram viciadas...

"Matarei um animal, conjurando com isso a falecida que me mostrou o cacto. Se o sangue é de animal ou humano, não importa. Talvez exista aqui uma planta que provoque estados similares de embriaguez..."

As sacerdotisas estavam satisfeitas. Elas mesmas escolheram o animal. Era uma lhama bonita. O animal foi colocado no altar do nosso templo, do nosso maravilhoso templo... com as pernas atadas... Depois chegou o malfeitor... com a serpente no pescoço e a coroa de penas na cabeça... Com um corte rápido e comprido, abriu as costas do animal que tentava defender-se violentamente, e extraiu o fígado, os rins, etc. Na mesma noite, com a ajuda de dois servos do templo, matei com uma lança o falso sacerdote... Enxotai-me com pedras para fora de vosso país! disse Sarapilas, depois de terminar sua história.

A seguir levantou-se penosamente, deixando cambaleante de tristeza e vergonha o recinto e a cidade. Desse dia em diante ninguém mais o viu.

Os sábios escutaram calados, mas estremeceram apavorados ao ouvir a narração do crime cometido contra o animal. Nunca considerariam ser possível algo assim. Ao mesmo tempo não compreendiam tal baixeza do espírito humano. A total degradação de si mesmo... A desgraça do *povo dos falcões* tinha em si algo de apavorante... Não se tratava apenas do entorpecente. Pois haviam tolerado também idolatria em seu meio, e as estátuas quebradas de seres humanos com cabeças de animais, no campo de ruínas, indicavam muito claramente tal aberração.

— Um único estranho, proveniente de um país que ninguém conhecia, conseguiu influenciar todo um povo. Nesse fato vejo um ensinamento e uma advertência também para nós! opinou Jarana, enquanto os outros olhavam-no interrogativamente.

Concordaram logo, pois não havia um sequer que não tivesse sentido a mesma coisa.

— Estaremos vigilantes. Mas isso só não basta! disse San com ênfase. Temos de esclarecer nosso povo sobre a causa que provocou o infortúnio ao *povo dos falcões*. Pois muitos forasteiros nos virão procurar.

— San tem razão! disse Pachacuti. Nosso povo tem de ser esclarecido e advertido! Somente dessa maneira poderá ser conservada a necessária distância entre nós e os forasteiros.

E assim aconteceu. Não havia um sequer entre o povo, mulher ou homem, que não tivesse compreendido logo o alcance do que ouvira. Isso era compreensível, levando-se em consideração que entre os incas, em tempo algum, houvera grandes diferenças espirituais em seu desenvolvimento. Cada um deles ansiava por adquirir o maior saber espiritual possível. O que precisavam para sua vida cotidiana, possuíam em abundância. Nunca teriam cogitado em juntar riquezas terrenas. Os exemplos para o povo eram sempre os sábios, os quais dirigiam seus destinos. O grupo de sábios, de que faziam parte naturalmente também mulheres, superava todos os demais membros do povo, por ter ligação com mundos superiores. Eram escolhidos, no mais verdadeiro sentido da palavra.

A Cidade Cresce

Bitur curou as malcheirosas e purulentas doenças de pele. Novamente havia mais mulheres do que homens acometidos pela doença. Ao mesmo tempo, Jarana empenhava-se, com esforços redobrados, em auxiliá-los espiritualmente.

Os membros do *povo dos falcões* não foram os únicos que vieram com seus doentes buscar ajuda e cura junto aos deuses brancos. Muitas vezes chegavam pessoas de povos muito distantes, que tinham ouvido a respeito das curas milagrosas dos "homens brancos com rostos de deuses", os quais falavam pouco, mas ajudavam muito. A confiança que todos depositavam nos incas era justificada, pois eles esforçavam-se com infinita paciência em ajudar os que procuravam auxílio.

A cidade crescia lentamente, enquanto Bitur e mais alguns que também possuíam aptidões médicas cuidavam dos doentes. As casas de pedra construídas naquele tempo eram baixas e pequenas, porém seguras e firmes. Eles fechavam as fendas entre as pedras com uma massa de barro azul e pó branco de cal. Trouxeram esse material de sua velha pátria, em forma de pó.

As casas, no início, eram pequenas e simples, contudo não lhes faltava brilho. Nenhuma casa ficava sem um ornamento de ouro. Esses ornamentos eram fixados nas paredes, nas aberturas redondas que serviam de janelas ou nas portas feitas de couro duro e martelado. Além disso penduravam um ou mais sininhos de ouro nos batentes das portas, sininhos esses tão finos, que com qualquer vento mais forte balançavam, tinindo para lá e para cá. Mais tarde trocaram os sininhos de ouro por sininhos de prata, visto que estes soavam mais bonito.

As casas, por dentro, eram quentes e aconchegantes. As paredes de pedra eram todas revestidas com tecidos. Também o forro, feito de um trançado de galhos finos e preparados, era revestido por um tecido de lã tingido de azul. Como camas, utilizavam redes penduradas entre armações de madeira. As redes das crianças eram penduradas entre armações bem baixas, de modo que nunca poderiam machucar-se caso caíssem delas.

Cobriam os pisos com placas de pedra. Sobre estas estendiam tapetes de peles de coelhos e de ovelhas, colocados sobre uma base de feltro.

Guardavam os cobertores, roupas e ponchos em baús de madeira aromática. As árvores que forneciam essa madeira cresciam em matas virgens de clima quente situadas mais embaixo. Havia também mesas e bancos. O material usado para isso, na época inicial, era muito variado. Podia ser pedra ou madeira, como também galhos e trançados de cipós ou palha dura.

A instalação das pequenas casas de pedra era muito primitiva, contudo havia algumas obras de arte em cada uma delas. Por exemplo: flores, folhas, estrelas e meias-luas de ouro. Nos cantos havia geralmente urnas altas de cerâmica, providas de uma tampa: as urnas para brasas. Eram perfuradas em parte, podendo ser preenchidas com brasas. Eram úteis e davam um toque muito decorativo com suas cores brilhantes.

Quando os primeiros doentes do *povo dos falcões* chegaram à cidade dos incas, logo foi construído o primeiro "hospital". Era uma construção comprida e baixa, de pedra, onde vinte doentes podiam ser alojados comodamente. Logo depois, tiveram de levantar uma segunda edificação, uma espécie de armazém, pois nenhum visitante ou doente vinha de mãos vazias. As oferendas que traziam eram tão variadas, que mal poderiam ser enumeradas. Prata, baixelas de prata, cerâmicas, joias, corantes, mantimentos e assim por diante.

Os incas retribuíam com presentes que consistiam geralmente em pedaços ou grãos de ouro... Às vezes davam também instrumentos musicais. Certamente nunca houve um povo que fabricou tantos pequenos instrumentos diferentes como os incas. Suas crianças tocavam pequenas flautas antes mesmo de aprenderem a falar. Talvez tivesse sido esse o motivo de começarem a falar muito mais tarde do que as crianças de hoje.

Os incas jamais permitiam que os visitantes de povos estranhos ou os já curados se estabelecessem entre eles. Nesse ponto eram inflexíveis. A história de Sarapilas ainda os fortalecera nisso. Tão logo os doentes ficassem curados, tinham de deixar a cidade junto com seus acompanhantes, voltando para sua pátria. Nem sempre era fácil convencer os forasteiros a irem embora. O misterioso poder que emanava dos incas, ou que eles espalhavam em redor, todos sentiam, sem exceção, como algo benéfico. Não sabiam que eles próprios também haviam mudado. Tanto, que não somente tinham adquirido mais saúde, como também retornavam a seus povos mais abertos espiritualmente.

Havia também visitantes desejosos de ficar mais tempo, a fim de perscrutar o encanto que afastava dos incas todas as desgraças que atormentavam outros seres humanos.

— São imunes a doenças! disse um que gostaria de ter permanecido junto aos incas.

— Trabalham como se disso dependesse suas vidas! Mesmo seus filhos, desde pequenos, são movidos por essa vontade de trabalhar! disse um dos mercadores que visitava regularmente os incas.

Um homem, cuja filha teve alta, disse concluindo:

— Nossa curiosidade e nossas suposições a respeito dos incas não nos aproximam nenhum passo sequer da verdade. Sabemos apenas que ninguém pode esquivar-se da influência desse povo misterioso, cuja procedência ninguém conhece.

Os forasteiros não adivinhavam que também eles despertavam a curiosidade dos incas. Já pela sua roupa... tudo neles era colorido. Os incas confeccionavam seus ponchos com dois cobertores de lã, totalmente brancos. Sem qualquer enfeite. Coloridos eram apenas os cordéis com que penduravam seus discos do Sol de ouro no pescoço. Os ponchos dos muitos visitantes de outros povos eram todos multicoloridos. Pois neles entreteciam figuras geralmente geométricas de cores variadas. As mulheres de alguns povos pareciam, de longe, balões coloridos carregados de adornos de prata, ou assemelhavam-se a grandes bolas, pois para a confecção de seus ponchos não utilizavam dois, mas sim três cobertores, e todos eram enfeitados da maneira mais colorida possível.

Tanto os homens como as mulheres, enquanto não haviam contraído doenças, eram figuras robustas, de estatura média, possuindo rostos agradáveis e muitas vezes bonitos. A pele morena de seus rostos era lisa, limpa e reluzente devido ao óleo com o qual a tratavam. Apenas o medo de suas almas, que se refletia nos olhos de muitos desses seres humanos, dava aos incas, inicialmente, muito que pensar.

CAPÍTULO IV

OS MÉDICOS INCAS
E SEUS MÉTODOS DE CURA

A Vontade de Ajudar

   Como já se mencionou, os incas tinham pouco interesse pela arte de curar enquanto viviam em seus vales montanhosos. Pouco interesse e nenhuma oportunidade para exercer tal arte, uma vez que seu povo era livre de doenças. Isso somente se alterou quando entraram em contato com os primeiros doentes do *povo dos falcões*. Inicialmente, foi apenas Bitur que, por impulso interior, quis ajudar as pessoas sofredoras e, dessa forma, pôde fazê-lo. Sem que disso se tornasse consciente, despertaram nele faculdades que desde milênios já haviam trazido cura e alívio a muitos seres humanos.
   A arte de curar, porém, não se restringia somente a Bitur. Outros incas, geralmente ainda muito jovens, começaram a interessar-se por essa arte extraordinária, ajudando as pessoas doentes sob a direção de Bitur, que, sozinho, nunca poderia ter vencido o trabalho causado por muitos doentes.
   O número de visitantes aumentava dia a dia. Vinham em grupos, frequentemente de longínquas regiões costeiras. Muitas vezes por curiosidade, para ver o "misterioso e belo povo" que era livre de doenças e que, não obstante, podia "curar todas as doenças". Pois todos os visitantes, qualquer que fosse o motivo de sua vinda, traziam doenças consigo. E todos eram curados, a não ser que já estivessem à morte.
   Nenhum forasteiro pressentia que os "milagrosos" médicos incas só no decorrer do tempo adquiriram os conhecimentos que os capacitaram a exercer sua arte de curar. Sua fama como "curadores-milagrosos" era porém justificada, pois desejavam auxiliar com todas as forças de que dispunham, não poupando nenhum esforço para alcançar esse objetivo. Pode-se deduzir que os resultados das curas alcançados por eles eram, em parte, devidos a essa vontade imutável de ajudar. Contudo, apenas em parte...

Pois todos os seus esforços e toda a sua boa vontade de nada lhes teriam adiantado, se não tivessem ao seu lado os insuperáveis mestres e auxiliares do reino da natureza. Esses mestres eram todos servos do grande "Ilauta". Sendo assim, conheciam todos os produtos da natureza capazes de ajudar os corpos humanos, que haviam sido desviados do equilíbrio, a exercerem de novo suas funções normalmente. Aliás, no ritmo previsto.

Ilauta, o filho do poderoso Viracocha, era conhecido de todos os incas. No passado, nenhum deles tivera necessidade de dirigir-se a ele, solicitando auxílio. Isso agora se tornara diferente, pois precisavam do conselho e da ajuda desse grande auxiliador e de seus servos.

Além das doenças de pele, as pessoas sofriam de muitas outras... de natureza corpórea e anímica. Vieram também feridos, solicitando ajuda. Entre os povos que os incas conheceram havia constantemente rixas tribais, guerras de conquista, guerras religiosas ou outras lutas sangrentas. Lutavam com lanças, dardos, flechas e clavas, ferindo-se, mutilando-se e matando-se, sem compreenderem depois, geralmente, por que haviam lutado. Todos esses povos possuíam bons médicos, pois ainda não estavam tão afastados da força espiritual e da força da natureza como hoje. No decorrer dos séculos, porém, os incas provavelmente superaram todos os médicos que já haviam existido.

Eles superavam os outros médicos, não por suas sensacionais operações cranianas ou por curar complicadas fraturas. Não! Não por causa disso. Isso também os egípcios fizeram e antes deles médicos de povos desconhecidos e há muito desaparecidos.

Doenças da Alma

Os incas tornaram-se famosos em razão do dom de reconhecer e curar doenças da alma. Isso não aconteceu, naturalmente, nos primeiros tempos. Naquela época eles ainda não conheciam os males causados por doenças anímicas. Esses males eles somente conheceram pouco a pouco, no convívio com pessoas de outros povos. Com povos que mais tarde se uniram a eles.

Havia sempre somente pouquíssimas pessoas, mesmo entre os incas, que nasciam com essa capacitação. Nem sempre eram pessoas que praticavam a profissão de médico. Podiam ser sacerdotes que, por ocasião de solenidades especiais, anunciavam as leis dos incas e as interpretavam. Podiam também ser pessoas que manipulavam ervas. A profissão de manipular ervas era, junto aos incas, muito importante, pois os que a exerciam zelavam para que sempre houvesse estoques suficientes de remédios...

— Temos, primeiro, de conhecer o lado escuro dos seres humanos, a nós desconhecido, a fim de nos tornarmos bons médicos e aprendermos a utilizar a força curativa a nós inerente! disse Bitur pensativamente para seus alunos.

Logo depois convidou um deles para explicar o que se entendia por "lado escuro dos seres humanos".

— No lado escuro da vida humana encontram-se as idolatrias, as doutrinas erradas e a mentira. E o começo de todo o mal é a mentira.

Bitur alegrou-se com a resposta precisa de seu mais jovem aluno. Depois disse:

— Nós, incas, não conhecíamos a mentira. Nem tínhamos uma palavra ou uma expressão para denominar tal mal. Agora, contudo, somos obrigados a nos ocupar com esse mal, se quisermos libertar os outros disso e curá-los.

— Temos aqui um sacerdote do povo *chanchán*, começou um aluno mais velho, o qual se queixa de sentir um medo que o atormenta durante o dia e lhe rouba o sono durante a noite. Além disso, tem dores na região estomacal. Ele sofre muito e espera que o curemos.

— Esse sacerdote poderá ser curado, caso coopere conosco! disse Bitur. Pelo que sei, ele introduziu um culto que deveria facilitar ao seu povo aproximar-se em devoção da divindade. Eis que mandou confeccionar estátuas de barro com forma humana, cujos rostos escondem-se atrás de máscaras de ouro. Uma parte desse povo, outrora altamente desenvolvido, adora agora estátuas de barro, aliás, na crença de estar assim mais perto da divindade.

— Esse culto baseia-se na mentira! disse um aluno, olhando interrogativamente para Bitur.

Este acenou com a cabeça, convidando-o a prosseguir.

— A adoração de estátuas somente confunde o povo, afastando-o do caminho que conduz rumo à Luz. Somente em gratidão e humildade, pode o espírito humano prestar sua veneração à divindade. Com toda a sua vida terrena! Nunca deverá abandonar o lado da Luz.

— Agora, continuou Bitur, na Terra um leigo não considerará muito nocivo esse duvidoso culto à estátua. No mundo invisível que nos circunda, no entanto, esse culto produz doenças como qualquer outro culto baseado na mentira. Doenças geralmente incuráveis, que afetam primeiro as almas. No caso do sacerdote, a doença não se restringiu somente à sua própria alma. A doença da alma alastrou-se, e atingiu todos os que aceitaram esse culto religioso que conduz ao caminho errado.

— Não são todos os que sabem como tal doença se efetiva na alma! disse um aluno, enquanto Bitur novamente se entregava ao preparo de um extrato com a ajuda dos demais.

— Tens razão! respondeu Bitur, alegre pelo afinco de seus alunos. Continua a explicar! Pois conheces o processo.

— Primeiro formam-se na região estomacal e na testa pequenas manchas cinzentas. Parecem-se com respingos de lama...

— A doença pode, de início, tornar-se também perceptível em outros lugares! interrompeu Bitur o aluno.

Este acenou com a cabeça, concordando, e prosseguiu:

— Como em cada doença física, as doenças anímicas produzem desagradáveis e dolorosas reações. As manchas cinzentas, que parecem mover-se, causam à alma, muitas vezes, dores insuportáveis, pois ardem e coçam. O corpo terreno ligado a essa alma doente terá de sofrer tormentosos estados de medo... Como então poderá ser curado tal enfermo?... Por ele próprio! disse o aluno com firmeza.

— Sim, exclusivamente por ele próprio. O doente terá de dar o primeiro passo! confirmou Bitur. No que se refere ao sacerdote, há ainda uma possibilidade de cura. Ele está arrependido e reconheceu seu erro. Agora, há ainda diante dele o trabalho de destruir as estátuas e esclarecer as pessoas que foram guiadas para o erro através desse culto. Se conseguir isso, a dolorosa doença de manchas na alma desaparecerá, e assim acabarão também os estados de medo. Dentro de alguns dias, esse sacerdote torturado pelo medo e remorso voltará com um grupo de mercadores para o lugar onde iniciou esse culto. Terá dificuldades. De nós, pouca ajuda recebeu. Apenas pude dar-lhe um extrato de ervas que atua como calmante, libertando-o pelo menos temporariamente de suas angústias.

O ensino de Bitur diferenciava-se muito do ensino ministrado por outros médicos aos seus alunos. Já havia algum tempo que se dedicava inteiramente às doenças anímicas, às suas causas e aos seus efeitos sobre o corpo terreno.

— E se o sacerdote, que já é idoso, não puder convencer todos de seu erro, de modo que eles continuem a adorar estátuas? perguntou um dos alunos novos, um pouco sem jeito por voltar mais uma vez ao caso do sacerdote.

— Uma vez que esteja arrependido, com certeza lhe será dada, numa vida terrena posterior, a oportunidade de advertir as pessoas contra a idolatria, prevenindo-as. Dessa maneira poderá então purificar sua alma da doença aderida nela! Mas também terá de reconhecer, pois arrependimento somente não basta nesse caso.

— O que acontecerá com o homem que matou outro numa briga? Sua alma, decerto, ficou marcada, pois ele não tinha o direito de matar o outro!

— Não, direito não tinha. Ele bateu cego de raiva... E agora vagueia pelas montanhas, atormentado pelo arrependimento.

Depois dessas palavras, Bitur olhou indeciso para seus alunos. Será que já estariam suficientemente adiantados para poder compreender o esclarecimento que agora teria de dar a eles?

— O delito desse homem é quase insignificante, em comparação com aquele do sacerdote! disse Bitur, olhando perscrutadoramente para seus ouvintes.

Não havendo nenhum aparte, continuou.

— Certo, o brigão também contraiu uma ferida anímica. Pode-se vê-la perfeitamente na nuca. Essa ferida, contudo, logo cicatrizará. Pois temos de considerar que não matou o outro premeditadamente, mas sim por um momentâneo impulso de raiva. Com isso a culpa com que se sobrecarregou será abrandada em muito. Não obstante, terá de pagar por seu ato. Como acontecerá isto? Deixo a resposta a vocês.

— O morto permanecerá nas proximidades de seu matador, acusando-o!

— O remorso amargurará sua vida!

— Ele se machucará numa queda, ou alguém o ferirá de algum modo!

Bitur ouvia serenamente as diferentes respostas.

— Na minha opinião, disse ele, depois de uma pausa mais prolongada, de alguma forma vai se machucar gravemente nesta vida. Mas é possível também que o resgate da culpa ocorra numa próxima vida terrena.

E ele continuou:

— Eu sei que desejais ouvir agora algo sobre a bela moça *chanchán*, que dá uma impressão tão triste e deprimente. Seus pais empreenderam a longa viagem na esperança de que nos fosse possível libertá-la da sombra funesta que aparentemente se estende sobre ela. Fisicamente a moça não tem nada. Ela também não sente dores em nenhuma parte. De acordo com as informações de sua mãe, era uma criança alegre e feliz. Quando, porém, passou da idade infantil e atingiu a adolescência, seu caráter mudou. Teve inexplicáveis crises de melancolia, rindo somente raras vezes. É muito boazinha e conta histórias às crianças que sempre a rodeiam. Histórias de bichos e de espíritos da natureza.

Enquanto falava, Bitur andava pelo recinto de um lado para outro, com a cabeça abaixada. Sentia, virtualmente, como seus alunos esforçavam-se em espírito para perscrutar as causas dessa esquisita doença.

— A moça está ferida! começou ele, quando ninguém dizia uma palavra sequer. Ferida animicamente. A ferida provém de uma vida anterior, todavia ainda não cicatrizou. Sabeis que a alma não morre nem fenece como acontece com nossos corpos terrenos. Ela permanece a mesma. Quando de um novo nascimento, ela se ligará estreitamente ao corpo terreno tão logo este tiver alcançado uma determinada idade. Não importa em que estado ela se encontre. Bom ou mau. Um dia, porém, só após atingir a adolescência, tudo quanto estiver dentro da alma será trazido forçosamente à luz do dia. Tanto o belo como o feio se tornarão, de algum modo, perceptíveis.

— Quem poderia ter causado a ferida à moça? perguntou um dos alunos, pensativamente. E por que ela não sara?

— E o que podemos fazer se um outro provocou essa ferida, não sendo ela mesma quem a contraiu através de uma culpa?

— Nem sabemos como surgiu essa ferida!...

E assim continuaram. Bitur esperou pacientemente até que todos se acalmassem, depois disse simplesmente que a ferida foi

provocada por "palavras". Palavras são perigosas, podendo machucar mais do que qualquer arma...
Como ninguém retrucasse, provavelmente devido à surpresa dessa afirmação, explicando, ele acrescentou que a moça não podia esquecer as palavras que outrora a haviam machucado de tal modo, que a ferida não pôde sarar.
Dessa vez foi diferente. Os médicos forasteiros entenderam imediatamente quando Bitur falou que palavras eram perigosas e que podem ferir. Os incas olhavam pensativos à sua frente... Palavras que feriam eles não conheciam. Somente depois, quando conheceram mais de perto membros de outros povos, compreenderam as explanações de Bitur.
— A moça será curada aqui. A cicatriz que naturalmente ficar não mais sobrecarregará o estado anímico dela.
— Mas...
Bitur afastou com um movimento de mão a objeção que um dos alunos queria fazer e continuou a falar.

Magnetismo Terapêutico

— Eu e todos que nos ocupamos com diversos métodos de cura temos de agradecer muito a ela. Pois, sem sua vinda, um importante fator de cura me teria passado despercebido: a cura através do nosso espírito!
Dessa vez os incas logo concordaram intuitivamente com isso, enquanto os outros ficaram calados.
— Somos seres humanos com força espiritual! exclamou o guardador de remédios.
— Certo! Mas deixa-me continuar a explicar! disse Bitur. A força depositada pelo Criador em nossos espíritos é tão forte e luminosa, que traspassa nossas almas e envolve nossos corpos com um halo de cores luminosas. Esse halo espiritual[*] brilha em cores bonitas e puras apenas naquelas pessoas que se encontram no lado da Luz da vida. Em todos os outros seres humanos esses halos não brilham. Pelo contrário! São impuros, assim como se tivessem sido conspurcados.

---
* Aura.

Agora também os médicos forasteiros compreenderam. Não somente os seres humanos estavam circundados pelo halo luminoso. Tudo o que era vivo estava envolto por ele.

— Também os espíritos da natureza, os habitantes das montanhas, das florestas, dos mares, brilham. Nem os animais são excluídos disso.

Bitur deixou aos alunos tempo para que refletissem e trocassem entre si suas opiniões, exigindo depois novamente a atenção deles.

— Todos vós já observastes como os raios solares traspassam a neblina da manhã. Esse processo tem algo de similar com a força espiritual que nos traspassa integralmente. Ela também emite raios. Raios multicoloridos. E esses raios contêm em si, entre outras propriedades, também força terapêutica. Podemos denominá-la "força espiritual terapêutica"* e, consequentemente, também podemos curar.

A seguir Bitur explicou que nem todas as doenças anímicas poderiam ser curadas. E que não era dado a qualquer um aplicar essa força eficientemente. Uma pessoa teria de ser *especialmente capacitada* para tanto, e além disso possuir um corpo totalmente sadio.

— Uma verdadeira obra de arte só pode ser criada por alguém que tenha desenvolvido em si a capacidade para isso. Capacidade e amor! Assim é com qualquer profissão que exige do executante uma especial dedicação.

— Cura através do halo espiritual. Isso me é compreensível! disse um dos médicos forasteiros. Contudo, como poderá ser curada uma ferida que nem se vê?

— Por isso somente uma pessoa escolhida para tanto pode realizar tais curas. Escolhido quer dizer, neste caso, que essa pessoa possui as necessárias capacitações... de reconhecer o mal! Quereis saber como se faz isto?

Bitur sorriu quando viu ao seu redor os rostos ávidos por saber.

— Consideremos a moça *chanchán*, prosseguiu. Ontem falei com ela. Contou-me, então, que estava com saudades de seu lar e que frequentemente sentia uma dor na região do coração. Fiquei à sua frente por alguns minutos, não mais. Durante esse curto tempo senti nitidamente como se setas luminosas partissem de mim,

---

* Magnetismo terapêutico.

penetrando no peito dela. Beneficamente. Curando. A força espiritual fechou a ferida que há muito a atormentava.

A cura, porém, pode ocorrer também de outra maneira! disse Bitur, pensativamente, depois de algum tempo. Em pessoas capacitadas, a força terapêutica pode concentrar-se tão fortemente nas mãos, que o colocar da mão basta para trazer alívio aos que sofrem.

Quando ninguém nada mais tinha a opor, ele continuou:

— No fundo existe pouca diferença entre a cura anímica da moça *chanchán* e a cura de alguma ferida corpórea. Não devemos esquecer que a mesma força terapêutica também se encontra nas plantas, com as quais curamos doenças comuns. Devemos, apenas, aprender a utilizar direito essa força.

— O novo bálsamo ajudou o moço que há meses sofria de dores de cabeça! disse um dos guardadores de remédios. Ele não sente mais nada. Isso certamente significa que as dores não foram causadas por nenhuma culpa de alma.

— Isto não se pode constatar assim, sem mais nem menos. As dores, não obstante, podem ter sido provocadas por uma doença anímica. Nesse caso, elas tornarão a voltar depois de um certo tempo.

A seguir, Bitur perguntou:

— Perguntaste ao homem desde quando sofria de dores de cabeça?

— Certamente fiz isso. O homem foi atingido por uma avalanche de neve e ficou deitado inconsciente. Quando voltou novamente a si, conseguiu libertar-se rapidamente. De qualquer forma, nesse ínterim, passaram-se horas. Pôde-se verificar isto pela posição do sol... Suponho que o frio da neve atacou a cabeça dele.

— O que levou o homem para lá? perguntou um aluno. Todos, provavelmente também ele, conhecem os lugares perigosos das montanhas.

— Ele queria escalar o cume da montanha! respondeu o guardador de remédios. Segundo a lenda, uma criança de seu povo, de descendência real, foi sepultada numa caverna lá no alto. Ele supunha que isso estava ligado a algum culto, eis por que queria achar a caverna e o cadáver.

— O homem provavelmente procurou seu próprio cadáver! disse sorrindo um dos médicos de fora.

Bitur concordou com ele, acrescentando ainda algumas explicações.

— Podemos também ajudar a uma pessoa carregada de culpa, quando ela mesma coopera! Isto é, quando se liberta do mal que imprime um cunho feio à sua alma, o qual torna seu corpo suscetível a doenças.

— Os sintomas de doenças anímicas são facilmente reconhecíveis! disse um dos médicos de fora, que até então não se havia manifestado. Opressão, medo e descontentamento são sintomas infalíveis. Vós, incas, tendes pouca experiência ainda com esse tipo de doenças.

O forasteiro calou-se, um pouco envergonhado, depois dessas palavras. Ele viera para aprender e não para vangloriar-se de sua sabedoria.

— Falaste certo! disse Bitur. Uma pessoa carregada de culpa tem de colaborar, ela própria, para que possamos proporcionar-lhe alívio...

Depois das conclusões de Bitur, um outro médico inca continuou a aula.

— Quem quiser curar uma doença, tem de olhar a pessoa integralmente! começou com voz serena. É importante perscrutar seus hábitos de vida e sua religião. Só esse conhecimento, muitas vezes, já nos oferece uma imagem de seu estado anímico e das causas de seus sofrimentos físicos. Doenças puramente físicas podemos constatar pela cor da pele, das unhas e dos lábios. E nos olhos!... Os olhos são para nós de suma importância para um diagnóstico seguro, tanto física como animicamente.

Depois dessas palavras, o médico dirigiu-se a um dos alunos mais velhos, convidando-o a falar. Convite que este logo aceitou com alegria.

— Nenhum ser humano é igual a outro! começou ele. Cada um tem de passar por muitas transformações. Não somente isso. A cada um de nós são proporcionadas muitas vivências que influenciam nosso bem-estar físico e anímico, podendo ser essas vivências até decisivas e orientadoras. Mas isso só acontece quando sabemos interpretar direito nossas vivências!

Bitur olhou com visível orgulho para seu aluno.

— Tuas palavras contêm uma grande sabedoria! disse depois, elogiando. Continua!

O aluno, contudo, fez uma pausa tão longa, que nesse ínterim um dos médicos de fora pediu a palavra.

O Efeito Protetor da Aura

— Quero voltar mais uma vez para as "irradiações do halo" que emanam de nossos corpos. Aliás, para os halos de pessoas pronunciadamente más. Podem elas prejudicar-nos de algum modo?

Bitur, a quem era dirigida a pergunta, baixou a cabeça pensativamente. Lembrou-se de algumas pessoas do *povo dos falcões*. A presença delas não teve um efeito benéfico sobre ele. Tornara-se impaciente, ficara com dor de cabeça e sentira-se esgotado. Sintomas que antes nunca constatara em si.

— Seres humanos com halos sujos devem ser considerados doentes. Suas almas são contaminadas por males, podendo transmiti-los a criaturas mais fracas. Por exemplo: conheceis a história do infeliz *povo dos falcões*. Algumas pessoas com halos sujos, refiro-me ao sacerdote viciado em entorpecentes, que veio em companhia de outros, causaram toda a desgraça. O sacerdote transmitiu os germes de doenças anímicas, nele aderidos, para outros.

O *povo dos falcões* poderia ter-se protegido disso, caso seus próprios halos fossem puros e luminosos. Mas este não foi o caso. Halos luminosos encerram uma força de defesa tão intensa, que afastam de si tudo o que é impuro... O melhor é evitar pessoas com halos sujos. Não é difícil reconhecê-las, pois trazem inquietação e descontentamento consigo. Enfim, perturbam a harmonia!

O médico agradeceu a Bitur pelas explanações que se coadunavam inteiramente com suas experiências de até então. Bitur olhou para o aluno que antes havia falado tão sabiamente e perguntou-lhe se ainda queria dizer algo. Este acenou afirmativamente com a cabeça, perguntando logo:

— Qual é a parte mais vulnerável do nosso corpo?

— O coração! exclamaram alguns alunos quase simultaneamente.

Outros opinaram que era o estômago, pois na região estomacal situava-se o ponto onde a alma e o corpo tocavam-se...

Bitur ouviu serenamente as diferentes opiniões, esperando até que todos as tivessem manifestado. Chegado o momento, disse que, segundo sua opinião, o cérebro era o lugar mais vulnerável.

— O cérebro? perguntou alguém, surpreso.

Todos os demais calaram, ouvindo sua intuição. A intuição era infalível. Como reagiria a intuição deles diante da afirmação de Bitur?

— Tens razão, sábio Bitur! disse um dos médicos. Nosso cérebro é o ponto mais vulnerável. Teus alunos, quero dizer os alunos que pertencem a teu povo, não conhecem suficientemente a maldade que reina entre os seres humanos de outros povos. Por isso não compreenderam tua afirmação.

E assim aconteceu. Nenhum havia compreendido, embora sentissem intuitivamente que Bitur tinha razão. De repente, o guardador de remédios exclamou:

— Naturalmente, Bitur tem razão! O cérebro forma nossos pensamentos! Eles vêm e voltam, podendo ser bons ou maus! Eu conheci a mulher de um caçador *runca*... Há pouco ela esteve conosco... Sua cabeça, sim, todo seu corpo, parecia movimentar-se no meio de uma nuvem invisível na Terra... Uma nuvem que consistia em irreconhecíveis formas nebulosas de espécie humana e animal... turvando-lhe qualquer visão... A mulher sofria muito com a falta de ar e tinha fortes dores nos joelhos. Às vezes ela pensava que ficaria asfixiada...

O orador calou-se, sem jeito, por ter falado tanto.

— De que maneira auxiliaste a mulher que procurou tua ajuda? perguntou Bitur.

— Dei-lhe remédios sedativos e um óleo para seus joelhos... Contra as nuvens que saíam de seu cérebro, envolvendo-a, eu não tinha nenhum medicamento... Só agora compreendo como tinhas razão quando disseste que o cérebro é o ponto mais vulnerável.

— Vós, incas, sois realmente tudo o que se afirma a vosso respeito! exclamou admirado um dos médicos de fora. Mais sábios do que os outros seres humanos que hoje habitam a Terra! Outros nunca considerariam o cérebro como ponto vulnerável! Naturalmente, o cérebro, como gerador de pensamentos, forma focos de muitos males que têm de afetar a alma e o corpo!

— Tua sabedoria não fica devendo nada à nossa! disse Bitur com reconhecimento. Os seres humanos que se afastaram do lado da Luz são realmente criaturas dignas de lástima! Além dos halos sujos ainda formam inúmeros pensamentos, os quais sobem como nuvens de seus cérebros...

As escolas de medicina dos incas não eram somente famosas. Eram únicas. No programa de ensino dessas escolas a ciência do espírito e da natureza estavam em primeiro lugar. Somente depois vinham, como "ramo" de ambas as ciências, as variadas composições de medicamentos e os diversos métodos terapêuticos, por meio dos quais corpos doentes poderiam ser curados.

Falando de médicos incas e de sua sabedoria e capacidade, então não devemos nos esquecer de que naquele tempo ainda não existiam as doenças que a assim chamada civilização trouxe consigo, nem os inúmeros vícios. Pelo menos nos países que juntos formavam o grande Império Inca. Esses males somente foram introduzidos nesse império pelos conquistadores espanhóis. Também os crimes contra a natureza ainda eram desconhecidos. Justamente esses crimes acarretavam e acarretam tantos males anímicos e físicos, que são impossíveis de se enumerar. Pode-se dizer calmamente que para todos que participaram e participam de crimes contra a natureza não há mais nenhuma remição.

Como conclusão deste capítulo citamos a sentença de um grande inca, que realizou curas que mais pareciam milagres:

"Agradecemos nossa existência a uma força e a um amor que tudo abrange. Um amor que nos incandesce já desde eternidades, nos ilumina e soergue! Ele encerra em si o reino celestial! Por isso também jaz no amor a maior força curativa que conhecemos!"

CAPÍTULO V

SACSAHUAMÁN – A FORTALEZA INCA

Malfeitores Invadem a Cidade

Sacsahuamán! As ruínas dessa fortaleza inca têm apresentado muitos enigmas aos arqueólogos e a outros cientistas. É sempre a mesma coisa. Defrontam-se com as gigantescas edificações de tempos remotos, cujas ruínas ainda têm um efeito grandioso, sem saberem o que pensar sobre a origem dessas edificações... Os blocos de pedra usados para a construção da fortaleza de Sacsahuamán tinham cinco metros de comprimento por três metros de largura, e todos eles foram cortados com tanta exatidão que puderam ser justapostos sem deixar lacunas.

E agora as perguntas: de que maneira foram esses blocos trazidos da pedreira até o local da obra? E quem os cortou com tanta perfeição?...

É inteiramente compreensível que os pesquisadores, utilizando-se exclusivamente de seu raciocínio, jamais descubram os enigmas do passado. Mesmo hoje as ruínas ainda têm um efeito grandioso, e antes de tudo dão testemunho do saber a respeito da arquitetura, saber hoje não mais existente.

O pequeno povo inca vivia, aproximadamente, havia vinte anos em sua nova pátria, a Cidade Dourada entre colinas e montanhas, quando a grande e colossal fortaleza foi construída.

Mas, por quê? Por que motivo surgiu uma obra tão grande? Os incas eram pacíficos e não tinham inimigos. Além disso, as regiões elevadas dos Andes eram escassamente povoadas. Ao menos naquela região.

Certo dia, isso mudou. Muitas mulheres haviam tido visões de figuras humanas envoltas em peles sujas, as quais desciam de uma colina e dissolviam-se em nada quando observadas de perto. Os guias espirituais do povo se manifestaram, advertindo:

"Há perigo iminente! Vossas mulheres, crianças e animais estão em perigo! Protegei-os! Não os deixeis fora de vossa vista! Observai a montanha das cavernas, pois de lá se aproxima o perigo!"

O saber de um infortúnio que se aproximava, por mais estranho que isso possa parecer, devolvera-lhes a calma e a confiança. Conheciam agora a causa de sua inquietação e medo, que sentiam intuitivamente havia semanas, deixando-os quase doentes. Os homens colocaram sentinelas para observar a colina... Perigo de seres humanos? Só de criaturas humanas... por parte da natureza nada tinham a temer... As visões tinham um aspecto sinistro. As pessoas que os incas conheciam até aquela época eram amáveis e de boa índole, embora pensassem e agissem de maneira diferente, vestindo-se do modo mais colorido possível.

Não demorou muito e os incas conheceram os malfeitores. Um bando de homens de cabelos longos, envoltos em peles malcheirosas, entrou na cidade. Carregavam lanças largas de madeira, soltando grunhidos zangados quando os incas interceptaram-lhes o caminho. Olhavam traiçoeiramente em volta, levando depois suas mãos à boca como que indicando estarem com fome.

Os incas observavam serenamente e sem o menor medo essas criaturas que dificilmente ainda poderiam ser denominadas seres humanos. O bando ficou inquieto, enquanto nada acontecia do lado dos incas. Com gestos ameaçadores empinavam as lanças para o ar, porém evitando, até medrosamente, o olhar dos incas.

Alguns jovens incas trouxeram sacos de couro com batatas, farinha de milho e cascas de cacau, colocando-os no chão, ao lado dos invasores. Estes não davam nenhum sinal de que os apanhariam, pelo contrário, apenas olhavam com descontentamento para os mantimentos.

Nesse ínterim, mercadores, que no momento se encontravam na cidade reuniram-se em volta dos incas. Nenhum deles jamais vira essas criaturas degeneradas. Era necessário expulsá-las sem demora. Pois parecia até que se julgavam importantes em razão de estarem sendo observadas por tantos homens. Os mercadores ficaram impacientes ao notarem que os incas nada faziam para pôr essa escória humana para fora de sua limpa e bela cidade; por isso, dois deles buscaram seus arcos e atiraram flechas por cima das cabeças felpudas deles. Era a única linguagem que pareciam entender.

Pegaram os sacos e correram o mais rápido possível pelo caminho que conduzia à montanha das cavernas.

No dia seguinte chegou um bando de mulheres à cidade, cujo aspecto era mais degenerado ainda do que o dos homens no dia anterior. Atrevidas e sem medo atravessavam praças e ruas, observando atentamente e de modo cobiçoso as criancinhas que brincavam.

— Não deixeis vossas crianças fora da vista! advertiam os sábios. Percebe-se como seus desejos envolvem nossas crianças. As mães nem teriam necessitado de tal advertência. Nenhum de seus filhos brincava ou ficava sem vigilância. Essa medida oprimia as crianças maiores, acostumadas a visitar diariamente seus queridos e brancos "animais lanudos" nos pastos.

A vida na bela Cidade de Ouro tornara-se um suplício. Os ladrões chegavam à noite e roubavam os mercadores, que sempre tinham muitas mercadorias nas suas barracas armadas fora da cidade. Eles saquearam também, diversas vezes, os dois armazéns dos incas, sujando os tecidos de lã e outras mercadorias que não lhes interessavam.

As mulheres, sempre que se deixavam ver na cidade, eram enxotadas. Não obstante, sempre de novo voltavam em grupos de duas ou três e escondiam-se, quando possível, atrás dos muitos arbustos plantados pelos incas. Certa vez quase conseguiram pegar duas menininhas que, cheias de medo, corriam atrás de seus animais de montaria, a fim de trazê-los de volta para que nenhum mal lhes acontecesse...

Os Sábios Pedem Auxílio

Foram também os animais que fizeram com que os incas implorassem a ajuda da grande senhora da Terra, Olija. Para si mesmos, eles jamais teriam pedido proteção e ajuda. Eram seres humanos e podiam proteger-se. Mas os mansos animais nos pastos estavam expostos aos malfeitores, sem proteção. Os guardas observaram com pavor como, em intervalos de poucos dias, hordas desses espantalhos vinham para os pastos, batendo com clavas nos animais, retalhando-os antes mesmo de estarem realmente mortos e desaparecendo com sua presa.

Unicamente Olija poderia enviar-lhes ajuda... Somente em casos de extrema emergência os incas pediam auxílio... E agora chegara o caso de emergência. Tinham de agir... Com essa finalidade, reuniram-se todos os sábios, homens e mulheres, numa edificação maior denominada por eles Casa do Conselho. Nessa Casa do Conselho tomavam-se todas as decisões referentes ao bem-estar espiritual e terreno do povo.

O maior compartimento dessa edificação era uma sala redonda, cujo piso era coberto com macios tapetes de peles. As paredes de pedra, com exceção de uma estrela de cinco pontas, nada mais possuíam.

Os sábios acomodaram-se em círculo sobre as peles macias, permanecendo sentados durante alguns minutos com a cabeça abaixada e as mãos postas. Depois, um dos sábios colocou na boca uma espécie de ocarina de ouro, e logo a seguir vibraram pelo espaço sons que pareciam lamentos pedindo auxílio, lamentos esses que, ao mesmo tempo, soavam de modo delicado e melódico, perpassando o recinto.

Após curto tempo, o sábio colocou a ocarina ao seu lado, no chão, e logo a seguir todos começaram a cantar baixinho. Era apenas um canto monótono, no qual vibrava um pedido de socorro que traspassava a pesada atmosfera terrena, sendo levado adiante pelos espíritos dos ares até a senhora da Terra. Os sábios reunidos cantaram aproximadamente durante dez minutos, não mais. Depois ficaram calados, ao mesmo tempo que aspiravam fundo, agradecidos e felizes. As mulheres choravam, e via-se que também os homens estavam prestes a derramar lágrimas.

O pedido de socorro fora ouvido. A resposta que voltou foi recebida por suas almas e dizia:

"O auxílio aproxima-se. Vigiai e aguardai!"

No mesmo dia ainda, os sábios transmitiram a notícia a todos. Naturalmente apenas aos incas. Estes agiam exatamente como lhes fora aconselhado. Fortaleciam suas guardas e esperavam.

Os mercadores, porém, e outros visitantes que frequentavam as escolas de idioma e de medicina ficaram impacientes, uma vez que não podiam locomover-se livremente. Os mais irritados eram os mercadores. Exigiam proteção dos incas e, se essa não viesse logo, iriam embora para não mais voltar. San pediu aos irritados que tivessem paciência, afirmando-lhes que a ajuda não deixaria de vir. As palavras dele tiveram efeito tranquilizador. Contudo, quando os mercadores novamente encontraram-se a sós, perguntavam-se de onde poderiam esperar uma ajuda...

— Essas hordas imundas já há muito perceberam que os incas não possuem armas...
— Eles esperam ajuda de nós! exclamou de repente um deles. Naturalmente, o auxílio somente pode vir de nós. Estamos bem equipados de armas e podemos com isso facilmente expulsar essa escória de suas tocas, libertando a Terra deles!
— Talvez esperem, realmente, ajuda de nós! disse outro hesitantemente. Mas, não compreendo o povo inca.
— Comigo sucede a mesma coisa. Eles prosseguem calmamente em seus trabalhos, tratam dos doentes e ensinam nas escolas, embora devam saber que a qualquer momento podem ser assaltados e assassinados! Além disso, ninguém nos solicitou ajuda!
— Isto está certo. Ainda assim, nós os ajudaremos! disse um dos mercadores, homem alto e forte.
— Tenho a impressão de que estão esperando por algo! disse Tatoom. Sim, estão esperando por algo! disse, como se falasse consigo mesmo.

O pai de Tatoom era mercador. Vinha de uma localidade da costa e trazia geralmente sal, algas marinhas e às vezes também pérolas. Trocava suas mercadorias por ouro, pois as mulheres de seu povo gostavam de muitos adornos. Era um homem bom e pacífico e sabia que seu filho, Tatoom, talvez tivesse razão. No entanto, era para ele um enigma o que os incas poderiam estar esperando... Não, ele era da mesma opinião dos outros. Deveriam ajudar.

E assim aconteceu.

Já no dia seguinte, aliás antes do nascer do sol, cerca de trinta homens armados de arcos, flechas e clavas seguiram o caminho que conduzia à montanha das cavernas. Aproximaram-se cautelosamente, observando durante algum tempo as entradas das cavernas. Não se via ninguém. Os malfeitores pareciam estar dormindo ainda. Essa suposição, contudo, estava errada. Pois, quando alguns se aproximaram de uma das entradas maiores, foram recebidos por uma chuva de pedras. Com isso se decidiu a luta. Qualquer avanço teria sido suicídio, pois alguns moços atingidos pelas pedras sangravam muito, e um deles fora atingido por uma flecha atirada das cavernas. A flecha ferira apenas levemente sua pele, não obstante ele morreu com terríveis dores no caminho de volta. A flecha estava, portanto, envenenada.

Desalentados e com desejos de vingança no coração, voltaram com o morto e os feridos para suas tendas, fora da Cidade de Ouro.

Os plantadores que trabalhavam num dos campos olharam surpresos para o agrupamento de homens fortemente armados e iluminados pelos raios do sol nascente, os quais aparentemente carregavam um morto.

Deixaram logo seu trabalho e aproximaram-se dos homens que conheciam como mercadores, prontos a auxiliar. Ao ouvir sobre o que acontecera, um deles conduziu logo os feridos à cidade, a fim de que pudessem ser tratados na casa dos médicos. O morto poderia ser sepultado na manhã seguinte.

— Gostamos de fazer negócios convosco, mas, como estais vendo, as circunstâncias obrigam-nos a ir embora e nunca mais voltar! disse, aborrecido, um mercador de prata a Bitur, enquanto este tratava sua ferida.

— A pedra que te atingiu desviou-se por pouco de teu coração! disse o médico serenamente. Continuai calmamente aqui, tratai de vosso comércio e sede vigilantes. O auxílio não deixará de vir!

— Somos somente pessoas comuns, não tão crédulos como vós... De onde, pois, deverá vir o auxílio? disse o ferido, indiferentemente.

— Seria melhor para ti agradecer ao invés de resmungar! respondeu Bitur, surpreso com tanta ingratidão.

— E o morto? Ele também deve agradecer?

— O morto?

Bitur procurou recordar-se do homem. Ao se lembrar de quem se tratava, disse concluindo:

— Esse homem de qualquer forma teria morrido nesse lapso de tempo, pois já havia alcançado o marco que nos indica o caminho para o outro reino.

O ourives de prata, naturalmente, narrou aos demais a conversa que teve com Bitur.

— Quem é que entende esse povo!? exclamou por fim. Realmente, aguardam uma ajuda, mas não de nós... Provavelmente esperam algum milagre...

As opiniões entre os mercadores dividiam-se. Houve até brigas. No fim, contudo, ninguém foi embora. Agora não! Queriam também vivenciar o milagre, se é que haveria. No fundo, todos esperavam algo totalmente impossível, pois junto ao povo inca as coisas mais irrealizáveis eram possíveis.

Chega o Auxílio

E o milagre realizou-se. Poucos meses depois de entrarem nas cavernas, os depravados seres humanos que nelas se alojaram foram destruídos. Nenhum escapou.

Começou com um vendaval que parecia soprar dos quatro cantos, formando inúmeros torvelinhos. Depois de algumas horas – foi ao anoitecer – o vendaval acabou, e um silêncio esquisito se espalhou, como se poderia dizer... cheio de expectativa. Mesmo os pássaros, que a essa hora, cantando, voavam em grandes bandos até seus lugares de dormir, não se deixavam ver nem ouvir.

Mais tarde, à noite, um denso nevoeiro envolveu a cidade, as colinas e as montanhas em volta, de modo tão cerrado, que estas não mais podiam ser vistas.

Nevoeiro nesse ar seco?... Isto também era algo extraordinário. Bandos de morcegos, corujas e outros animais deixavam em massa a região onde se achava a montanha das cavernas. A montanha das cavernas, na realidade, era constituída de várias colinas muito altas e pedregosas, traspassadas por fendas e rachaduras que ofereciam pouso a muitos animais.

Nos dias seguintes a terra tremeu várias vezes. Esses tremores eram acompanhados de estrondos e de um ribombar, como se uma avalanche de pedras estivesse deslizando. Contudo, o nevoeiro que envolvia a região onde se localizava a cidade dissolveu-se, e bandos de passarinhos pousaram chilreando nos telhados, sob o brilho do sol. Foi como se nada tivesse ocorrido. No entanto, havia algo diferente. Uma névoa branca e densa envolvia a montanha das cavernas. As demais montanhas baixas que circundavam a cidade estavam livres.

Enquanto os forasteiros medrosamente encobriam suas cabeças quando a terra tremia, os incas riam. No tumulto dos elementos, escutaram a voz de um velho amigo. A voz do gigante Thaitani. A aflição deles havia terminado. Em cada casa inca pensava-se com gratidão na senhora da Terra, Olija, que lhes enviara os gigantes. Pois Thaitani nunca vinha sozinho. Eram sempre vários que executavam um trabalho sob a direção dele... Que tipo de trabalho era, ninguém podia imaginar.

— Eles mandaram fechar com véus de neblina a região onde trabalham! disse San preocupado. Fazem isso sempre que não querem que seres humanos ou animais se aproximem demais do seu campo de ação.

— Sua irradiação de energia iguala-se a raios que podem ter efeito mortal! disse um outro, não menos preocupado de que San.

A preocupação dos sábios era justificada. Pois onde quer que os gigantes trabalhem, forma-se um campo de tensão magnética suportável apenas por poucas pessoas. Por isso demarcavam a tempo a zona de perigo, através de uma densa formação de neblina.

— Devemos logo posicionar sentinelas e advertir a todos! exclamaram alguns jovens, pondo-se a correr em diversas direções enquanto ainda falavam.

As advertências vieram a tempo certo. Pois os forasteiros, guiados por mercadores, já seguiam em massa pelo caminho que levava à montanha das cavernas. Felizmente, os sentinelas incas alcançaram ainda antes deles os limites da neblina. Contudo, foram necessárias muitas explicações até que os curiosos entendessem que se exporiam a um perigo, caso transpusessem a divisa do nevoeiro.

Os incas receberam uma ajuda inesperada de alguns forasteiros, cuja faculdade de recepção ainda permanecia tão límpida, a ponto de poderem ver muitos dos espíritos da natureza, sabendo, portanto, que a proximidade de gigantes poderia significar perigo. Entre esses seres humanos e os espíritos da natureza não existia ainda nenhuma parede separadora.

A alegria devida ao "milagre" foi intensamente sentida por todos. Ninguém havia pensado nos espíritos da natureza, embora todos acreditassem ainda firmemente neles, apesar de não mais poderem vê-los, exceto algumas vezes.

"Que eles destruam a cria do diabo em suas furnas!" era o pensamento de todos.

— Não permitais mais que essas criaturas conspurquem a maravilhosa Terra de Olija! gritavam alguns, o mais alto possível, em direção à neblina, esperando que fossem ouvidos pelos gigantes.

Apesar da compreensão demonstrada pelos forasteiros, a paciência dos sentinelas incas foi posta a uma dura prova. Vários dos forasteiros queriam avançar para a região proibida. Por pura curiosidade. E na esperança de ver os gigantes no seu trabalho...

O Atrevimento de Tatoom

Deveria primeiro acontecer um desastre, a fim de provar a todos como poderia tornar-se perigosa a não observância das advertências...

Tatoom, que era jovem e simpático, muito orgulhoso de sua grande força física, aproximou-se certo dia de Bitur, que no momento fazia o serviço de guarda, e lhe disse:

— Sábio Bitur! Vim até vossa cidade não para fazer negócios, mas sim para aprender. Talvez possa tornar-me parecido convosco, incas, se permitirdes que fique aqui o tempo suficiente.

Depois dessas palavras iniciais o jovem calou-se, olhando para as nuvens de neblina em movimento, como que procurando algo... Bitur estava preocupado, pois adivinhava o que aconteceria.

— Quero conquistar a benevolência dos gigantes! disse Tatoom. Talvez consiga isso, enfrentando-os corajosamente. Minha grande força física...

— De nada ela te adiantará, no que diz respeito aos gigantes! interrompeu Bitur suas considerações. Força física só tem valor quando aplicada com inteligência e reflexão... Por que queres conquistar a benevolência dos gigantes? Esses grandes executam o trabalho que lhes foi dado... nem compreenderiam o que queres deles... Se executares teu plano, nunca poderás alcançar teu alvo de tornar-te médico. Pelo menos não na atual existência terrena...

O pai de Tatoom, que ouvira as palavras de Bitur, olhou horrorizado para o filho, pois conhecia o atrevimento e a coragem dele.

— À força dos gigantes nenhum ser humano é capaz de resistir. Se não querem que nos aproximemos deles, isto então tem seu motivo.

Tatoom ouviu as palavras que um de seus amigos havia pronunciado; a seguir libertou seu braço, que um outro segurava e, antes que os presentes se conscientizassem do que estava acontecendo, correu pelo caminho que conduzia à neblina.

Bitur seguiu o atrevido com os olhos, meneando a cabeça sem compreender, logo depois afastou-se preocupado, ordenando a alguns sentinelas que trouxessem uma maca. Caso já não estivesse morto, Tatoom não poderia ter ido longe; deveriam socorrê-lo rapidamente. Demorou, porém, quase uma hora até chegar a maca. Enquanto isso Bitur procurou comunicar-se com Thaitani, pedindo passagem livre.

"Queremos apenas buscar um ser humano tolo que entrou no vosso campo de energia!" acrescentou ele, explicando. Mal se passaram alguns minutos, e ouviu-se um leve troar. Thaitani respondera, e os incas haviam-no entendido. Mas só os incas, não os forasteiros. Estes ouviram somente um trovão. E esse trovão tinham escutado com frequência nos últimos tempos.

Quando os carregadores apareceram com a maca, Bitur, sem perder um minuto sequer, transpôs com eles a divisa estabelecida e desapareceu na neblina. Mais dois médicos o acompanharam.

Os que ficaram procuravam escutar algo, retendo a respiração. Mas não se ouvia um único som. Uma tensão inquietante tomou conta deles. O pai de Tatoom sentara-se, muito triste, numa pedra. Ele não entendia o filho. O perigo parecia atraí-lo irresistivelmente. E já muitas vezes chegara, por causa disso, a situações aflitivas... Como tinha razão um dos "videntes de espíritos" quando um dia havia dito:

"Teu filho carrega consigo muitos fardos de vidas terrenas anteriores! Esse lastro pode afastá-lo de seu alvo, conduzindo-o a caminhos errados..."

Depois de algum tempo, que pareceu a todos uma eternidade, saíram os carregadores da zona de neblina com a maca. Carregavam Tatoom, que estava estendido nela como morto. Ninguém, nem o pai, ousou fazer uma pergunta.

Tatoom foi conduzido à casa dos doentes e colocado no jardim interno, debaixo de uma árvore em flor. Era ordem de Bitur. Não havia mais nada a examinar. Isto os três médicos já haviam feito no local onde o encontraram. Sua coluna estava fraturada em diversos lugares. Também suas pernas apresentavam várias fraturas. Somente a cabeça ficara ilesa, como que por milagre. Apesar dos terríveis ferimentos, Tatoom não estava morto. Estava inconsciente.

— Quando voltar a si, ele verá os galhos floridos! disse um dos enfermeiros que conhecia bem Tatoom.

Tatoom acordou, realmente. Parecia totalmente lúcido. Seu rosto contorcia-se em uma dor desesperadora. O semblante estava azulado, porém logo reconheceu Bitur, quando este se sentou num banco de pedra ao seu lado.

— Perdoa-me! suspirou quase imperceptivelmente. Os gigantes não me fizeram nada... eu despenquei...

Bitur e os dois outros médicos consideraram todas as possibilidades de como poderiam ajudar o acidentado.

— Podemos conservá-lo vivo. É tudo que nos é possível fazer. Pois paralítico ele ficará de qualquer forma!

"Tatoom paralítico?" Bitur nem podia imaginar isso. Nesse momento Tatoom abriu os olhos e uma expressão indescritível de medo refletiu-se neles. Medo e ao mesmo tempo um pedido... Bitur compreendeu o medo e o rogo calado. Da boca de Tatoom veio um som baixinho. Ele tinha de falar. Sim, falar era o mais importante. Finalmente conseguiu formular palavras que mal podiam ser compreendidas:

— Eu não quero ofender a Senhora Olija... carregar um aleijado... como eu... Ajuda-me a transpor o Limbo!... murmurou ele com olhar suplicante.

Bitur acenou com a cabeça, concordando, e enxugou a fronte do acidentado molhada de suor. A cor azulada desapareceu de repente do rosto de Tatoom, e algo como um sorriso satisfeito surgiu em seus olhos.

— Viste Thaitani e seus gigantes! disse Bitur ao ver o sorriso. Nenhum gigante te machucaria conscientemente. Sabes disso! Contudo, existem apenas poucas pessoas na Terra capazes de suportar sua irradiação de efeito fulminante.

— Ajuda-me... a sair da Terra...

Os médicos ajudaram. Durante algum tempo ainda poderiam ter mantido a vida dele com sedativos. Mas teria sido um inútil vegetar.

Bitur aconselhou-se com eles e a seguir deixou o jardim, voltando logo depois com um recipiente fechado. Destapou-o e dirigiu-se à maca de Tatoom. Um cheiro agradável espalhou-se pelo jardim, ao ser retirado do recipiente um chumaço de lã úmida. Tatoom aspirou fundo, quando Bitur comprimiu a lã delicadamente contra seu nariz. Mais uma vez, como que em sono, abriu os olhos... Quando o sol descia, embelezando com seu brilho vermelho-dourado as montanhas e os vales, o espírito de Tatoom desligou-se de seu corpo, e Bitur colocou-lhe a faixa sobre os olhos. Uma faixa branco-dourada com a qual todos os incas eram sepultados.

No dia seguinte, ele foi enterrado num campo fora da cidade, onde já tinham sido sepultados vários forasteiros. Depois do enterro, seu pai entregou a Bitur um saquinho de couro.

— Aqui dentro se encontram pedras preciosas... vermelhas e verdes. São muito bonitas e pertenciam ao meu infeliz filho... Elas vieram de muito longe... Agora te pertencem...

O velho calou-se, observando como Bitur admirava com visível prazer as pedras preciosas.

— Poupaste meu filho de mil dores e a mim e aos meus da vergonha!... acrescentou ele baixinho.

E, ao mesmo tempo, aguardava.

Quando Bitur enfiou o saquinho no bolso de seu poncho, o velho deu um suspiro de alívio. Pois temera que Bitur recusasse o presente. Tatoom fora hóspede dos incas e com a sua desobediência violara o direito de hospitalidade. Ele não teria levado a mal, caso Bitur tivesse recusado o presente. Isto, porém, significaria que de forma alguma queria ser lembrado daquele tolo moço.

Alguns meses depois, todos mais uma vez se lembraram de Tatoom e de seu infortúnio, quando algumas crianças perceberam o bloco de pedra que cobria sua sepultura. Era uma pedra retangular, lapidada, em cujos lados longitudinais estavam gravadas linhas em ziguezague.

— Vede o sinal dos gigantes! Eles presentearam-no com uma pedra tão grande, que dez homens não poderiam levantá-la!...

— Aqui tendes a prova que nenhum dos gigantes, conscientemente, fez mal a Tatoom. Existem, pois, por toda parte, limites que não devem ser transpostos!... disse um dos incas, explicando, ao ver a pedra.

Termina o Trabalho dos Gigantes

Então chegou uma manhã que se diferenciava de todas as outras dos últimos meses. Reinava o silêncio, um silêncio tão grande, que todos retinham a respiração, escutando. O martelar, cinzelar, rebentar, bem como todos os ruídos que normalmente ecoavam do campo de trabalho dos gigantes haviam cessado. E havia desaparecido também a neblina que encobrira uma grande área em redor.

Os incas, naturalmente, sabiam que os gigantes haviam construído um alto muro de pedras, e que a parte superior da montanha das cavernas não mais existia. Essa montanha sempre representara um perigo. Não apenas por causa das criaturas humanas hostis que podiam penetrar por esse lado furtivamente na cidade, mas também devido às inúmeras cavernas e fendas, muitas vezes tão bem encobertas por arbustos que frequentemente não eram avistadas imediatamente. Os incas, logo que chegaram, foram alertados para não pisarem nessa região perigosa.

Os incas aguardavam. O dia clareou, tornando-se ensolarado, e o ar era tão puro e límpido como sempre fora. Isto significava que o trabalho dos gigantes terminara e o caminho para lá estava livre novamente.

Os incas – primeiro só os homens e rapazes maiores – entraram na região que fora delimitada pelo nevoeiro e avançaram lentamente. Depois de curta caminhada estancaram, boquiabertos, olhando para o colossal complexo de pedras que se erguia à sua frente, estendendo-se para os lados.

Quase que em devoção, entraram primeiro num pátio circundado por altos muros. Seguindo os paredões externos, havia degraus que conduziam em direção ao alto de uma planície e também para baixo, para uma espécie de porão. Pouco a pouco descobriram recintos laterais e poços de ventilação, pois uma parte do pátio estava coberta.

Os degraus que conduziam para cima, pelas paredes, terminavam num muro de proteção comprido e alto, de onde se avistava uma planície ampla, em parte pedregosa e em parte coberta de terra. Não longe do muro brotava uma nascente que corria para todos os lados. Os incas olhavam como que fascinados para a água que brotava e que, com certeza, ainda não existia antes da construção da fortaleza, pois senão os encarregados de procurar água já a teriam descoberto.

"Um presente dos gigantes!" pensavam todos em silenciosa gratidão, enquanto se ajoelhavam e bebiam a água nas canecas que os rapazes sempre levavam consigo.

A descrição dessa fortaleza inca que surgiu há aproximadamente dois mil anos é apenas incompleta. Pois é muito difícil

descrever essa complexa e colossal construção em todos os seus detalhes, obra denominada naquele tempo "Castelo dos Gigantes".
Os incas, naturalmente, planejaram logo uma festa de agradecimento. Antes de mais nada, porém, o "castelo" teria de ser limpo, de tanto entulho e pó que cobriam o chão por toda parte. No meio do entulho encontravam-se muitas pedras cortadas, em formato quadrado, que poderiam ser usadas para várias finalidades: construção de casas, ruas, tanques de banhos, muros de jardins, etc.
— Estas pedras, para nós tão necessárias, também podemos considerar um presente dos gigantes! disse San, empilhando-as, junto com os demais, num lugar fora da fortaleza.
Havia ainda um outro presente dos gigantes que alegrou a todos de modo especial. Era uma pedra alta e lapidada que o próprio Thaitani colocara no centro do pátio, decerto como uma espécie de pedra para altar.
— Revestiremos a pedra do altar com ouro! O pátio é tão grande, que nos dias de comemoração poderemos nos reunir aqui! disse um dos sábios, contemplando pensativamente a pedra. Com esta construção, muito se modificará para nós! acrescentou ele antes de se afastar da pedra.
Sobre os depravados seres humanos que se alojaram nas cavernas, onde agora estava a fortaleza, ninguém falava mais.
Todos sabiam que a montanha das cavernas ruíra parcialmente no primeiro abalo de terra, soterrando todos. A bela Terra estava liberta deles...
Os visitantes e os mercadores, que conheceram os bandos de ladrões e que também vivenciaram a misteriosa construção da fortaleza, mal achavam palavras para expressar a sua admiração. Uma coisa tornou-se certeza para eles: os incas eram seres humanos que espiritualmente se encontravam a grandes distâncias de todas as demais criaturas humanas...
Não eram os gigantes que provocavam tanta admiração nos forasteiros. Não! Muitos deles sabiam, pois, que os "grandes", desde tempos imemoriais, eram chamados para ajudar nas construções que iam além das forças humanas. E sempre ajudaram. Não só os incas, mas também muitos povos. Os próprios incas é que provocavam a admiração deles durante aquele período realmente difícil. Sua paciência, calma e confiança, bem como a inabalável certeza de

que receberiam a ajuda. Eles tinham apenas sua própria confiança, pois não possuíam armas!

— Nunca chegaremos a compreender esse povo! disse um membro do povo *chimu*, que viera de longe, do norte.

— Nossos antepassados devem ter tido semelhança com o povo inca, pois daquilo que posso recordar, através das narrativas dos meus, eles sempre contaram com o auxílio dos espíritos da natureza! respondeu uma mulher, que por causa de uma doença no pé encontrava-se junto aos incas...

Nenhum dos forasteiros sabia o que ocorrera atrás da cortina de neblina. Pois, desde o infortúnio de Tatoom, ninguém mais ousara aproximar-se dela. Aguardavam, por isso, pacientemente, até que lhes fosse permitido ver a misteriosa construção que agora estava pronta. San mandara comunicar-lhes que o chão da obra estava coberto de pó de pedra e entulho, dificultando muito o caminhar.

— Tão logo terminarmos os trabalhos de limpeza, realizaremos uma solenidade de agradecimento. Quando isso estiver terminado, será chegado também o vosso momento. Portanto, esperai com paciência, até serdes chamados por nós.

A *Solenidade de Agradecimento*

Depois de poucas semanas, os trabalhos de remoção terminaram, e a solenidade de agradecimento pôde realizar-se. Nesse ínterim, os ourives confeccionaram fitas de ouro em ziguezague. O signo de Thaitani e de seus gigantes era uma linha em ziguezague. Fizeram também uma placa de ouro para a pedra do altar. No centro da placa gravaram uma estrela de sete pontas. O signo de Viracocha. Em honra de Olija, plantaram na entrada quatro árvores de especial beleza. Com isso estavam terminados os preparativos para a solenidade.

No dia da festa, os incas, mulheres e homens, deixaram a cidade ainda antes de clarear o dia, com seus passos leves e quase sem ruído, dirigindo-se ao Castelo dos Gigantes. Quando os sábios, sob o som de flautas e instrumentos de cordas, entraram no pátio, tudo resplandecia sob o brilho do sol nascente. Cada um podia sentir que Inti, o senhor do Sol, alegrava-se com as criaturas humanas e que sua alegria expressava-se num jogo de cores especialmente belo.

Pouco depois de chegarem, os ourives colocaram a placa de ouro, cuidadosamente cinzelada, sobre a pedra do altar devidamente preparada. As fitas de ouro em ziguezague, em número de quatro, foram presas nas paredes também preparadas para isso. Mal estavam fixados os sinais dos gigantes nos muros, surgiu um breve vendaval que fez vibrar toda a fortaleza. Ao mesmo tempo escutava-se um eco que soava como se mil instrumentos de pedra fossem batidos uns contra os outros.

"São as manifestações de alegria dos gigantes. Viram seus signos e alegraram-se com isso!" pensavam os incas, enquanto estremeciam sob as fortes e contínuas vibrações do ar. Quando as "manifestações de alegria" dos gigantes diminuíram, os incas entraram serenamente no pátio da fortaleza. Os que não mais encontraram lugar dentro, ocuparam os largos degraus que conduziam ao planalto. Muitos, porém, subiram os degraus e de cima contemplavam com alegria no coração o alto e comprido muro. Agora sua cidade estava realmente bem protegida.

Quando os cantores, embaixo, no pátio, entoavam a canção em louvor aos grandes espíritos da natureza, todos ficaram parados e cantaram junto, baixinho:

"Olija, grande senhora, ouve nossas vozes,
pois amamos teu reino terreno!
Viracocha, poderoso senhor,
teus servos encontram-se por toda parte!
Nas profundezas da Terra e nas alturas das nuvens,
nas águas bramantes e no fogo crepitante.
Nós te amamos, grande Viracocha.
Cada gnomo, cada gigante e cada criaturinha das flores
são nossos irmãos e irmãs..."

A melodia dessa canção, que tinha ainda outras estrofes, soava com uma beleza fora do comum.

Os incas passaram quase o dia inteiro junto à fortaleza dos gigantes. Ao mesmo tempo estudavam de que maneira poderiam aproveitar melhor os diversos compartimentos. Os peritos em água contemplavam entusiasmados como ela jorrava no meio do solo de pedras, e já planejavam uma adutora subterrânea que abastecesse fartamente toda a cidade. Esse plano foi posto em prática. Contudo, passaram-se muitos anos até que a água pudesse ser conduzida até o centro da cidade, pois a construção de aquedutos em pedra era muito demorada e penosa.

Naquele mesmo dia os incas fizeram na alta e ampla planície mais uma descoberta. Escondidos sob um cerrado cipoal estavam montes de pedras. Tinham vários tamanhos e formas, mas todas haviam sido cortadas com exatidão e bem lapidadas.

— Os gigantes prepararam as pedras para nós para uma finalidade especial! disse um dos construtores, contemplando as pedras: redondas, meio compridas, dentadas e quadrangulares.

— Também essas trepadeiras foram plantadas aqui com uma determinada finalidade! disse um dos guardadores de remédios, mostrando a Bitur as folhas carnudas de cor verde-escura e as flores amarelas.

Bitur sorriu silenciosamente para si mesmo. Havia visto, como se fosse uma sombra, o rosto de um *rauli*, o que significava que essa planta poderia ser utilizada para fins terapêuticos. Poucos dias depois, sob a orientação de Bitur, elaborou-se com essa planta um eficiente, porém inofensivo, sedativo.

— E as pedras, com que finalidade estariam aqui em cima? perguntaram todos que estavam em volta.

— Ainda não temos um calendário! disse de repente um dos astrônomos, como se tivesse tido uma inspiração. Essas pedras são por excelência adequadas para tal!

E ele tinha razão. Os sábios e os que lhes sucederam fizeram no decorrer do tempo um calendário perfeito. Isto, naturalmente, exigiu tempo. Pois em cada pedra escolhida foram gravadas figuras e marcas que faziam referências a festas religiosas e acontecimentos que se relacionavam com ocorrências da natureza. Cada pedra do calendário representava um certo lapso de tempo determinado por um astrônomo. Com as pedras do calendário já gravadas, eles formaram primeiro um grande círculo exterior, no qual se podia ver o percurso do ano. Mas para o povo inca o círculo tinha um significado mais profundo ainda. Viam nele o signo da eternidade e da imortalidade.

— Não existe a morte! ensinavam. Pois tudo corre de volta à sua origem!

O dia da inauguração foi muito bem aproveitado em outro sentido. Os plantadores que vistoriaram os diversos compartimentos reconheceram logo para que poderiam ser utilizados. No ar seco, todos os cereais e também outros frutos do campo ficariam bem conservados. E assim aconteceu. Na "fortaleza" guardaram toda a sorte de produtos agrícolas. Pelo menos durante algum tempo. Pois no milênio seguinte os incas construíram centenas de silos em diversas regiões.

— Não devemos permitir que nada se estrague! ensinavam a todos que frequentavam suas escolas. Pois os frutos da Terra são dádivas de Olija, a senhora da Terra, e de Inti, o senhor do Sol! E de todos os seus grandes e pequenos servos. Estes fazem com que as sementes germinem de tal forma, que brotem em direção à luz. As boas colheitas e toda a abundância que temos, agradecemos a eles! O trabalho com o qual contribuímos é a menor parte...

Poucos dias depois da solenidade de agradecimento foi permitido aos forasteiros ver a obra dos gigantes, que para eles ainda continuava algo nebuloso.

San, pessoalmente, conduziu os impacientes visitantes à fortaleza. A reação desses seres humanos, geralmente rudes, surpreendeu até San, que pensava já conhecê-los bem. Primeiro contemplaram em silêncio, sim, quase que em veneração os gigantescos muros. Sem falar nada, subiram também os degraus para ver a grande muralha. A visita não demorou muito. Tinham pressa em descer novamente. San não sabia o que pensar. Havia esperado admiração e surpresa. Mas não esse silêncio. O que se passava com essas criaturas?

Novamente embaixo, andavam de um lado para outro no pátio, vistoriando minuciosamente as paredes com os signos de ouro dos gigantes, depois pararam diante da pedra do altar.

— Devemos nos ter modificado muito, para não mais poder ver os grandes gigantes das pedras... Vós, incas, sois sábios... Dizei-nos como podemos mudar isso! exclamou um dos homens mais idosos.

— Estais vendo a obra deles! E sabeis que seres humanos não seriam capazes de executar um trabalho como este aqui! disse San explicando.

Um homem mais moço indicou duas enormes pedras angulares, exclamando quase alegre:

— Parece-me ver os gigantes, quando fico assim diante dessas pedras. Comigo nada precisa modificar-se, estou contente em encontrar os "rastros" deles em algum lugar. Como nessa obra por exemplo. Essas muralhas são para mim como rastros deixados por eles! Eu sei, por meio delas, que os gigantes estiveram aqui.

San sorriu com a comparação do moço, mas no fundo ele tinha razão. Também os outros pareciam contentes com tal interpretação. Agora todos falavam ao mesmo tempo, tocando admirados nas pedras especialmente grandes. San saiu contente. Entendia os forasteiros. Eles amavam a aventura. E, com exceção de poucos, todos ainda tinham uma forte ligação com os espíritos da natureza, por isso gostariam de encontrar-se com algum destes.

Mas San sabia também que, para muitos, os espíritos da natureza tinham-se transformado em deuses inacessíveis. Apesar de cada ser humano depender da ação desses "inacessíveis", desde o nascimento até a morte...

CAPÍTULO VI

AS CRIANÇAS INCAS E SUA EDUCAÇÃO

Os Pillis

O dia em que as crianças eram entregues aos seus pequenos protetores, os *pillis*, era de especial importância. Pelo menos para os pais da respectiva criança.

Isso acontecia por volta do décimo mês, isto é, quando a criança começava a andar. A cerimônia realizava-se da seguinte maneira: colocava-se um pequeno braseiro dentro de casa ou ao ar livre, dependendo do tempo; depois, mais ou menos ao meio-dia, enchia-se o braseiro com as brasas. Após isso a mãe retirava sementes resinosas aromáticas de um prato de ouro e as jogava nas brasas. O mesmo fazia depois o pai da criança.

Tão logo a fumaça aromática subisse, os pais pegavam dois sinos de ouro – denominados "sinos das crianças" – e badalavam-nos algumas vezes em determinados intervalos. Logo depois, oito ou até mais crianças maiores começavam a tocar suas flautas. Era uma melodia singular e monótona. A melodia da canção da criança.

Após essa melodia, os pais entoavam uma canção, cujo texto pode ser transmitido aproximadamente desta forma:

"Vinde *pillis*!
Vinde, ó incansáveis, ó infatigáveis, vinde!
Vinde ó saltitantes, ó corredores…
Vinde e tomai nosso pequeno *pilli* sob vossos cuidados!
Deverá tornar-se como vós!
Transbordando de alegria e de prazer de viver…
Nosso pedido chega até vós na fumaça aromática."

Depois de terminar a canção, os pais espalhavam mais uma vez sementes resinosas sobre as brasas. E badalavam de novo os sinos. Com isso a cerimônia estava encerrada.

Enquanto isso a criança ficava geralmente junto da mãe, mas sempre se movimentando. Brincando, tentava segurar a fumaça que subia, ou pegava grãos de resina e os atirava também nas brasas, imitando os pais. Com cada movimento feito pela criança tiniam os sininhos fixados, propositalmente, nas mangas de sua jaquetinha branca de lã, para essa cerimônia.

Os espíritos protetores das crianças que foram chamados, sempre se faziam notar de alguma maneira, em sinal de que acolhiam o rogo dos pais e de que doravante o pequeno *pilli* poderia contar com a sua proteção.

Por exemplo: de repente saía sibilando uma chamazinha azul do pequeno braseiro, assim como se alguém tivesse soprado... Ou então na fumaça que subia formava-se um redemoinho colorido... Muitas vezes as mães escutavam também badaladas de gongo que pareciam vibrar no ar... De alguma forma os espíritos protetores sinalizavam sua presença, o que muito contribuía para tranquilizar os pais.

Esses incansáveis espíritos de proteção, os *pillis*, não eram vistos por ninguém, nem pelos videntes. A única exceção eram apenas as próprias criancinhas. Até o fim do segundo ano de vida, aproximadamente, podiam ver seus acompanhantes invisíveis e dessa maneira se comunicar com eles.

Não, os espíritos protetores das crianças não podem ser vistos por ninguém na Terra. Diferente é com as "almas intermediárias", os timos.*

Os Corpos Auxiliares

As mães incas grávidas, geralmente, percebiam, já antes do nascimento de seu filho, uma outra criança, algo maior, que constantemente permanecia em sua proximidade. Sabiam também que essa segunda criança estava ligada a seu próprio filho inseparavelmente. Cresciam juntos e juntos envelheciam. Somente depois da morte ambos os corpos se dissolviam, o corpo terreno e o timos. O que deles restava reintegrava-se na matéria básica...

As mães sabiam também que, enquanto seus filhos dormiam, as crianças timos permaneciam num "jardim das crianças". A atração

---

* Corpo astral.

entre ambos, contudo, era tão forte, que imediatamente se religavam quando a criança terrena acordava.

Se a criança terrena falecesse por algum motivo, então, naturalmente, o timos morria. Pois um não pode existir sem o outro.

Para que nunca pudessem surgir erros, as jovens mães eram informadas sobre todas as conexões que diziam respeito ao espírito e à alma, durante as aulas espirituais. Esses esclarecimentos foram motivados pela pergunta de uma jovem mulher que desejava saber por que as pequenas crianças não eram ligadas imediatamente à respectiva alma e ao espírito. Ela não entendia por que ainda era necessária uma alma intermediária, que crescesse junto com a criança terrena e a acompanhasse até a morte.

Todos os incas sabiam, naturalmente, que cada espírito humano necessita de um corpo auxiliar, e uma alma, através da qual ele pode continuar atuando. E mais, sabiam que ao morrer, na velhice, seus espíritos e almas permaneciam os mesmos, continuando a viver mesmo sem o corpo terreno. Terminava apenas a sua ligação com a Terra.

Havia porém, frequentemente pessoas que necessitavam de esclarecimentos adicionais para uma compreensão acertada, conforme se deduzia da pergunta da jovem mãe.

Um dos sábios respondeu tal pergunta da seguinte maneira:

— Nosso corpo é envolto por várias peles. Como podemos constatar, são três. A primeira, a pele mais interna, é a mais delicada, mas também a mais forte, pois proporciona às duas outras peles a alimentação indispensável à sua existência e desenvolvimento.

Agora poderíamos perguntar: por que três peles? Não seria suficiente a camada de pele interior, uma vez que é tão rica em substâncias vitais?

Quando, após essas palavras, o sábio fez uma pausa, todos naturalmente compreenderam o que ele lhes queria dizer com tal comparação.

— A camada de pele interior é demasiadamente delicada para ficar em contato com o mundo exterior, áspero e frio! exclamou rapidamente uma jovem mulher.

O sábio deu razão a ela, mas logo depois continuou:

— Nossos pesados corpos terrenos de carne são adaptados à Terra, onde nosso espírito deve atuar! Contudo, nem nosso espírito, por mais forte que seja, nem nossa alma, poderiam ligar-se sem um meio de intermediação ao pesado corpo terreno. Para isso são demasiadamente diferentes em sua composição.

Tudo que vem do grande Deus-Criador é perfeito. Sua vontade realiza-se em todas as regiões, tanto nas alturas como nos baixios... Sabemos que nosso desenvolvimento espiritual deve realizar-se na Terra, eis por que voltamos mais vezes para cá.

Embora forte, nosso espírito é de outra espécie e nunca poderia adquirir uma ligação direta com o corpo terreno de carne. Nem à alma isto é possível. Por esse motivo foi criado um corpo auxiliar, o timos. Através desse corpo auxiliar, espírito e alma podem ligar-se estreitamente com o corpo terreno.

Cada criança, por ocasião de seu nascimento, já está ligada estreitamente, através da alma intermediária, com a alma e o respectivo espírito. Na infância atuam somente influências anímicas que por sua vez se acham estreitamente ligadas ao mundo da natureza. O espírito somente entra em atividade quando a criança se torna adulta.

Não obstante, o espírito com seus diferentes corpos auxiliares forma uma unidade. Uma unidade perfeita, que lhe possibilita a atuação e o aprendizado na Terra.

Quando o sábio parou de falar, uma moça exclamou:

— O espírito necessita então de várias camadas, assim como a nossa pele! A camada mais exterior é o nosso corpo carnal. Ele se assemelha à Terra. Pois é pesado e grosso como ela!

— Assim é! respondeu o sábio. Em parte alguma existe uma lacuna, pois tudo o que é criado, é perfeito!

Mais tarde, quando os incas entraram em contato com outros povos e passaram a curar seus doentes, alguns sábios puderam constatar em várias pessoas sintomas de terríveis doenças em suas almas intermediárias. De início se achavam diante de um enigma. Como poderiam, num corpo perecível, ser vistos sintomas tão feios, sintomas que segundo todas as aparências deveriam se originar de uma vida terrena anterior. Havia ali, por exemplo, uma moça que mal saíra da idade infantil e cuja alma intermediária apresentava uma testa afundada, assim como se alguém tivesse batido contra ela com um objeto pesado. No corpo terreno nada disso se notava, mas na testa da alma intermediária essa ferida era nitidamente visível.

Demorou algum tempo até que os sábios compreendessem que a moça deveria ter sofrido essa desfiguração numa vida terrena anterior. Após a morte, esses sinais oriundos de uma culpa permaneciam aderidos à sua alma real.

Por ocasião de seu novo nascimento, essas horríveis marcas transmitiram-se para a alma intermediária, causando no corpo terreno sintomas de doenças que os sábios, de início, não foram capazes de explicar.

As Atividades das Crianças

A laboriosidade dos pais transmitia-se, naturalmente, também para as crianças. Junto aos incas não se viam crianças brincando ruidosamente, pois desde pequenas ocupavam-se com algo. Cada qual por si. Os meninos dedicavam-se a alguma atividade tão logo estivessem aptos a isso. Cada menino confeccionava seu próprio "instrumento musical". Os primeiros desses instrumentos eram sempre muito primitivos. Geralmente consistiam num pedaço curto de galho, do qual extraíam a polpa. Feito isso, estiravam uma corda por cima da parte oca, às vezes também duas, depois envolviam uma ponta com um cordel e penduravam a "madeira tininte" no pescoço. Meninos maiores já confeccionavam instrumentos musicais mais complicados, como por exemplo uma espécie de ocarina de barro e diversas flautas grandes.

As meninas construíam pequenos fogões de barro; também moldavam e pintavam a respectiva louça de barro. Tão logo podiam lidar com brasa, faziam pequenas tortilhas de farinha de milho, oferecendo-as orgulhosas aos seus.

O quinto ano de vida era muito importante, pois cada criança recebia seu nome e o disco do Sol de ouro, o qual todo inca usava durante a vida inteira pendurado no pescoço por um cordel. Nos discos do Sol eram gravados sinais ligados aos respectivos nomes. Esses sinais podiam ser uma fruta, uma folha, uma flor, um galho, etc. No disco de ouro da criança que por exemplo recebia o nome "Aniat", era gravada uma folha em forma de coração. Nos discos do Sol das crianças nascidas à noite os artistas somente gravavam flores, folhas e samambaias que se desenvolviam à noite, exalando seus aromas...

Com cinco anos de idade as próprias crianças já trançavam as bolsas que carregavam em suas excursões. Nunca saíam montadas em seus animais sem suas bolsas. E sempre voltavam com elas cheias. Além das bolsas e das canecas de ouro para beber, faziam parte de seus equipamentos pequenas faquinhas de ouro com cabos de madeira e pequenos cântaros com gargalo estreito. Eram chamados cântaros de mel.

Naquele tempo existiam, naquelas regiões, diversas espécies de abelhas que preparavam um mel quase líquido. Todas essas abelhas não tinham ferrão, de modo que colher mel era muito fácil para as crianças.

Além de frutas comestíveis e brotos ou folhas, as crianças colhiam também outras coisas em suas excursões. Por exemplo: sementes, cascas, flores, bulbos, também um tipo especial de barro e muito mais ainda, todos ingredientes com que os incas fabricavam suas belas e duráveis tintas.

As crianças gostavam também de juntar as vagens de uma árvore de cacau, que apesar da altitude crescia nas florestas ainda existentes naquele tempo. Os caroços dessas vagens alojavam-se numa espécie de geleia. Essa geleia doce as crianças comiam com predileção.

Quem quisesse passar o dia todo nas florestas não precisava levar nada para comer, tão rica era a região em frutas. Havia muitas espécies de frutas que hoje, pelo desmatamento das florestas, desapareceram totalmente da face da Terra. O desmatamento só teve início quando toda a sorte de europeus, depois da conquista, lá se domiciliaram...

Era uma característica das crianças incas, ao ver uma árvore carregada, nunca se lançar sobre as frutas. Antes de tirar as frutas, elas dançavam de mãos dadas em redor da árvore, abraçando-a e chamando pelas *tschilis**. Logo depois algumas crianças começavam a cantar... Era a canção das *tschilis* das frutas, a quem amavam especialmente. Soava mais ou menos como se segue:

---

* As *tschilis* pertencem também à espécie das fadinhas das flores. Alcançam aproximadamente o tamanho da mão, e todas têm graciosos rostinhos de bonecas. Tal como as fadinhas das flores, possuem asinhas. Estas brilham na cor verde, apresentando também a forma de folhas.

"*Tschilis, tschilis*, olhai para nós e doai-nos vossas frutas! São tão suculentas e tão gostosas! Não machucaremos nenhuma folhinha de vossa árvore, não quebraremos nenhum galhinho e não esqueceremos os inúmeros animaizinhos!"

Somente quando terminavam a canção, geralmente dois meninos subiam na árvore, apanhavam as frutas e jogavam-nas para baixo. As árvores estavam quase sempre tão carregadas de frutas, que as crianças também levavam algumas para seus pais.

As crianças incas gostavam de cantar. Em suas canções expressavam toda a alegria que preenchia suas vidas.

Até seu décimo segundo ano de vida elas eram totalmente entrelaçadas com a natureza. Sobre assuntos espirituais ninguém lhes falava. No entanto, desde pequenas, os pais lhes ensinavam que seres humanos e animais possuíam direitos iguais de viver na Terra.

— O menor inseto é tão importante quanto os grandes animais, diziam eles a seus filhos, pois ambas as espécies foram criadas com igual amor pelo Deus-Criador!

Antes que as crianças viessem com perguntas, logo acrescentavam que era permitido aos seres humanos matar tantos animais quantos necessitassem para sua alimentação e vestuário.

— É preciso que uma vez ou outra comamos carne. A riqueza animal na Terra é tão grande, que nem dá para notar se pegarmos alguns deles.

As crianças gostariam de viver somente de frutas, tortilhas e mel... Mas sua confiança nos adultos era tão inabalável, que logo aceitavam como certo tudo o que eles diziam e faziam. Por isso, comiam carne sem resistência. Geralmente seus pais lhes ofereciam uma porção de carne de aves.

A Escolha do Ofício

Depois do décimo segundo ano de vida, os meninos tinham de decidir a que trabalho queriam se dedicar. Na maioria dos casos já haviam escolhido. Os indecisos eram testados em suas capacitações e entregues depois ao professor mais indicado para o seu caso.

Todos os meninos tinham de aprender um ofício. Não em escolas. Para tal finalidade, iniciavam o aprendizado com homens que exerciam a profissão por eles escolhida. Por exemplo: quem quisesse tornar-se um ourives teria, pois, de aprender com um ourives. Aquele que se interessasse em trabalhar como pedreiro e construtor aprendia junto a um mestre de obras. O mesmo em relação à agricultura. Quem quisesse dedicar-se a ela tornava-se aprendiz de um agricultor. As meninas, naquele tempo, aprendiam tudo o que necessitavam por intermédio das mães. Fazia parte disso também o quipo. Essa palavra significa "dar nós", ou também "escrita de nós". Num bastão delgado penduravam fios de lã coloridos, de diversos comprimentos, nos quais eram feitos nós, conforme o texto. Dois nós amarelos significavam milho. Um nó branco, sal. Três nós castanhos, uma determinada espécie de terra usada para tingimento. Os incas, entre si, pouco utilizavam a escrita de nós. Todos eles possuíam uma extraordinária memória, de modo que usavam mensageiros que retransmitiam verbalmente suas mensagens.

A fusão com outros povos tornou isso diferente. A escrita de nós prestava grandes serviços. Através dela eram enviadas mensagens de um local para outro, e feitos pedidos... Pois a escrita quipo era conhecida também por alguns povos.

No decorrer dos séculos foram fundadas muitas escolas. No próprio reino inca e posteriormente também nas cidades de todos os povos que formavam uma "união" com os incas. Em parte alguma havia um ensino unilateral. O equilíbrio entre o espírito e o corpo era sempre observado. Meninos e meninas ficavam separados durante o aprendizado. Isto já era condicionado pelo próprio ensino. Pois as meninas ocupavam-se apenas com trabalhos eminentemente femininos, ao passo que os meninos se interessavam por trabalhos correspondentes à sua espécie masculina. Uma mistura, como hoje, teria sido impossível naquele tempo, uma vez que os seres humanos ainda eram completamente diferentes.

Os métodos de ensino dos incas foram aperfeiçoando-se cada vez mais com o tempo e adaptaram-se ao progresso geral.

As meninas, por exemplo, depois do décimo segundo ano, não mais recebiam o ensino por intermédio das mães, mas sim de professoras escolhidas. Geralmente eram mulheres sábias. Com isso se introduziu algo totalmente novo. Pois as meninas frequentavam a escola não apenas durante algumas horas, elas eram separadas completamente dos pais por alguns anos, portanto tinham de mudar-se para casas construídas com essa finalidade.

Essa separação era vantajosa para ambos os lados. Tanto para os pais como para as filhas. Podiam, naturalmente, visitar uns aos outros. Para as jovens não havia o perigo de, separadas dos pais, poderem aprender algo ruim, uma vez que simplesmente não havia nada de ruim entre elas.

Mais tarde foram construídas também para os meninos tais escolas, onde podiam aprender muito, porém não tudo! Um menino, por exemplo, que quisesse tornar-se médico ou guardador de remédio, teria de viver em tempo integral nos "hospitais" ou "depósitos de medicamentos", aprendendo no local.

Ensino espiritual todos os jovens recebiam nas respectivas escolas, porém somente quando ultrapassavam o décimo oitavo ano de vida. Os sábios responsáveis por isso observaram que os jovens, antes dessa idade, ainda viviam demasiadamente dentro do mundo da natureza para poderem concentrar-se como deveriam em coisas mais elevadas. Quando os incas construíram seus templos, o ensino espiritual era ministrado nos próprios templos. Os que tinham dotes sacerdotais entravam ainda como aprendizes nas escolas dos sábios.

No início, as casas das moças eram denominadas "casas da juventude e do trabalho". Pouco a pouco surgiram outras denominações. Mais tarde, quando os incas veneravam nos templos o grande Deus-Criador, as moças dessas casas que tinham mais idade passaram também a executar o serviço no templo. Ao serviço no templo pertenciam também todos os serviços de limpeza. Todas elas, sem exceção, se submetiam com alegria a esses trabalhos, os quais eram necessários para que os templos nada perdessem de seu brilho.

Essas moças trajavam, para as solenidades nos templos, longos vestidos brancos perpassados com fios de ouro, e portavam coroas de ouro nos cabelos. Tudo nelas brilhava. Seus olhos, sua pele dourada e seus dentes brancos quando sorriam, coisa que aliás, faziam com frequência.

Um alto dignitário dos araucanos, que as viu certa vez por ocasião de uma solenidade no templo, denominou-as, desse dia em diante, "virgens do Sol", em razão do brilho dourado em volta delas. Os incas não gostavam muito dessa denominação, pois no decorrer do tempo notaram, muitas vezes, como impensada e superficialmente outras pessoas formavam opiniões, na maior parte das vezes, totalmente opostas à verdade.

— Nós honramos espiritualmente apenas o grande Deus-Criador, servindo a Ele eternamente! explicaram ao araucano. Na Terra, o amor do Criador chega até nós através do Sol! Ele envolve a Terra e tudo o que nela vive com um manto de amor, perpassando tudo e atravessando com sua irradiação distâncias longínquas!...
Apesar de todas as explicações, essa denominação manteve-se até o fim. A expressão virgem do Sol, mais tarde, contribuiu muito para que os incas fossem apresentados e descritos como adoradores do Sol...

Os incas não conheciam o amor paterno que tudo tolera, que hoje se alastra por toda parte e tem um efeito tão nocivo sobre as crianças. Também não havia crianças que se comportassem de modo exigente perante seus pais.

— Uma criança, diziam os incas, necessita enquanto pequena de um amor materno cuidadoso e, ao crescer, severos e justos protetores e preceptores. Só assim poderá desenvolver-se e tornar-se aquilo que deve ser na Terra: um ser humano conduzindo outros rumo à Luz e difundindo alegria em seu redor!

A Origem do Ser Humano

No que se referia ao ensino, as escolas de medicina constituíam uma exceção, pois nelas os alunos eram orientados sobre a origem do ser humano. A explicação sobre esse importante acontecimento era sempre dada por um sábio. Ela dizia aproximadamente o seguinte: "Originalmente éramos animais. Apenas animais. Animais que se desenvolviam de tal maneira, que podiam transformar-se em animais--humanos, no tempo para isso determinado. Demorou tanto o desenvolvimento desses animais, que ser humano algum pode imaginar.

Esses animais, no início, eram disformes; a cabeça muito pequena, o corpo grande demais, os braços demasiado longos. Além disso, movimentavam-se um pouco arqueados.

É compreensível que tenha passado um longo tempo até que se assemelhassem com a forma animal a que eram destinados. O mais difícil para eles era manter a posição ereta. Muitos nunca aprenderam a andar eretos. Esses morriam, nunca mais voltavam. Uma parte deles, porém, desenvolveu-se tanto, que espíritos puderam encarnar-se. Espíritos humanos, maravilhosamente belos, provenientes de grandes alturas e que já estavam aguardando para poder entrar num corpo que lhes possibilitasse uma existência na maravilhosa Terra verde... O que nos separa dos animais é apenas nosso espírito... os corpos são os mesmos. Cada um conforme a sua espécie..."

Diversos alunos de outros povos não queriam tomar como verdade que o corpo humano fosse inicialmente apenas um corpo animal. Contudo, por fim, todos tinham de reconhecer isto diante dos fatos biológicos, os quais não apresentavam tantas diferenças.

Os ensinamentos dados pelos incas sobre a origem dos animais e seu desenvolvimento eram muito extensos. Eles diziam:

"As sementes para todas as formas básicas de plantas e animais encontravam-se no ovo incandescente do qual nasceu a Terra. Somente pouco a pouco se desenvolveram de cada forma básica milhões de outras formas... A semente do animal-humano foi a última a se desenvolver da massa básica."

Assim que um preceptor chegava a esse ponto do relato, os alunos tinham de decidir-se a favor ou contra as explicações sobre o surgimento do animal-humano. Sendo a decisão contrária, não lhes restava outra alternativa a não ser deixar a escola. Pois, segundo o julgamento de seus professores, sua capacidade de assimilação era insuficiente para poder exercer a complexa profissão de médico.

A maioria, naturalmente, ficava aguardando com curiosidade o que se seguiria.

"A semente dos animais-humanos desenvolvia-se nas barrigas de animais. Isto é um processo natural... Nas barrigas de animais grandes. Essas mães-animais ficavam, certamente, bastante espantadas quando davam à luz filhotes que cresciam mais lisos e mais bonitos do que acontecia com sua cria em geral..."

Antes que um aluno pudesse perguntar onde as mães, ou melhor dito, os pais dos animais-humanos ficaram, o respectivo sábio dizia que essa espécie extinguiu-se quando um determinado número de animais-humanos – não eram muitos – já viviam na Terra e se multiplicavam...

CAPÍTULO VII

FESTAS INCAS

A Ligação com a Natureza

Os incas celebravam várias festas por ano. Algumas eram dedicadas aos espíritos da natureza e festejadas com grande alegria. Não seriam propriamente necessárias essas festas, pois todo inca amava e respeitava desde pequeno a natureza e tudo que nela vivia...

"Durante o tempo que nos é concedido na Terra, somos tão ligados à natureza e a todos os seus entes, e também tão dependentes, como são as folhas e os frutos em relação às árvores onde crescem! Sendo assim, queremos uma vez ao ano expressar a nossa gratidão de modo especial."

Essas palavras são de uma mulher excepcionalmente sábia e inteligente, que desejava dar oportunidade aos seres humanos de expressar sua gratidão à natureza de uma maneira toda especial.

Descreveremos aqui quatro dessas festas, que os incas celebraram até o seu trágico fim. São elas: Festa das Flores, Festa da Espiga de Milho – essa poderia ser denominada também de Festa da Colheita –, Festa dos Espíritos das Nascentes, que lhes forneciam água pura para beber, e o cerimonial do casamento.

Nas noites que precediam essas festas, muitos tinham sonhos, ou, melhor dito, visões, onde viam espíritos da natureza que em geral lhes permaneciam ocultos. Como, por exemplo, a grande protetora dos animais "Kariki", ou a igualmente grande e maravilhosa "Ninagin", a rainha das flores.

Festa das Flores

Os incas celebravam a Festa das Flores de uma maneira toda especial. Faziam, literalmente, "serenatas" às flores. Pois entoavam canções compostas especialmente para esse dia, as assim chamadas "canções das flores". Os textos sempre realçavam a beleza das flores e a alegria que seu aspecto proporcionava aos seres humanos. O brilho da rainha das flores era realçado de modo especial nessas canções.

A Festa das Flores era uma festa para mulheres e crianças. Quando chegava o dia, elas deixavam suas casas e passeavam em grupos pelos parques, subiam pelas diversas colinas, entoavam suas canções e sentiam-se felizes. Não almejavam ver as fadinhas. Bastavam-lhes as flores. As fadinhas das flores estavam presentes, do contrário não haveria, pois, flores. Além disso, todas conheciam as delicadas e pequenas criaturinhas que faziam os brotos crescerem e florescerem.

Nesse dia, faziam longas excursões, colhendo mudas de plantas terapêuticas e outras, assim como sementes, de modo que ao anoitecer sempre voltavam com os cestos cheios.

As mulheres com suas faquinhas de ouro cortavam galhos de arbustos e de certas espécies de árvores, plantando-os em seus jardins ou em outros lugares livres, cuidando até que as mudas ficassem grandes e fortes.

Os ourives incas, que aperfeiçoavam sua arte cada vez mais no decorrer do tempo, confeccionavam pequenas obras de arte em memória a Ninagin, a de cabelos de ouro. Eram em geral galhos com flores e folhas de ouro que presenteavam nessa ocasião. Todas as moradias incas eram enfeitadas com pelo menos um desses galhos de Ninagin.

Festa da Espiga de Milho

A Festa da Espiga de Milho era algo especial. Muitos incas, principalmente camponeses denominados plantadores, viam durante a época de amadurecimento, entre os pés de milho, "espíritos" que desde os primórdios guardavam e cuidavam das sementes de cereais de toda a Terra para os seres humanos.

Naturalmente, não se tratava de espíritos humanos, estes que apareciam e desapareciam entre as plantas. Isso evidentemente percebia cada um que conhecia esses espíritos da natureza geralmente invisíveis. Seus olhos tinham uma luminosidade vermelha, e seu adorno de cabeça parecia uma coroa de espigas, a qual brilhava como prata. Em sua volta revoavam fagulhas de luz vermelha e prateada, semelhantes a grãos de cereais transparentes.
Os incas chamavam esses entes de *japis*. Seu vestuário igualava-se ao dos plantadores incas quando preparavam a terra para a semeadura. Eram calças verdes ou castanhas e coletes da mesma cor. Também para essa festa, os incas compunham canções especiais. Canções nas quais exprimiam sua gratidão pela alimentação que lhes era proporcionada pelos espíritos dos cereais. Nem teria sido necessário um agradecimento especial, pois também esses espíritos sentiam-se presenteados sobremaneira pelo amor que lhes afluía dos incas.

Festa dos Espíritos das Nascentes

A água, desde os primórdios, tinha um significado especial para os incas; para seu espírito e para seu corpo. A festa era celebrada na lua cheia, nas proximidades das nascentes, riachos ou lagos. Naquele tempo, todas as águas eram puras e sagradas para os incas.
 A festa da água não era celebrada num único lugar. Os incas dividiam-se em grupos e caminhavam, guiados por um sábio, em direção a qualquer nascente ou local onde houvesse água. Se uma nascente estivesse situada muito distante, então saíam suficientemente cedo de casa para estar no local exatamente ao surgir a lua cheia. Essa festa era destinada somente aos adultos. Crianças não tomavam parte nela. Permaneciam em casa.
 A cerimônia ou festa consagrada a todos os espíritos da água na Terra desenrolava-se sempre da mesma maneira, com apenas pequenas diferenças.
 O respectivo sábio começava explicando que tudo o que vive na Terra e nela cresce, inclusive a própria Terra, depende da irradiação solar. E tudo o que parece firme – a isso pertencem também nossos corpos – é constituído em sua maior parte de água.
 E diziam ainda o seguinte:

"Existem duas irradiações solares. Uma atua durante o dia e a outra durante a noite. Todas as águas e nascentes se mantêm em movimento pela irradiação noturna. O mesmo diz respeito a tudo o mais que cresce e amadurece no interior da terra. Como as pedras preciosas por exemplo.

À noite ocorre a irradiação solar através da Lua, embora apenas parcialmente. Todas as nascentes necessitam da irradiação solar noturna. Por isso escolhemos a época da lua cheia para agradecer a todos os espíritos da água. Nosso agradecimento, porém, liga-se sempre a um juramento referente à nossa existência espiritual. Por esse motivo, nos dirigimos também aos poderosos no espírito, para que se inclinem para nós e aceitem nosso juramento."

Depois dessa breve preleção os sábios faziam uma pausa. Durante essa pausa, dez dos participantes ajoelhavam-se à beira d'água esperando.

"Água é luz flutuante!" recomeçava o sábio. "Água é pureza vibrante e vida cintilante. Água é fluxo espumante, é néctar e força!..."

Após essas palavras, os dez, ajoelhados ao chão, mergulhavam a mão direita na água e molhavam a testa. Enquanto faziam isso o sábio pronunciava o seguinte juramento:

> "Prometemos agora, nesta hora, que todos os pensamentos que saírem de nossa cabeça serão límpidos como esta água!"

Os dez que estavam ajoelhados à beira d'água levantavam-se, para dar lugar aos seguintes, que também mergulhavam as mãos na água e molhavam a testa. O sábio não repetia o juramento. Ele sabia que todos haviam escutado as palavras e atuariam de acordo com elas.

Os grupos que peregrinavam até as águas eram constituídos, geralmente, de sessenta ou também mais participantes. Mas nunca eram mais de cem.

O sábio ajoelhava-se sempre por último, molhando a testa. Feito isso, ele levantava-se e erguia, em agradecimento, ambos os braços para o céu; a seguir, à frente de todos, iniciava, através da noite clara e fria, a caminhada de volta para casa.

A noite estava sempre repleta de ruídos indefiníveis; de todos os lados ouviam-se pássaros e outros animais que despertavam para a vida durante a noite, entregando-se às suas tarefas.

As pessoas, porém, seguiam caladas o seu caminho. Tomavam cuidados especiais para não perturbarem com sua presença a vida das criaturas noturnas.

O Cerimonial do Casamento

Não se pode falar em "festa" de casamento. Pois festividades de casamento os incas desconheciam. Entre os incas apenas existiam matrimônios contraídos por verdadeiro amor. Isto é, onde ambas as pessoas que queriam passar a vida juntas combinavam espiritual, anímica e terrenamente. Por esse motivo sua união somente poderia ser feliz.

Quando os jovens estavam de acordo, comunicavam a decisão a seus pais. Após isso, a moça, ou melhor, a noiva pedia a um dos sábios que lhes indicasse o lugar onde deveria ficar sua futura casa. Depois, sob a fiscalização de um construtor e com a ajuda de alguns moços, o noivo começava a levantar sua casa.

Nesse ínterim, a noiva preparava os utensílios domésticos para a instalação interna da casa. Tecia, com o auxílio de algumas moças e mulheres, os tapetes das paredes, das camas, almofadas e assim por diante. A pouca louça de cerâmica que era necessária, recebia dos pais. Dos móveis se incumbiam, geralmente, os pais do noivo. Esses móveis consistiam em dois baús para roupas e uma mesa baixa. Tudo o mais que ainda faltasse, os próprios noivos providenciariam quando já vivessem juntos.

A casa ficava pronta. Os dois jovens, contudo, não a ocupavam imediatamente. Muitas vezes passava-se um ano ou mais, antes que ali entrassem para iniciarem uma vida em comum. Os dois determinavam sozinhos a data em que isso deveria acontecer.

A vida dos noivos começava sem a bênção sacerdotal. Pois cada verdadeiro amor, diziam os incas, já traz em si a bênção, unindo por isso ambos na mais pura felicidade.

No dia em que entravam na casa, os noivos acendiam o fogo num pequeno forno de barro queimado, jogando a seguir alguns grãos de sal nas brasas. Logo depois comiam juntos de um pão que a noiva havia preparado.

Pão e sal eram para os incas os símbolos da alimentação. Essa pequena cerimônia significava agradecimento. Agradecimento ao senhor do Sol, Inti, e à mãe da Terra, Olija, que sempre lhes proporcionavam alimentos em quantidade.

CAPÍTULO VIII

OS TEMPLOS INCAS

A Construção do Primeiro Templo Inca

Mais de duzentos anos havia-se passado desde que os incas entraram no vale florido amarelo-dourado, quando então construíram seu primeiro templo, denominado por eles "Templo do Céu".

Tomaram essa decisão quando cada inca já possuía sua casa, e também todas as demais edificações necessárias tinham sido construídas, como, por exemplo, várias casas para os doentes e seus acompanhantes, hospedarias para os mercadores e demais visitantes, também algumas escolas com moradias e assim por diante.

A instalação dos alicerces e o levantamento das paredes não demorou muito, pois os gigantes executavam a maior parte do trabalho. O teto e a decoração interior exigiam mais tempo. Principalmente a decoração interior. Tempo nada significava para os incas. Eles trabalhavam calmamente, sem pressa, e tudo o que faziam era cuidadosamente pensado e planejado.

Demorou anos até que a decoração interior de seu primeiro templo ficasse pronta e a contento de todos. Essa decoração consistia em um grande sol de ouro, de uma lua cheia, de várias meias-luas de prata e de um cometa de ouro e prata. Em redor da alta pedra do altar havia galhos de ouro, engastados com flores de nefrita verde e de turquesas com manchas douradas. O piso era coberto com pedras lapidadas.

Quatro degraus conduziam à entrada, que não era maior do que a de uma casa. A porta, que se podia puxar lateralmente, era feita do mesmo material duro e impregnado como o do telhado. As portas dos grandes templos construídos posteriormente pelos incas no decorrer dos séculos, em ambas as cidades, eram entalhadas em madeira e enfeitadas com filigranas de ouro.

As mulheres incas plantaram no lado leste do templo alguns arbustos muito bonitos e cujas flores, em forma de lírio, eram externamente brancas e por dentro cor-de-rosa, exalando uma fragrância parecida com a de flores de laranjeira. Além desses arbustos havia ainda um grande canteiro quadrado onde cresciam plantas rasteiras com flores azuis, denominadas "olhos da primavera". O pátio do templo estava, em toda volta, coberto com placas de pedra de diversos tamanhos. Entre elas havia alguns blocos de pedra de formato pitoresco, providos com os signos dos gigantes.

Os incas estavam radiantes de felicidade por causa do seu templo. Só entravam nele com respeito e gratidão. Segundo sua opinião, os seres humanos eram as criaturas mais felizes do mundo.

"Nós, seres humanos, somos os receptores neste mundo maravilhoso!" ensinavam os sábios. "Apenas com o nosso amor e respeito, ofertado a tudo que o grande Deus-Criador criou, podemos proporcionar, pelo menos em parte, um equilíbrio! Colocamos pão e sal no altar como expressão de nosso agradecimento pela alimentação que nos é ofertada."

Sim, os incas estavam muito felizes com o seu templo... Contudo, depois de pouco tempo, já enfrentavam um problema que, de início, lhes causou grandes preocupações. Eram os forasteiros. Os doentes, os visitantes, os alunos, os mercadores... todos queriam participar das solenidades incas no novo templo. Mas isso não era possível, pois o templo era destinado aos incas. A um povo altamente desenvolvido, cujo saber espiritual não apresentava grandes diferenças. Correspondentemente eram também os ensinamentos que recebiam nesse templo.

Durante uma das reuniões dos sábios, encontrou-se a solução que serviu a todos. Veio de uma mulher.

— Lembro-me do templo destruído do *povo dos falcões*, começou ela, e das grandes colunas deitadas no chão. Com a ajuda dos gigantes, esse templo, que deve ter sido muito grande, poderia ser reconstruído. O templo poderia tornar-se uma espécie de lugar de romaria para todos. Para todos os povos e tribos ligados a nós.

Os sábios acharam boa a solução proposta pela mulher.

— Mas não devemos nos esquecer de que no templo destruído foram executadas terríveis cerimônias de culto! Por um povo que violou a fidelidade para com o grande Deus-Criador, mostrando-se indigno de sua condição de ser humano!

Isso ninguém havia esquecido, pois as ruínas do templo do *povo dos falcões* eram conhecidas de todos.

— Perguntemos aos gigantes! propôs um dos presentes. Se eles estiverem dispostos a nos ajudar na construção de tal templo, nós poderemos pôr em prática esse plano, contribuindo para que o lugar se torne um local de pureza e de sabedoria!

A Reconstrução do Templo dos Falcões

E assim aconteceu. Um dos sábios, do qual Thaitani parecia gostar especialmente, dirigiu-se a ele e solicitou ajuda. Quando o gigante ouviu o que se desejava dele e dos seus, mostrou-se não muito favorável ao projeto. Isso era totalmente contrário à sua costumeira disposição de ajudar os incas. O sábio entendeu a posição de recusa do gigante. Reconstruir um templo destruído...

"Vamos ajudar-vos!" disse em seguida Thaitani, de modo totalmente inesperado. Depois dessa resposta afirmativa, ele desapareceu.

— O fato de ajudarem a construir é uma prova da confiança que eles depositam em nós, incas!

O sábio concluiu seu relato sobre a reunião que tivera com o gigante. Todos os ouvintes sabiam que assim era... Mas sabiam também que nunca violariam tal confiança.

Os incas não perderam tempo. Já no dia seguinte anunciaram aos forasteiros presentes na cidade que o Templo dos Falcões seria reconstruído com a ajuda dos gigantes.

— As dimensões desse templo são tão grandes, que muitas pessoas caberão nele! Deverá tornar-se o lugar de romaria para os membros de todos os povos. Principalmente para todos os que quiserem progredir e desenvolver-se espiritualmente. Nele realizaremos no decorrer do ano várias solenidades. Solenidades nas quais nossos sacerdotes e outros sábios anunciarão as leis determinantes para nós, incas, desde os primórdios. Além disso, serão dados conselhos e respondidas perguntas de utilidade para todos.

A maioria dos forasteiros ficou muito contente ao ouvir essa notícia. As solenidades no templo dos incas deveriam ser algo extraordinário. A oportunidade de assistir a uma delas agora se apresentaria também para eles. Imediatamente muitos deles se ofereceram para colaborar.

— Conhecemos o local! diziam alguns. Todo o chão do templo destruído está coberto de pedras quebradas e pó. Podemos ajudar na limpeza!

— Por enquanto nada podeis fazer! Evitai esse lugar, onde da destruição deverá surgir algo novo. Somente quando os gigantes estiverem com seu trabalho pronto, chegará a nossa vez!

O sábio que pronunciara essas palavras percebeu que alguns dos ouvintes queriam ir logo até as ruínas do Templo dos Falcões, por isso acrescentou advertindo:

— Outrora o jovem filho de um mercador quis desafiar os gigantes. Passou mal! Alguns dos nossos encontraram-no arrebentado nos limites da esfera de energia dos gigantes. O mesmo aconteceria hoje também a qualquer um que se introduzisse prematuramente na região de trabalho deles.

Todos se assustaram, embora já houvesse passado mais de duzentos anos desde a morte do moço. Decerto não existia pessoa que, no decorrer do tempo, não tivesse ouvido falar daquele infeliz.

— Não, não! disse um em nome de todos. Esperaremos até que sejamos chamados para o trabalho! Enquanto isso poderemos avisar os nossos artistas em metais que será necessário decorar o templo...

Poucos dias mais tarde alguns incas se dirigiram ao campo de ruínas[*] a fim de isolar a região de trabalho dos gigantes. Pois alguns pequenos povos viviam nas proximidades do lago Titicaca... Eles precisariam ser esclarecidos e advertidos. Lá chegando, observaram que algumas das colunas já se achavam em pé; outras, que estavam quebradas, já tinham sido tão exatamente reconstituídas pelos gigantes como nenhum ser humano poderia ter feito.

Os incas percorreram a região inteira, a fim de informar todos os habitantes sobre os detalhes da construção do templo. Com exceção de alguns descendentes do *povo dos falcões*, em parte alguma encontraram resistência. Ao contrário. Todos se sentiam honrados por ser-lhes permitido visitar em breve um templo construído pelos

---

[*] Tiahuanaco.

misteriosos incas em conjunto com os gigantes. Logo se ofereceram para confeccionar belas esteiras de junco para o piso e juntar também bastante junco para o telhado do templo.

Nessa ocasião, os incas conheceram também a grande ilha do lago. Navegaram até lá em canoas feitas de amarrados de junco, tão perfeitamente construídas, que nem uma única gota d'água passava. Os incas não economizaram elogios, e os construtores das canoas estavam fora de si de orgulho.

Durante essa viagem de canoa eles ficaram sabendo também que, muito tempo antes, um pequeno povoado afundara no lago.

"Os habitantes desse povoado, antepassados do *povo dos falcões*, foram avisados com antecedência do acontecimento que estava para vir, de modo que lhes restava bastante tempo para construir novas moradias numa outra região. Quando todos já haviam saído, chegou o dia em que, sob uma enorme pressão oriunda das profundezas, as águas do lago subiram, e em ondas altas ultrapassaram amplamente as praias, inundando tudo. A terra inundada cedeu sob o impacto das ondas. O lago alargou-se e tornou-se tão grande como é hoje. Desde aquele tempo o lago é tão fundo num determinado local, que se une com a água grande!"

Os incas conheceram, durante a construção, seres humanos das mais variadas tribos e povos que desejavam colaborar de algum modo no acabamento do novo templo. Eram pessoas que já haviam alcançado um degrau superior de cultura e que, aparentemente, o haviam perdido de novo.

Mal os gigantes terminaram a sua tarefa, e já havia bastante trabalho para todos. Por exemplo: todos os ornamentos com que o templo foi decorado não eram dos incas, mas sim de artistas de outros povos. Esses artistas decoraram também a pedra do altar no centro do templo. Eles fixaram nos lados, como símbolo da Terra, folhas de samambaias bem trabalhadas em filigrana de ouro.

Na parede leste, alguns degraus conduziam a uma pequena plataforma destinada aos oradores. Nessa parede estava pendurado também um grande disco do Sol, artisticamente trabalhado com raios de diversos comprimentos.

Em gratidão pelo trabalho executado pelos gigantes, os incas denominaram o templo de "Templo dos Gigantes". Esse nome continuou vivo no povo inca, de geração em geração. Todos os outros povos denominaram-no, desde o início, "Templo dos Incas" ou "Templo do Sol"! E assim permaneceu.

Os Mandamentos Incas

Aproximadamente duzentos e cinquenta anos depois da fundação da Cidade de Ouro[*], isto é, 250 anos depois do nascimento de Cristo, os incas celebraram a primeira solenidade no templo do desaparecido *povo dos falcões* que fora reconstruído. Essa festa realizou-se no mês de agosto. Eles denominaram-na "festa da iniciação". Eram sete ensinamentos – também se poderia chamá-los mandamentos – anunciados pela primeira vez naquele dia.

À primeira solenidade – e também todas as outras – vieram tantas pessoas, que ela teve de ser repetida durante vários dias seguidos. O sacerdote inca que pronunciou os ensinamentos falava na língua quíchua, o que por sua vez constituía um estímulo para muitos, a fim de aprenderem a língua inca da melhor maneira possível.

Seguem agora os ensinamentos formulados pelos sábios incas naquele tempo, a fim de fornecer diretrizes firmes a todos os seres humanos que a eles se uniam:

1. Nosso Senhor é o grande Deus-Criador que criou tudo o que existe! Chegamos de um mundo da Luz! E éramos ignorantes e pequenos! Contudo, um grande espírito ajudou a nos tornarmos fortes e sábios! Para que isso pudesse acontecer, ele nos guiou a outros mundos, aos quais a Terra também pertence. Por muitas transformações temos de passar antes de podermos voltar ao mundo da Luz, onde nascemos!

2. Nosso destino é determinado por nossa fé e nossa religião! A religião nos une ao grande espírito que nos conduz de volta à pátria da Luz! Isto se refere à religião que contém em si a Verdade. Mas existem hoje religiões e cultos na Terra que separam os seres humanos do mundo da Luz, pois são traspassados pela mentira!

---

[*] Denominada mais tarde Cuzco.

3. O ser humano é responsável por tudo o que o atinge! Ele pode escolher a sua religião, determinando com isso seu destino! A Verdade é Vida, Luz... A mentira conduz ao abismo mortal!

4. Não sabemos quais as vidas que já vivemos, porém podemos determinar a espécie de nossas futuras vidas. Agora, hoje, a cada hora... pois nosso futuro depende de nossa vida atual! Por isso precisamos estar sempre atentos ao que fazemos e falamos. Se não o fizermos, podemos causar grandes sofrimentos aos nossos semelhantes, por ações e palavras impensadas!

5. Respeitai Olija, a mãe da Terra, e Inti, o senhor do Sol! A influência deles permite que a Terra respire e viva! E lembrai-vos com gratidão dos muitos e muitos seres da natureza! Eles cuidam de vossa alimentação e saciam vossa sede com sua água pura! E, através do ar que aspirais, conduzem forças solares até vós! Jamais desperdiceis alimentos ou água, para não entristecerdes os sempre prestimosos espíritos da natureza!

6. Doenças perturbam o equilíbrio de todas as funções da vida! Contudo, não desespereis! Doenças podem ser grandes mestras de ensino! Procurai, porém, as causas de vossos sofrimentos e, ao encontrá-las, evitai-as no futuro! Gratidão e alegria são duas dádivas preciosas que proporcionam brilho à vossa existência! O ingrato e insatisfeito é um perturbador no mundo!

7. Não desperdiceis vosso tempo. Ao contrário, preenchei-o com trabalho, não importando de que espécie for! O trabalho traz consigo contentamento, formando a base firme da vida cotidiana!

Estas sete sentenças de ensinamento foram repetidas muitas vezes no decorrer do tempo no grande Império Inca; decerto, não havia ninguém que não as tivesse escutado pelo menos uma vez.

Depois da inauguração do templo, os mestres de obras começaram a construir as casas. Para isso utilizavam, na medida do possível, as pedras espalhadas ao redor, desde a destruição. Em volta do templo surgiu uma pequena localidade denominada pelos incas de "Lugar da Porta do Sol". Contudo, apenas famílias incas fixaram residência ali. Entre eles encontravam-se sacerdotes, médicos e professores. Fundaram no local duas escolas para os povos que moravam nas proximidades.

Não demorou muito e construíram uma estrada que se iniciava na localidade junto ao templo e ia até a região onde os incas pretendiam fundar uma segunda cidade. Esta conduzia à "Cidade da Lua"*, fundada mais tarde, à margem leste do lago Titicaca.

A Cidade da Lua era uma cidade magnificamente traçada. Tornou-se famosa pelas escolas de ciência espiritual. Mas era também um importante centro comercial.

A sede do governo, porém, permaneceu sendo a primeira cidade fundada pelos incas: a Cidade de Ouro ou Cidade do Sol, como era denominada alternadamente. Todas as resoluções referentes aos próprios incas e também aos povos aliados eram ali tomadas e retransmitidas. Isto permaneceu assim até o fim.

---

* La Paz.

CAPÍTULO IX

OS DOIS ACONTECIMENTOS IMPORTANTES DO ANO 400

Manco Capac

O ano 400 começou com dois acontecimentos importantes. O primeiro foi a nomeação de um rei. Por conselho do espírito que desde os primórdios guiava os incas e os aconselhava, fora transmitida ao sábio Udunis a dignidade real. Udunis superava todos os demais sábios em conhecimento e sabedoria, de modo que mesmo sem a dignidade real sobressaía entre os demais.

O primeiro rei nomeado pelos espíritos-guias recebeu um novo nome. Doravante não mais se chamaria Udunis, o sábio, mas sim, "Manco Capac", o primeiro rei inca do novo reino, de acordo com as leis espirituais.

Em tempos passados já por várias vezes tinham existido sábios entre os incas que portavam o nome Manco Capac. Tratava-se sempre de escolhidos, incumbidos de uma importante missão na Terra.

O povo aceitou com grande alegria o sábio Udunis como rei. Sua nova dignidade encheu-os de orgulho, pois fora eleito por um espírito muito acima de todos os seres humanos.

O mesmo não se podia dizer dos reis de outros povos que conheceram no decorrer desses quatrocentos anos, com os quais os incas fizeram aliança. O saber de todos esses reis, no que se referia ao espiritual, era apenas medíocre. Davam a impressão de terem sido eleitos pelo povo por serem bons lutadores e peritos no manejo de armas.

Um rei, de acordo com sua dignidade, tinha de morar também dignamente. Por isso os arquitetos incas, com forças reunidas, construíram o primeiro "palácio real" de seu reino. Em comparação com os palácios posteriores, que os incas e seus regentes construíram, esse primeiro palácio tinha apenas o aspecto de uma casa grande que superava todas as demais.

Um rei, naturalmente, tinha de portar uma coroa. Pelo menos em ocasiões especiais. Por isso, os ourives resolveram confeccionar várias coroas, para então apresentá-las ao rei.

— A escolha temos de deixar a ele! diziam entre si. Pois só ele sabe qual o tipo de coroa que melhor combina com sua nova missão.

A coroa escolhida por Manco Capac consistia em um aro de ouro forrado com tiras de lã, a fim de poder ser usada confortavelmente. Essa coroa, com suas cinco pontas de pérolas de ouro e os sóis gravados em volta, era muito bonita.

Para guardar essa primeira e muito preciosa coroa, um artista entalhou uma caixa que parecia uma obra de arte em marfim. Essa caixa, naturalmente, não era feita de marfim, mas de uma madeira branca, dura, e de sementes de uma espécie de palmeira chamada jarina, que crescia nas regiões mais baixas. Também um trono com trabalhos incrustados em ouro e prata foi construído e colocado na "sala do governo", no palácio.

Os súditos do rei cuidavam também de confeccionar dignas vestimentas. Os tecelões entreteciam fios de ouro nos tecidos brancos de lã, destinados às vestimentas reais, e enfeitavam também as aberturas do pescoço de seus ponchos com golas de ouro.

O grande sábio, chamado agora Manco Capac, tornou-se um grande rei. Sua atenção dirigia-se, principalmente, a todos os povos aliados dos incas e para a completa extirpação de todos os falsos cultos religiosos, estimulados sempre de novo por sacerdotes renegados. Mandou instalar escolas em todas as cidades e localidades maiores, onde professores incas ensinavam a língua quíchua e sábios incas davam aulas de religião. Todos os professores viviam apenas um determinado tempo entre os outros povos, sendo depois substituídos por outros.

Muitos dos alunos instruídos pelos incas chegavam ao ponto de eles próprios, mais tarde, poderem preencher a posição de professor entre seus povos. Essa era, justamente, a finalidade desejada pelos incas com seu paciente trabalho de ensino.

A Mais Longa Estrada da Terra

O segundo acontecimento importante do ano 400 foi o início da construção da mais longa estrada da Terra. Centenas de anos foram necessários para sua construção.

A estrada mais longa da Terra, e também situada em maior altitude, estendia-se com muitas ramificações nas quatro direções, passando por cima de altas montanhas, vales profundos, através de pântanos e rios, desertos e matas fechadas.

Em determinadas distâncias – geralmente trinta milhas – construíram casas baixas de pedra, denominadas "casas das provisões". Serviam principalmente para guardar mantimentos duráveis, mas também cobertores, ponchos e calçados eram nelas armazenados. O viajante que se utilizava dessas estradas nunca precisava carregar muitas provisões, uma vez que encontrava tudo o quanto necessitava nessas casas. Casas de provisões vazias não existiam. Pois os incas organizavam tão bem o abastecimento delas, que nunca faltava coisa nenhuma.

Essa estrada, denominada naquele tempo "Estrada Inca", é hoje conhecida como "Estrada do Rei". Segundo cálculos de pesquisadores, a extensão ininterrupta dessa estrada, que passa em parte sobre montanhas dos Andes com altitude acima de quatro mil metros, é de mais de cinco mil quilômetros.

Os incas sempre indicavam uma direção para a estrada. A direção determinada era sempre mantida. Pouco importava se fosse necessário atravessar abismos ou se deveriam cortar degraus em íngremes paredões de montanhas... Todos os homens incas colaboravam, inclusive os sábios e os reis. Mas não foram somente os incas que construíram essas estradas. Membros de todos os povos aliados ajudaram vigorosamente. Consideravam uma honra poder colaborar nessa Estrada Inca, construída durante várias gerações.

Essa extraordinária estrada, cujo percurso hoje é em parte conhecido, conduzia em linha ininterrupta através dos países hoje denominados Argentina, Chile, Bolívia, Peru, Equador e finalmente, atravessando a linha do equador, até a Colômbia.

A construção de tal estrada somente se tornou possível mediante pontes. Pois tinham de atravessar abismos, riachos e rios, para que a estrada pudesse ser construída seguindo a direção predeterminada.

Mais de cem pontes foram edificadas pelos incas e membros de outros povos. Pontes de pedra e madeira, ou então as famosas pontes pênseis ou de cordas. As pontes de cordas, feitas de fibras de agave, foram certamente únicas em sua espécie na Terra. Existem algumas pinturas antigas, nas quais podem ser vistas tais pontes. A mais famosa de todas foi, certamente, a ponte de cordas estendida numa altura de quarenta metros sobre o rio montanhês "Apurimac". Seu comprimento era de aproximadamente setenta metros.

Os Pumas Negros

A construção de estradas ligava-se a muitas vivências para os incas. Conheciam regiões extraordinariamente belas, bem como animais e seres humanos que os impressionavam fortemente.

Certa vez, durante a construção, chegaram a uma região montanhosa que parecia pertencer aos pumas negros. Esses animais nunca tinham entrado em contato com seres humanos. Aproximavam-se curiosos, e ao mesmo tempo tímidos e medrosos, das altas figuras bípedes que penetraram na região.

Um dos incas, que podia comunicar-se bem com os animais, aproximou-se de um puma especialmente grande que tinha chegado a uma distância de poucos metros. Acocorou-se no chão ao lado do animal e passou-lhe a mão algumas vezes pelo reluzente pelo preto, enquanto falava-lhe em voz baixa. De início, o puma ficou parado como que estarrecido sob o contato das mãos desconhecidas, depois começou a se mexer. Jogou-se no chão, rolando de um lado para outro, dando urros que expressavam visivelmente sua satisfação.

Desse momento em diante, as pessoas que trabalhavam ali foram literalmente sitiadas pelos pumas. Parecia que os animais queriam ajudar os esquisitos visitantes bípedes em seu trabalho, pois com suas grossas patas começavam a empurrar pedras menores, observando contentes como elas rolavam declive abaixo.

Mas eram também animais muito inteligentes e atentos. Quando os filhotes dos pumas começavam a puxar de um lado para outro os ponchos e cobertores dos construtores da estrada, depositados ao lado durante o trabalho, bastavam algumas palavras severas dos incas, mostrando que não estavam contentes com o proceder deles.

Os animais logo deixavam as vestimentas no lugar. Mas não saíam, deitavam-se calmamente sobre elas como se devessem guardá-las. Geralmente ali adormeciam.

Esses confiantes animais proporcionavam grande alegria a todos. E a alegria parecia ser mútua. Pois quando a estrada já estava bem distante da região dos pumas, sempre de novo eles apareciam, rosnando, e esfregavam suas volumosas cabeças nas pernas humanas. Ninguém que lá trabalhara esqueceu "a montanha dos pumas".

Naquelas regiões, o ser humano e o animal ainda tinham amor um pelo outro, assim como fora previsto no plano do Criador...

O mais evidente para todas as pessoas que trabalhavam na estrada ou nas pontes era a riqueza da fauna do país. Por toda parte viam-se grandes manadas de alpacas, lhamas e vicunhas pastando pacificamente com seus filhotes. Também muitos pássaros desconhecidos que, com curiosidade e sem medo, aproximavam-se dos seres humanos. Em algumas regiões havia também grandes lagartos que se movimentavam com suas couraças tilintantes...

A Descoberta dos Esqueletos

Uma vivência especial constituiu a descoberta de esqueletos na caverna de um pico montanhoso.

Quando vista superficialmente, a caverna assemelhava-se a muitas outras que se encontravam nas montanhas. Todavia, o sábio inca que colaborava nesse trecho da estrada deparou, junto a uma parede de pedra nas proximidades, com uma cabeça entalhada de modo primitivo, circundada por raios.

— Esse desenho é um indício de que aqui em cima já estiveram seres humanos! disse ele pensativamente.

Na própria caverna não havia indícios de criaturas humanas. Existia, porém, uma passagem baixa que conduzia a uma segunda gruta, algo mais clara do que a primeira, visto entrar um pouco da luz do dia através de uma fenda na rocha.

O estreito feixe de luz caía sobre dois cobertores meio apodrecidos que cobriam parcialmente dois esqueletos de adultos e um de criança.

O sábio examinou os esqueletos, depois olhou surpreso em redor, como se perguntando.

— A criança tem uma cabeça desproporcionalmente grande. Mas os esqueletos dos adultos são de pessoas sãs. Existem todos os dentes ainda.

Um homem de uma tribo amiga que também trabalhava na estrada postou-se ao lado do inca e indicou a cabeça da criança.

— A criança era aleijada e isso explica a presença dos dois outros aqui. Um aleijado é uma vergonha para qualquer tribo. Pois apenas seres humanos carregados de culpa põem aleijados no mundo. O sábio inca entendeu, pois sabia que o outro tinha razão.

— Na minha opinião, disse um outro explicando, dois homens velhos da tribo, já próximos da morte, subiram até aqui e trouxeram consigo a criança. Naturalmente eles tinham alimentos por algum tempo. Quando, então, esses alimentos acabaram, provavelmente mastigaram "folhas de dormir" até adormecerem e não mais acordarem.

— Na realidade, também a mãe que trouxe a criança ao mundo deveria estar presente! disse um terceiro, ao contemplar os esqueletos. São dois esqueletos de homens...

Todos os presentes olharam indagadoramente para o sábio inca.

— A mãe deve ter sido estreitamente ligada à criança aleijada! disse o sábio depois de uma pausa prolongada. Ligada por culpa! Caso contrário ela não poderia ter dado à luz nenhuma criatura marcada. Ela apenas fez um mal a si mesma! Esquecei a mulher! disse o sábio concluindo.

Os homens, porém, ficaram parados e continuaram a fitar os esqueletos. Contrafeitos, seguiram depois o inca que os aguardava na primeira caverna.

— Posso acrescentar algo ainda! disse o sábio, quando os homens, indecisos, finalmente pararam diante dele. É muita ignorância fazer um mal e não observar as leis determinantes para a existência humana! Pois cada erro é ligado a sombras cheias de sofrimento, que continuam presas às nossas almas!

— Como podemos entender isso? perguntou rapidamente um dos homens.

O inca virou-se e, meneando a cabeça, olhou para o homem; a seguir, respondeu pacientemente. Aliás, perguntou:

— O que acontece se colocas tua mão no fogo?

— Ela queima, naturalmente! exclamaram logo alguns deles, rindo.

— Queimaduras doem e deixam cicatrizes! disse o sábio inca, sem se perturbar. O mal assemelha-se a uma queimadura. Dói e deixa cicatrizes. Não só cicatrizes. Também lesões, tumores e assim por diante.

Todos entenderam a parábola e retornaram contentes ao trabalho na estrada. Todos nesse grupo falavam a língua inca, por isso um entendimento era muito fácil.

No grande reino inca – que abrangia pelo menos uma dúzia de povos – era considerado uma honra falar a língua inca. Ela proporcionava a todos um maior prestígio e os aproximava mais daquele povo, a quem ainda denominavam entre si de deuses brancos.

O Vale Benfazejo

Outro grupo de construtores de estradas, entre os quais se encontravam vários incas, também teve uma vivência durante o trabalho. Porém, de espécie totalmente diferente.

Chegaram à região onde hoje se encontra o Equador, contudo ainda na fronteira com o Peru. O solo dessa região, bastante protegida dos ventos, era coberto por um capim alto e seivoso. Nas encostas das montanhas vicejavam arbustos de um tipo de framboesa e as altas flores azuis de alfafa. Uma cachoeira estreita precipitava-se de uma alta parede de rocha, formando um tanque pequeno, porém profundo. Os incas, entre os quais se achava um guardador de remédios e um médico, caminhavam ao redor, procurando. Na realidade não procuravam nada definido. Seguiam uma trilha de animal, que passando ao lado da cachoeira conduzia a um corte na montanha.

O inca que caminhava à frente do grupo parou de repente. Surpreso, indicava as unidas e entrecortadas paredes de rocha. Por toda parte cresciam cogumelos vermelhos de talos compridos. Estavam agrupados, parecendo um ramalhete de flores vermelhas.

— Um *rauli*! Vê, ele indica os cogumelos! Não foi à toa que viemos até esse fechado vale de rocha! exclamou alegre um outro inca, enquanto apontava para uma cabeça coroada de flores que os fitava do meio de um arbusto.

Os incas logo viram o *rauli* que, todo alvoroçado, indicava com as mãozinhas os cogumelos vermelhos. Compreenderam também imediatamente o que ele queria lhes dizer.

— Os cogumelos vermelhos contêm um medicamento! disse o inca que primeiro havia percebido o *rauli*. Depois do pôr do sol colherei o mais possível deles e os levarei ao conhecedor de plantas. E assim aconteceu. Ainda na mesma noite voltou com uma lhama carregada com duas cestas para a Cidade de Ouro.

Além dos incas somente um moço, membro do povo ica, percebera o *rauli*.

— Vistes como seus olhos ardiam de agitação? Até sua carinha tinha um vislumbre avermelhado!

Os outros, que não o viram, perguntavam um tanto deprimidos por que não podiam ver o espírito das plantas.

— Nossos antepassados sempre foram aconselhados por esses espíritos da natureza! Por que fomos agora excluídos?

— Provavelmente mudastes! opinou um dos incas.

— Deve ser isso! admitiu um deles. Desde o maldito culto de idolatria, com o que os falsos sacerdotes nos envolveram, tudo mudou para nós. Tornamo-nos impuros.

— Sabeis que os espíritos da natureza existem, possibilitando-nos a vida na Terra e em outros mundos! Contentai-vos com isso!

Com essas palavras um dos incas encerrou toda a discussão.

Enquanto o grupo continuava a trabalhar na estrada, os médicos incas preparavam em seus "laboratórios" extratos e pós dos cogumelos vermelhos de gosto adocicado. Ainda não sabiam qual doença poderia ser curada com isso.

— Esse extrato talvez ajude os doentes do povo da costa, que desde algum tempo procuram nossa ajuda. Eles tossem, cospem sangue e fenecem lentamente. Já conhecemos a causa anímica dessa doença fatal do peito e sobre isso esclarecemos os doentes e seus acompanhantes sadios. Mas isso só não basta. Precisamos de um meio para poder ajudá-los também fisicamente.

— O que vem de um *rauli* ajuda-nos e também a nossos doentes! Os cogumelos vermelhos somente podem destinar-se aos doentes do peito até hoje incuráveis, pois para todos os demais enfermos temos os medicamentos necessários!

Os médicos acenavam afirmativamente. Pois tinham a mesma opinião do guardador de remédios que acabara de falar. Poucos dias depois, os doentes foram tratados com o extrato vermelho dos cogumelos.

Uma vez que esse extrato fermentava rapidamente, apresentando assim um gosto muito ruim, os médicos misturavam-no com o suco da fruta umbu. Esse "suco de fruta", tomado prazerosamente por todos, tinha o esperado efeito terapêutico. A todos em quem a doença não progredira demasiadamente, foi dada alta depois de algum tempo. O estreito vale onde encontraram esses cogumelos recebeu o nome de "Vale Benfazejo".

Ursos nos Andes

Um grupo de construtores incas, que edificavam casas de provisões na região onde hoje é Machu Picchu, também teve vivências com animais. Aliás, com ursos. Há aproximadamente mil e seiscentos anos esses animais ainda viviam nessa região dos Andes. Com exceção de algumas listas bege-claras em volta dos olhos e na testa, seu pelo era totalmente preto.

Naquela época havia um lago e um rio nessa região. O rio certamente é o mesmo que hoje é denominado "Vilcanota". A pequena tribo que vivia em suas proximidades chamava-o "rio dos ursos".

Pouco depois de chegarem ao local onde a primeira casa de provisões deveria surgir, os incas e seus ajudantes desceram até o rio a fim de banhar ali os pés, como sempre faziam quando havia água nas proximidades. Ao sentarem-se na margem do rio a fim de tirar seus calçados de feltro, ouviram atrás de si, não muito longe, alguns rugidos reprovadores. Ao se virarem, depararam divertidos com alguns ursos sentados sobre as patas traseiras, observando os "animais-humanos".

Os incas acenaram para eles, saudando, e voltaram para o banho dos pés. Os ursos continuaram a dar rugidos. Um deles levantou-se, troteou até o rio e entrou na água até cobrir a barriga. Depois, ficou ali parado, balançando sua cabeça gorda de um lado para outro.

— O urso quer nos mostrar algo! disse um inca rindo.

Mal ecoaram essas palavras e ele já levou um empurrão por trás, de modo que deslizou pela margem arenosa para dentro do rio, até ficar com a metade do corpo submersa. Aos outros aconteceu o mesmo. Um após outro eram empurrados para dentro da água. Mas os ursos ainda não estavam contentes com isso. Puxaram para dentro do rio também os ponchos que os homens haviam tirado.

— Os ursos querem que tomemos banho junto com eles! exclamou um dos incas, enquanto se dirigia até o urso que estava no meio do rio.

Visivelmente contentes por tanta compreensão, todos os ursos se lançaram à água. Mergulhavam, arfavam e cutucavam sempre de novo os seres humanos que pescavam seus ponchos. Somente quando um dos incas jogou bastante água nos ursos, eles sossegaram, troteando rio abaixo.

— Temos de procurar um outro local para nossas casas de provisões! disse um dos mestres de obras. Encontramo-nos numa região pertencente aos ursos. Aqui eles têm suas tocas, onde hibernam e criam seus filhotes. Os ursos têm direitos anteriores aos nossos.

Naturalmente todos logo concordaram. Direito igual para todos. As cavernas, ninhos, etc., significavam para os animais o mesmo que para nós, seres humanos, as nossas casas. Consequentemente os mestres de obras foram para mais longe, construindo as casas de provisões afastadas da região dos ursos.

Todos os leitores compreenderão que muitas ocorrências curiosas e até incomuns ainda sucederam durante a construção da estrada mais longa da Terra e das muitas casas de provisões. Não se deve esquecer também as inúmeras pontes construídas pouco a pouco. Esse trabalho também esteve ligado a muitas vivências.

O espírito empreendedor e a perseverança eram duas propriedades predominantes nos incas. O que eles começavam, terminavam. Mesmo sob as maiores dificuldades e esforços.

A *Sabedoria de Vida dos Incas*

Quatrocentos anos haviam-se passado desde a chegada dos incas a seu vale de florescência dourada, entre colinas e montanhas. Muitas escolas tinham sido construídas e lentamente difundia-se a sabedoria de vida dos incas também entre outros povos.

A instrução baseava-se sempre em ensinamentos de religião. Seguem aqui alguns extratos desses ensinamentos:

"Sem a supremacia do espírito, todo o querer terreno pouco sentido tem. Pois é o espírito que mantém em movimento nosso corpo terreno!"

"Cada ser humano traz em si uma luz de vida que o liga ao amor e à força do Universo! Por isso também cada um poderá atingir o tão almejado ápice espiritual, situado no país da eterna paz e da alegria!"

"A fonte de toda a alegria de vida terrena nasce na natureza. Ela é o elemento de todos. O maior gigante, bem como o menor gnomo, são perpassados por essa alegria! Ela encerra louvor e agradecimento que se elevam para o Deus-Criador!"

"Continuai sempre estreitamente ligados aos espíritos da natureza, para que a fonte da alegria encontre entrada em vossa existência! Pois o que seria o ser humano sem a alegria? Um nada! Indigno de ter nascido!"

"As propriedades espirituais inerentes ao espírito humano que o impulsionam para a atividade são: verdade, sabedoria, pureza, justiça, bondade e a disposição de ajudar... Elas proporcionam dignidade e poder aos seres humanos!"

"A maior dádiva do Deus-Criador aos seres humanos é o amor. Somente nele reside a felicidade! Leva duas pessoas que mutuamente se amam espiritualmente em direção à Luz, para cima, a um eterno reino solar!"

SEGUNDA PARTE

O ESPLENDOR DO IMPÉRIO INCA

CAPÍTULO X

CHUQÜI, O GRANDE REI

Os Incas Viviam Envoltos em Ouro

Estamos agora no ano 1300 depois de Cristo. Passaram-se novecentos anos desde que o sábio Udunis fora nomeado primeiro rei inca. Novecentos anos! Preenchidos por incansável trabalho espiritual e terreno. Os próprios incas, com apenas algumas exceções, não se modificaram durante esse tempo; vivenciaram muito e muito aprenderam, e nesse meio-tempo reconheceram também todos os erros que provocam doenças nos seres humanos, tanto na alma como no corpo.

Os incas daquela época viviam como desde os primórdios: em harmonia com as leis da Criação. O anseio por perfeição espiritual ainda tomava conta de seus corações. Não, eles não se modificaram. Somente as cidades, onde moravam, mudaram. Em lugar das pequenas casas de pedra de outrora, erguiam-se agora palácios e templos, todos eles ricamente ornamentados com ouro. Dignos de serem vistos, eram os jardins de ouro. Os arbustos e flores de ouro ali existentes pareciam ter brotado da terra. As flores eram obras de arte elaboradas com a mais fina filigrana de ouro. Também os pequenos pássaros de ouro com as asas abertas, empoleirados nos galhos mais grossos, eram incomparáveis.

Os incas comiam em pratos de ouro e bebiam em taças de ouro, e suas mulheres enfeitavam-se com pérolas e pedras preciosas. Elas usavam sandálias de ouro e entreteciam fios de ouro também nos seus vestidos brancos sem mácula.

Os peritos em água represaram a água situada em regiões altas e fizeram tubulações de pedra através das quais ela corria por milhas, abastecendo os seres humanos e irrigando os campos de cultivo. Também a mais longa estrada da Terra, a Estrada do Rei, estava pronta naquele tempo.

Os incas possuíam, decerto, o mais organizado Estado que havia naquela época. O grande reino, que realmente se expandia nas quatro direções do céu, somente se tornou assim tão grande devido aos povos que no decorrer do tempo se ligaram aos incas. Os próprios incas sempre permaneceram em minoria.

Todos os príncipes, reis e chefes de tribos enviavam seus filhos e filhas para as cidades incas, a fim de aprender o máximo que pudessem. E, se possível, descobrir o mistério que envolvia os incas. Os incas eram realmente um povo extraordinário. Consideravam seus bens terrenos como se não pertencessem a eles, mas como propriedade da Terra. Diziam:

"Todas as pedras, todo o ouro e todo o alimento vêm da Terra, nela permanecendo. Nem o mínimo grão de ouro pode ser carregado para além da Terra."

Apenas valores espirituais eram considerados, pois somente esses cada um poderia levar consigo ao deixar o âmbito da Terra.

O que os incas sentiam naquele tempo, como satisfação especial, era que todos os povos pertencentes ao reino libertaram-se de cultos falsos e religiões erradas. Nem sempre isso tinha sido fácil. Pois a sanguinária idolatria exercida nos Estados vizinhos havia lançado muitas vezes suas sombras até o grande reino inca. Apenas através da constante vigilância dos incas evitou-se que as influências desintegrantes desses horríveis cultos chegassem até eles.

A Casa da Despedida

A segunda parte deste livro começa com a morte de um grande rei, que durante muitos anos governou os incas e os povos a eles aliados de modo justo e sábio.

Chuqüi, o rei, caminhava lentamente, dando voltas no jardim interno de seu vasto palácio. Nos bancos de pedra, colocados em amplos círculos, estavam sentados cerca de vinte alunos. Eram moços que ainda não haviam atingido vinte anos de idade. O rei olhou com orgulho para os rostos bonitos e nobres que o fitavam, e que assimilavam avidamente cada uma de suas palavras.

Chuqüi era rei, mas antes de tudo era um amauta, um sábio. Nesse dia empenhava-se em transmitir a esses jovens, pela última vez, algo de seu grande saber. Pela última vez. Pois alcançara o marco que indicava o fim da vida terrena.

— O Senhor da vida, começou ele, deu a cada um de nós as capacitações para o caminho que temos de desenvolver e utilizar! Isto acontece através do trabalho! Através do trabalho incansável! Espiritualmente e terrenamente! Nunca esqueçais isto!

O rei fez uma longa pausa. O falar já se tornava difícil para ele. Os alunos observavam cada um de seus movimentos, pois sabiam que ele havia chegado ao último marco da vida terrena.

— Todo o mal está longe de nós, incas! recomeçou o rei. No entanto, se alguma vez acontecer de um de vós esquecer a dignidade inca, não hesiteis! Corrigi o mal, antes que este imprima uma mácula em vossos espíritos! Ninguém pedirá prestação de contas a vós na Terra. Ninguém. Pois cada inca é seu próprio juiz!

Os alunos compreenderam. Sabiam que assim era.

— Temos de enriquecer a Terra com amor e bondade, colocando nossas mãos sobre os animais e as plantas, protegendo-os. Pois nós somos servos, guardas, protetores e com isso senhores na Terra!

Foram essas as últimas palavras que os alunos ouviram do rei. Durante algum tempo ele olhou-os pensativamente, erguendo depois a mão em saudação. Os alunos levantaram-se, inclinando-se em silencioso agradecimento diante do rei, a quem veneravam.

Chuqüi acompanhou-os com o olhar. O fato de existirem esses jovens de boa índole era algo que o tranquilizava. Levantou o olhar para o céu, observando as conformações de nuvens que passavam celeremente, anunciando tempestade. Depois deixou lentamente o jardim e o palácio. Cansava-se hoje ao andar. Não obstante, continuou caminhando.

Dirigiu-se primeiro à "casa da despedida", talvez para convencer-se de que tudo se encontrava pronto para a sua recepção. A casa da despedida não ficava longe do palácio. Era uma casa de morrer, para a qual todos os membros masculinos da casta superior inca se retiravam, quando chegava a hora da despedida na Terra. As mulheres morriam em suas próprias casas. Em ambas as cidades incas havia várias casas de morrer, pois nenhum homem queria deixar seu corpo morto na própria casa...

A casa que o rei agora inspecionava possuía paredes de pedra e um grosso telhado de junco. Aberturas redondas nas paredes deixavam entrar luz e ar no recinto. As paredes brilhavam por causa do ouro. Pássaros levantando voo, borboletas, galhos, tudo feito em fino ouro martelado, reluziam nas paredes. No lado leste pendia um cometa e no lado oposto estava afixada uma meia-lua. O cometa e a meia-lua foram confeccionados parte em ouro e parte em prata. Encostado à parede sul havia um leito largo com uma alta camada de capim aromático e seco. Um cobertor de lã branca estendia-se sobre o leito. Nas duas colunas da parede leste estavam dois largos e baixos recipientes de cerâmica contendo sebo de carneiro. No meio do sebo havia pavios. O piso encontrava-se totalmente coberto de peles brancas de carneiro.

O recinto não era muito grande. Contudo, quem nele adentrava tinha impressão de riqueza, pompa e beleza. Assim era desejado. O ser humano ao deixar a Terra deveria, até o último momento, ser envolto por ouro, o reflexo do ouro solar. O ouro fazia parte das maravilhas da Terra.

Chuqüi ficou parado no meio do recinto. Clariaudiente, como todo amauta, ouvia vozes. Também a voz de sua recém-falecida mulher se fazia ouvir. Alegria e saudade oprimiam quase dolorosamente seu coração. Teria preferido deixar-se cair no leito, fechando os olhos para sempre. Mas sabia que a hora da despedida ainda não tinha chegado. Hesitantemente deixou a casa, seguindo por uma estrada limpa e reta. Num transbordante reservatório de água, parou, pegou uma caneca de ouro que estava na beira e bebeu em goles grandes a refrescante água da montanha. Recolocou a caneca no lugar e ficou observando a água borbulhante que corria sobre a beira do reservatório, acumulando-se num pequeno lago situado mais abaixo.

A água era conduzida de longe. Lembrou-se de como ele mesmo, havia muitos anos, colaborara na construção da adutora amplamente ramificada... A estada na Terra parecia-lhe de repente como um único dia de alegria...

Uma menina com um galho florido postou-se ao lado dele, a fim de chamar sua atenção. Ao se dirigir a ela, viu um grande grupo de crianças, que o haviam seguido caladas, a uma certa distância. Logo a seguir, rodearam-no, pedindo-lhe que contasse uma história.

Uma história dos espíritos das montanhas e dos lagos! Sorrindo, Chuqüi passou a mão pelas cabecinhas voltadas para ele.

— Hoje não. Já vos contei tantas histórias, que agora é tempo de vós mesmas as transmitirdes a outras crianças. Podeis alegrar até adultos com isso.

As crianças acenavam com a cabeça, concordando. O rei tinha razão. Conheciam muitas, muitas histórias... Contentes, postaram-se em volta do reservatório e mergulharam seus braços na água fria. Caladas, olhavam para a alta figura. Ele as havia fitado de modo diferente de que em geral o fazia. Um sopro de tristeza tocou seus corações infantis quando ele se despediu delas.

O Sol já estava baixo no poente, quando o rei retornou ao seu palácio. Em breve, a noite envolveria tudo com a sua escuridão. Os primeiros pássaros noturnos já revoavam à procura de alimentos, quando ele entrou no silencioso palácio.

O Sucessor

Yupanqui e Roca, dois homens altos envoltos por compridos ponchos brancos, vieram rapidamente ao seu encontro. Sua longa ausência os preocupara. Não havia mais nada a falar, contudo queriam permanecer o maior tempo possível próximo a ele. Yupanqui era o sucessor do reino, escolhido pelo rei. As atividades de Roca também já estavam determinadas.

Chuqüi olhou com ternura para seus dois netos, os quais somente com dificuldade podiam esconder a sua preocupação. Eram os filhos de uma de suas filhas, Sola, que viviam na outra cidade inca. Yupanqui estava com cerca de quarenta anos de idade e tinha mulher e duas filhas adultas. Roca era muito mais moço e ainda solteiro.

Nos olhos de ambos os homens podia-se reconhecer que o anseio pela Luz e perfeição vivia também em seus corações.

O rei olhava para Roca.

— Tua missão exige muita paciência.

Roca acenou com a cabeça. Ele sabia que não seria sempre fácil. Atuar como elo entre os diversos povos, que voluntariamente haviam se unido aos incas, necessitaria de muito tato e conhecimento dos seres humanos. A isso se juntavam os muitos negócios de troca... Era essa a parte mais difícil de sua missão, pois ninguém deveria ser prejudicado. O dar e o receber sempre deveriam estar em perfeito equilíbrio... Roca, contudo, não se preocupava. Como todos os incas, também ele possuía uma vontade ininterrupta de trabalhar e um incansável espírito empreendedor.

— Meu tempo terreno terminou! disse o rei bondosamente. Mas isso não é motivo para mostrardes rostos tão tristes. A morte terrena não encerra segredos. O mesmo se dá com o nascimento. Chegamos e partimos. De um mundo para o outro, até aprendermos tudo o que há para aprender.

Yupanqui e Roca sabiam; não obstante, oprimia-os a dor da despedida. Também para eles a morte e o nascimento não constituíam nenhum segredo, não obstante...

— Nós nos veremos de novo! interrompeu o rei seus pensamentos.

Depois, deixou o recinto.

Uyuna, a mulher de Yupanqui que esperava silenciosamente na sala ao lado, acompanhou o rei até seu dormitório. Antes de entrar, ele se virou para ela e disse com voz fraca:

— Uyuna, vieste de uma longínqua tribo *chimu*. Nossa maneira de viver era estranha para ti. No entanto, não demorou muito e te tornaste uma das nossas. Deste-nos o mais belo presente que um ser humano pode dar ao outro: tua confiança em nós. Continua assim como és! Pois nós nos veremos de novo.

Uyuna, calada, baixou a cabeça; depois puxou a cortina da porta para o lado, para que o rei pudesse entrar. Quando a cortina se fechou atrás dele, ela sentou-se chorando no chão. Depois de algum tempo, a dor opressiva diminuiu, e suas lágrimas secaram. De repente, ela tornou-se consciente de que o rei apenas deixaria a Terra para continuar a viver em outra parte...

"Nós nos veremos de novo"... Pensando nessas palavras consoladoras, ela levantou-se, deixou o palácio por uma entrada lateral e dirigiu-se vagarosamente à casa de morrer. O céu estava estrelado, e além das vozes dos animais nada se escutava, nem de perto nem de longe.

Os incas eram um povo calado, mas gostavam de música e canto. Principalmente ao anoitecer, tocavam instrumentos musicais feitos por eles mesmos e cantavam; eram canções de amor aos espíritos das montanhas, das florestas e das águas, e aos animais. Geralmente, com os cantos do anoitecer, vibrava toda a atmosfera. Naquele dia, porém, era totalmente diferente. Nenhuma canção, nenhuma melodia, nem mesmo um som humano interrompia o silêncio da noite. Seu querido rei deixava a Terra. Melancolia e um certo temor enchia o coração de todos, desde que receberam a notícia de sua morte próxima. Uyuna ficou parada junto à casa da despedida, olhando em volta de si. Não se via ninguém. Puxou a porta de correr, entrou no interior do recinto e acendeu as duas luminárias de sebo nas colunas. A seguir, acomodou-se ao lado do leito e encostou nele a cabeça. Logo sentiu intuitivamente que não estava sozinha. Invisíveis aos olhos dela, contudo nitidamente perceptíveis, sentiu movimentos em seu redor. Movimentos e vozes. Os espíritos que receberiam o rei depois de sua morte terrena já estavam presentes. Ela ainda ficou escutando durante alguns minutos. Depois notou outros sons. Parecia-lhe como se alguém se aproximasse da casa. Levantou-se rapidamente e ficou escutando. Não queria que o rei a encontrasse ali. Deveria ter-se enganado. Não se escutava mais nenhum som vindo de fora. Passou as mãos mais uma vez ainda sobre o leito, a seguir deixou a casa e retornou rapidamente ao palácio.

O Desenlace do Rei

Uyuna não se enganara ao pensar ter ouvido passos. Mal se achava do lado de fora, quando duas altas figuras masculinas saíram da sombra de uma árvore próxima. Eram Chia e Ikala, dois amautas. Ambos eram médicos e esperavam o rei. Todos os iniciados, de perto e de longe, sabiam que havia chegado a hora da despedida para o rei. O próprio rei tinha-se comunicado com eles espiritualmente. Clariaudientes como todos eram, receberam sua mensagem. Era uma breve mensagem. Dizia:

"Terminou meu tempo na Terra. Vós que ficais, velai por nossos povos, pois vejo sombras aterrorizantes passando por nossa terra sagrada."

Enquanto esperavam, ambos os amautas pensavam nas sombras que eles também haviam visto. O que significariam tais formações e de onde viriam? De repente, sentiram calafrios. Parecia-lhes como se um sopro de gelo estarrecesse seus corações... Aliás, apenas por segundos... Não obstante, tremiam de frio sob seus longos ponchos brancos de lã. Não queriam pensar nas sombras, pois tinham ainda muitos planos. Planos de ensinar todos os seres humanos que não se haviam desenvolvido como os incas.

— Porém... não se pode deixar de ver essas sombras! disse Chia, como se falasse consigo mesmo.

Ficaram atentos. O rei vinha em companhia de Yupanqui e Roca. Mas, ao entrar na casa, apenas Chia e Ikala ficaram ao lado do rei... Os dois outros voltaram para o palácio. Foi a despedida. Quando e sob quais circunstâncias eles se veriam de novo?...

Chuqüi ficou, alto e ereto, parado durante alguns instantes no meio do recinto, olhando em redor. Mal se notava nele a avançada idade, nem que esta seria sua última noite na Terra. Para ele não havia nenhuma possibilidade de continuar vivendo na Terra. O tempo de vida predeterminado estava findo e quando isso acontecia o espírito se afastava, deixando o corpo para trás. Inerte e morto.

O rei deitou-se no leito. Estava cansado e sonolento. Chia e Ikala puxaram sua longa roupa branca de lã e a seguir tocaram em seus pés. Estavam frios. Tão frios que se podia sentir através do tecido de lã de seus sapatos. Chia estendeu sobre ele um cobertor ricamente enfeitado com ornamentos azuis, e Ikala afastou-lhe o cabelo preto e reluzente da testa. O falecimento do rei era uma perda dolorosa para eles. Eram ainda relativamente jovens, mas perguntavam-se quanto tempo sua própria estada na Terra ainda duraria...

Observaram o rei durante alguns segundos e sentaram-se depois num banco coberto de pele de carneiro que se achava junto à parede, ao lado das colunas. Pouco depois, escutaram vozes. Chia julgou ouvir a voz da recém-falecida esposa de Chuqüi. Vozes que pareciam vir de longe. Não havia mais dúvidas. Tudo estava preparado para a recepção de seu amigo e irmão em espírito. Aproximava-se a hora do desligamento...

Os dois médicos não perceberam quando o rei respirou pela última vez. Estavam sentados no banco, com os olhos fechados, e entregavam-se integralmente às vibrações que afluíam para eles do outro mundo. Como que tomados por um torvelinho, leves e livres do pesadume da Terra, viam-se, de repente, no meio de um grande agrupamento de sábios... Não apenas incas, mas também sábios de outros povos estavam presentes... E no entanto, todos se conheciam. Sim, mais ainda: sentiam que pertenciam uns aos outros... já desde muito... desde uma época longínqua, e que também continuariam ligados... ligados para uma atuação em conjunto, ainda oculta, no futuro.

Calor, consolo e esperança enchiam os corações de Chia e Ikala quando depois de algumas horas tornaram-se conscientes de seu ambiente terreno. Aproximaram-se do leito e inclinaram-se sobre a figura inerte e morta deitada nele. Chuqüi estava morto. Seu espírito estava livre da pesada matéria terrena. Os dois médicos viam as pálidas e bruxuleantes formas de névoa que envolviam o corpo morto, e os restos da outrora aura brilhante e que agora se dissolvia rapidamente.

Ikala fechou os olhos do falecido, cingiu-os com uma fita branca, protegendo-os. Mais, eles não podiam fazer.

Cheio de paz e sem culpas, Chuqüi deixou a Terra.

O Grande Rei é Sepultado

Conforme seu desejo, Chuqüi foi sepultado fora da cidade, ao lado de um campo de cultivo. Esse local ele mesmo tinha escolhido havia um ano, durante a festa da espiga de milho. Cada rei inca precedente, e também todos os sábios, eram enterrados nos lugares por eles mesmos escolhidos. No decorrer do tempo, ninguém poderia indicar com exatidão os locais das sepulturas. E este era também o desejo dos falecidos. O capim, as flores, os cereais, os arbustos e as árvores integravam-nos à paisagem onde se encontravam.

Uma exceção fora apenas a sepultura de Chuqüi. Aproximadamente uma semana depois, duas jovens mulheres, Taina e Ivi, colhiam manjeroninha das montanhas quando viram uma pedra alta em forma de pirâmide. A pedra alta estava a cerca de um metro da sepultura. Taina e Ivi voltaram logo à cidade e contaram a Uyuna sobre a pedra.

— Só pode ter sido um gigante que presenteou Chuqüi com a pedra! exclamaram as mulheres, agitadas.

As duas filhas, Ima e Sola, que desde a morte de seu pai Chuqüi encontravam-se na Cidade Dourada, dirigiram-se com Uyuna e muitas outras mulheres imediatamente à sepultura. Levaram quase uma hora para chegar lá.

— Somente a força de um gigante poderia ter colocado essa pedra aqui! disse Sola chorando.

As mulheres sentaram-se ao lado da sepultura e tocaram na pedra, enquanto lágrimas molhavam seus rostos.

— Um gigante que gostava muito do rei enfeitou seu túmulo! soluçou Uyuna.

— O amor dos espíritos da natureza é precioso! Tomara que ele sempre se conserve conosco! disse Ima levantando-se.

Depois encostou durante um momento seu rosto na pedra. A seguir virou-se e, seguida das outras, iniciou a caminhada de volta para casa.

A Festa da Despedida

Maza e Ave, ambas virgens do Sol, caminhavam vagarosamente em direção ao templo principal, situado perto, a fim de junto com outras moças exercitarem, mais uma vez, o festivo e cerimonioso caminhar, que tornaria cheia de brilho a festa da despedida para o grande rei. Essa solenidade era sempre celebrada no sétimo dia depois do enterro, pois então podia-se estar seguro de que o falecido já se desligara de todos os liames terrenos.

Ambas as moças sentiam-se tristes e oprimidas. Parecia-lhes ter de carregar um pesado fardo. A morte de seu bisavô real não podia, absolutamente, ser o motivo disso. Talvez o sábio sacerdote Kanarte lhes desse algum conselho. Ao aproximarem-se do templo, ouviram a bela voz do cantor Coban e os sons do instrumento de cordas com que ele acompanhava suas canções. No reino inca havia muitos cantores, porém ninguém tinha uma voz que tanto tocava os corações como a dele.

Kanarte estava sentado num banco de pedra em sua casa, inteiramente entregue à bela melodia. Maza e Ave acomodaram-se ao lado das quatro virgens do Sol, as quais estavam sentadas no chão ao lado do sacerdote. Finda a melodia, ele ergueu a cabeça e olhou pensativamente para as moças. Algo parecia preocupá-lo.

— É inquietante, começou ele, quão pouco se sabe das pessoas que participam da nossa vida. Hoje, por exemplo, três alunos, que

ensino já há algum tempo, interromperam suas aulas, sem explicação, para voltar ao seu povo. Quem sabe se Coban também não nos deixará em breve!
— Ele nunca fará isso! disse Ave com ênfase. Ele é um *chimu*, mas poderia ser um inca, tão livre e orgulhoso ele é!
Ave baixou a cabeça depois dessas palavras, silenciando. Estava envergonhada por ter falado tão precipitadamente.
— Tomara que tenhas razão! disse Kanarte.
Ele entendia a moça. Ela e Coban se amavam. Provavelmente era um amor sem esperanças. Só raramente os incas se misturavam com outros povos. Maza interrompeu os pensamentos dele, dizendo:
— Os três alunos permaneceram estranhos, uma vez que seus corações eram demasiadamente pequenos para acolher todo o amor que nós lhes ofertamos!
Todos concordaram com ela.
— De agora em diante temos de examinar mais cuidadosamente ainda todas as pessoas que se aproximam de nós! começou Kanarte. O rei tinha razão, ao dizer, antes de sua morte, que sombras escuras vindas do mar nos ameaçavam. Existe também uma ameaça no ar, dirigindo-se contra nosso povo e contra nosso país...
— É por isso que nos sentimos tão oprimidas? Maza interrompeu o sacerdote. Amávamos muito o rei, mas não é a dor da despedida que nos oprime o peito como um fardo.
— Conosco e com os nossos pais acontece a mesma coisa! intercalaram as outras moças.
— Isto é natural. Somos incas, o infortúnio nos ameaça a todos! lembrou-lhes o sacerdote. Mas está na hora.
Kanarte levantou-se e caminhou rapidamente através do jardim, acompanhado das moças. Quando entraram no templo, dois moços começaram a bater compassadamente nos tambores que carregavam consigo.
Outras vinte virgens do Sol circundavam uma professora, já mais velha, que lhes dava instruções. Maza, Ave e as quatro moças escutavam atentamente; logo depois ensaiavam os passos da dança.
Alguns dos grandes templos incas não possuíam telhados. Eram constituídos de colunas e muros. Os muros, forrados de ouro, eram sempre mais baixos do que as colunas. O número de colunas

dependia do tamanho do respectivo templo. Podiam ser vinte e quatro, doze ou apenas sete.

Os incas explicavam o significado dos templos sem telhado da seguinte maneira:

"Nenhum templo pode ser suficientemente grande para nele honrarmos condignamente o Deus-Criador. Nossa veneração vai longe, acima de qualquer telhado; eis por que, na realidade, nenhum dos nossos templos necessitaria de um telhado."

Outra explicação referia-se às relações dos incas com o senhor do Sol, Inti:

"Nós não adoramos o Sol. Amamos Inti! Ele é nosso amo desde os primórdios! Através de Inti o grande Deus-Criador deixa-nos sentir o Seu amor. Pois Inti irradia o amor de Deus na Terra! Como então não amar o astro solar? Nossas festas do Sol são festas de agradecimento e de alegria. Nós honramos dessa maneira o Deus-Criador, de Quem somos e permaneceremos criaturas!"

Essas duas explicações eram sempre apresentadas durante as solenidades nos templos, às quais estrangeiros podiam assistir. Assim os incas evitavam que ensinamentos errados surgissem.

O templo da cidade principal do reino inca tinha vinte e quatro colunas. Flores, folhas e trepadeiras de ouro eram fixadas até em cima nas colunas. No centro do templo encontravam-se quatro pedestais de altura e largura iguais, cobertos de placas de ouro e colocados em forma de cruz. Sobre os quatro pedestais havia uma placa de ouro, onde estava gravado um cometa.

No sétimo dia, quando o Sol havia alcançado seu ponto máximo, teve início a festa da despedida do rei Chuqüi.

Cerca de trinta virgens do Sol, de grande beleza, circundavam os pedestais, caminhando ritmicamente. Nas mãos seguravam sininhos de ouro que moviam levemente. Todas usavam vestidos longos, sem cinto, fechados em cima no pescoço por uma gola bordada a ouro. Estreitos aros de ouro enfeitados com plaquinhas, também de ouro, ornavam suas cabeças. Os reluzentes cabelos pretos pendiam-lhes soltos pelos ombros. Seus pés estavam descalços, tal como os de todos os que se encontravam no templo. Somente pés descalços podiam andar sobre o piso coberto de esteiras e tecidos. Atrás das virgens do Sol estavam sete moços com tochas acesas nas mãos. A festa da despedida era ao mesmo tempo uma solenidade de coroação. Por isso, depositada no centro dos pedestais em forma de cruz, estava a coroa inca e, ao lado, uma grinalda de folhas de ouro destinada à nova rainha. Depois de as moças terem dado várias voltas em torno dos pedestais, colocaram os sininhos sobre as quatro placas. Essa era a última oferenda simbólica ao falecido rei, mas ao mesmo tempo era também a promessa de que no reino inca os sinos nunca silenciariam. As sete tochas acesas significavam sete luzes que iluminariam o caminho do falecido através das sete regiões. Assim que as virgens do Sol depositaram o último sininho sobre os pedestais, os carregadores de tochas deixaram o templo.

A Coroação

Coban entoou a canção da despedida, depois várias trombetas anunciaram que havia chegado o momento da coroação.
Yupanqui e Uyuna estavam sentados num trono de dois assentos, dispostos para essa solenidade à frente de uma das colunas. Ao lado do trono estavam de pé duas moças. Ambas haviam concluído o seu tempo de aprendizagem como virgens do Sol. Com doze anos as moças deixavam o lar paterno e se mudavam para a casa da juventude. Ali ficavam até o vigésimo ano de vida.
Uma das moças, chamada Vaica, caminhou sob o som de trombetas até um dos pedestais, onde o sacerdote Uvaica deu-lhe a grinalda de folhas de ouro. Vaica voltou lentamente com a grinalda e a colocou na cabeça de Uyuna. Logo em seguida a segunda moça, Mirani, dirigiu-se ao mesmo pedestal e recebeu a coroa inca das mãos de Kanarte. Com esta ela coroou Yupanqui.
A festa de despedida e a coroação ocorreram harmônica e festivamente. Contudo, havia sombras de uma espécie de medo e preocupação. Ninguém poderia dizer por que era assim. Muitas mulheres choravam, fato que em si já era fora do comum. Pois a despedida

de uma pessoa querida desencadeava melancolia, mas nunca medo e preocupação. Todos os sábios estavam presentes e olhavam pensativamente à sua frente. Eles conheciam o quadro do destino dos incas. O passado se desenrolara brilhantemente e sem turvações, mas o futuro nada de bom prometia. Um deles, cuja capacidade de percepção alcançava muito além da Terra, havia-lhes narrado, pouco antes de sua morte, que do mar viriam seres humanos... criaturas sobrecarregadas de todos os males, as quais abalariam os alicerces do reino inca. "Eles não lutarão com armas, mas abalarão os alicerces do reino por meio de ardis!" O vidente não indicou a data desse acontecimento, pois, enquanto transmitia o pavoroso relato, seu espírito deixava o corpo terreno para sempre.

Os astrônomos que depois se ocuparam com o relato do vidente determinaram uma data em que, conforme tudo indicava, uma desgraça cairia sobre os incas. Ocorreria duzentos anos mais tarde. Isto não era um consolo para os sábios. Duzentos anos não era muito tempo, porém, segundo a intuição deles, algum infortúnio se aproximaria muito antes...

Depois da coroação, Yupanqui e Uyuna deixaram o templo, sempre acompanhados pelos sons das muitas trombetas. As virgens do Sol e todos os que assistiram à solenidade acompanharam o novo casal real até o seu palácio. O reino inca tinha um novo rei. Um rei sábio, pois como todos os seus antecessores Yupanqui também era membro do conselho dos sábios.

Mirani e Vaica seguiram o casal real até o palácio, a fim de lhes retirarem as coroas que, depois, foram guardadas na caixa especial, no salão dos reis.

Os Narradores

Mais tarde chegaram ao palácio dois "narradores", a fim de relatar com palavras claras o transcorrer da solenidade. Logo que o rei ouviu o relato, eles receberam a missão de visitar outros povos do reino e de lhes transmitir exatamente a cerimônia da despedida e da coroação. Dessa maneira todos estavam sempre muito bem informados.

Os narradores – podia-se dizer também historiadores – recebiam uma instrução especial. Eles deviam possuir boa memória e a capacidade de retransmitir todos os acontecimentos com absoluta fidelidade. Quem se desviasse o mínimo que fosse da verdade, era excluído. Toda a história inca era retransmitida por narradores, de geração em geração, e contada às crianças a partir de certa idade. Mesmo mil anos mais tarde, cada inca sabia detalhadamente a respeito do êxodo das montanhas e da fundação da cidade nova.

Vaica também deixou o palácio, quando os narradores saíram.

Mirani, contudo, caminhava lentamente através dos salões até que parou vacilante num pequeno jardim interno, contemplando encantada, como já fizera tantas vezes, os arbustos, as flores, o capim, as borboletas e os pássaros de ouro. Além de um banco baixo de pedra e algumas pedras grandes e bem lapidadas, tudo era de ouro nesse jardim. Mirani sentou-se no banco, pensando no rei Chuqüi e na mulher dele. Ambos ajudaram os artistas na disposição do jardim... Na cidade havia vários jardins de ouro, porém nenhum tão belo como este...

Tenosique

Um movimento quase imperceptível chamou sua atenção. Um estranho? Será que era o espírito protetor do palácio que fora visto várias vezes nesse jardim?... Ela olhou durante alguns minutos fixamente para a figura parada na entrada, à sua frente. Depois, levantou-se um tanto decepcionada. Era um ser humano, e não o espírito protetor como silenciosamente esperara.

Era um homem, mas não um inca. Sua roupa era diferente. Não vestia um poncho branco, mas um largo manto verde-claro que descia quase até o chão. Quando o homem se moveu, uma grande estrela de ouro brilhou sobre seu peito. "Um astrônomo", pensou Mirani, alegre. Então levantou a cabeça e olhou para os olhos claros e irradiantes dele. E o olhar daqueles olhos irradiantes foi decisivo para suas relações futuras, pois nesse momento formou-se entre ambos uma ligação delicada, porém firme, que nunca mais se desfez.

— Aos seres humanos é dado fazer amizade com todos os animais, plantas, espíritos e também com pessoas de raças desconhecidas! disse o estranho com voz sonora e harmoniosa, em puro quíchua.

Depois ergueu a mão, proferindo a saudação inca:

"O Sol ilumine sempre o teu coração!"

Após essas palavras, ele fez um movimento para se afastar. Mirani, rapidamente, avançou um passo e fez um gesto com a mão, convidando-o a ficar. Isso era contra todos os costumes, no entanto ela não podia agir diferentemente. Tinha de saber quem era o estranho. Sim, era um estranho... não obstante, parecia-lhe conhecido...

Como se o estranho tivesse lido os pensamentos dela, disse:

— Sou Tenosique, do povo dos toltecas.

Acrescentou ainda que se achava a caminho do Monte da Lua.

— Meus antepassados viviam na terra de Tenochtitlan. Hoje reinam lá os astecas com sua sangrenta idolatria. Quando eu tinha dois anos meus pais deixaram aquele país; procuraram e encontraram asilo em vosso reino.

Tenosique calou-se e fitou pensativamente a bela moça de olhos verdes e enigmáticos. Seu rosto delicado de cor dourada irradiava uma alegria contagiante. Como todos os membros de sua raça, ela era cheia de vida, mas também cheia de paz interior e serenidade.

— Meu pai está esperando. Não faço parte da família real.

Tenosique deu um passo para o lado e inclinou a cabeça, despedindo-se.

— Sou Mirani. Meu pai administra os bens do povo! acrescentou ela, explicando ainda ao se retirar.

Tenosique já estivera várias vezes no palácio, mas este nunca lhe parecera tão vazio como hoje. Caminhou lentamente pelos salões, contemplando admirado as cores fulgurantes dos tecidos que cobriam as paredes. Numa das salas, Yupanqui veio ao seu encontro e o saudou alegremente.

— Ficarei algum tempo no Monte da Lua, a fim de continuar com as minhas observações. O lugar lá foi realmente criado para que nos aproximemos das estrelas.

Yupanqui acenou com a cabeça, compreendendo. Ele também teria, de bom grado, passado algum tempo no monte entre as montanhas. Mas por enquanto teria de cuidar dos negócios governamentais.

— Vim apenas cumprimentar o novo rei e pedir-lhe que continue a considerar-me como súdito! disse Tenosique meio brincando e meio sério.

Depois de algum tempo, acrescentou:
— Eu queria ser um inca!
— Um inca?

Yupanqui olhou-o surpreso e de modo perscrutador. Esse desejo repentino pareceu-lhe estranho, contudo não perguntou o "porquê".

Ambos os homens caminharam lentamente, despedindo-se diante do palácio. Yupanqui, pensativo, seguiu Tenosique com os olhos. O tolteca era o melhor astrônomo em todo o reino. Seus amplos conhecimentos destacavam-no entre todos os demais. Por que, repentinamente, ele queria ser um inca? Esse desejo tinha em si algo de inquietante. Yupanqui parou, cismado, sem encontrar uma explicação para isso. Talvez Uyuna pudesse interpretar o estranho desejo do tolteca, pensou ele, entrando lentamente no palácio.

CAPÍTULO XI

AS DIFERENÇAS ENTRE OS INCAS
E OS OUTROS POVOS

Eu Queria Ser um Inca!

A coroação foi para o novo rei um dia como qualquer outro. Isto é, um dia cheio de deveres. Na ala oeste já esperava por ele uma delegação de camponeses, denominados plantadores. Primeiro, porém, tinha de falar com Uyuna. O desejo de Tenosique de tornar-se inca tocara-o de modo singular.

— Achei o desejo do tolteca muito estranho, pois até agora ele sempre se orgulhou muito de sua ascendência! disse Yupanqui ao terminar suas explanações.

Uyuna escutara pensativamente.

— Certamente ele conheceu uma moça inca. Só assim posso explicar o desejo de Tenosique... Vaica e Mirani estiveram aqui há pouco...

Yupanqui deu-lhe razão.

— Tenosique é igual a nós no espírito. Uma moça inca poderia torná-lo feliz... Exceções sempre houve.

Uyuna, intimamente, concordou com ele. Contudo, a lei que proibia a mistura de raças tinha um motivo profundo. Não fora instituída levianamente.

— Certamente houve exceções no decorrer do tempo. No entanto, os que não deram atenção a essa lei muitas vezes não mais encontraram o caminho de volta até nós! disse Uyuna com firmeza.

Yupanqui deixou a sala. Uyuna tinha razão como sempre... não obstante sentia pena do tolteca...

Quando ele entrou no grande salão de recepção, os plantadores cumprimentaram-no com alegria. Primeiro entregaram-lhe uma obra de arte em ouro e prata.

— Que águia maravilhosa! exclamou Yupanqui entusiasmado. Justamente hoje, durante a cerimônia da coroação, pensei na águia que conduziu nossos antepassados tão seguramente até aqui.

A águia com as asas totalmente abertas estava sobre uma reluzente pedra preta. As asas eram de ouro e a parte restante da ave era coberta de penas de prata finamente trabalhadas. Os plantadores olharam contentes para seu novo rei. A alegria do rei era também a deles. E assim como ali se apresentavam, não se diferenciavam em nada dos incas que exerciam outras profissões. Vestiam ponchos da melhor lã branca e no peito deles brilhava a joia usada por todos que trabalhavam com a terra. Era um disco de prata no meio de uma moldura quadrada de ouro.

Yupanqui pensou no fértil solo de cultivo que lhes dava colheitas tão abundantes. Todos os incas amavam a terra. Todos eles, fosse rei, sábio ou sacerdote, saíam sempre que podiam para os campos de cultivo, a fim de semear, plantar e colher. Sentiam até necessidade de ajudar nos trabalhos do campo. Esse tipo de trabalho era executado por homens exclusivamente. As mulheres apenas cultivavam nos jardins de suas casas condimentos, ervas terapêuticas e alguns pés de milho.

Os plantadores fundaram escolas de agricultura em ambas as cidades incas, assim como nas cidades de povos aliados, onde sempre um deles atuava como professor. Nas vastas terras pertencentes à capital dourada dos incas cultivavam alternadamente milho, quinoa, feijão, amendoim e diversas espécies de batatas. Naquela época, o clima nessas altitudes era ameno e ensolarado, mas nunca quente demais. O ar, naturalmente, era muito seco. Isto não constituía nenhum problema, pois as instalações de irrigação, amplamente ramificadas, cuidavam sempre da necessária umidade do solo. As colheitas eram sempre tão abundantes, que sobravam grandes quantidades para negócios de troca.

Os povos aliados de regiões situadas mais abaixo, ou das regiões costeiras, forneciam aos incas algodão, cacau, frutas, sal, nozes, algas vermelhas, ervas para sabão e muito mais ainda. Ninguém era prejudicado, pois no desenrolar dos negócios de troca procedia-se com absoluta justiça. O sistema introduzido pelos incas, com referência ao comércio, já estava aprovado desde longos tempos.

Yupanqui continuou parado diante da obra de arte em ouro e prata. Em pensamentos, estava junto de seus antepassados. Parecia-lhe ter caminhado com eles... Atravessado montanhas e vales profundos... Só voltou ao presente quando dois servos entraram no salão, oferecendo aos visitantes cacau em canecas de ouro. Yupanqui também bebeu uma caneca dessa bebida temperada com baunilha. Depois de esvaziarem todas as canecas, ele acompanhou seus hóspedes para fora.

Maus Desejos

Mais tarde Roca chegou e informou Yupanqui que dois de seus mensageiros tinham falado de hostilidades e lutas irrompidas no povo *ilcamani**. Adveio ainda uma doença de caráter epidêmico, para a qual tinham de encontrar um remédio eficiente. Yupanqui escutou preocupado. Lutas internas num povo? Lutas já houve muitas no decorrer do tempo. Mas geralmente entre tribos distintas... Mas os *ilcamanis* lutando entre si? Era um povo de artistas... Anualmente chegavam muitos jovens desse povo, a fim de colher o mais possível da "misteriosa" sabedoria inca.

Os *ilcamanis* afirmavam que toda a desgraça que caíra sobre eles relacionava-se à chegada de uma mulher e de um homem, que vieram certo dia do lado do mar. Supunham que esses estrangeiros haviam trazido maus desejos consigo.

— Maus desejos? perguntou Yupanqui surpreso.

Era difícil fazer uma imagem disso. Pensamentos, sim. São como nuvens. Seguem adiante. Podem difundir coisas boas ou más em volta de si... Ele olhou assustado para Roca. Depois fez um gesto como se quisesse afastar algo de si, sacudindo-se.

— Algo de frio e desagradável roçou em mim... Os *ilcamanis* têm razão. Os dois estrangeiros são de uma espécie que causa desgraça.

Até aquela data os incas não possuíam armas. Nunca houve discórdias entre eles e os povos que espontaneamente se ligaram a eles. Ao contrário, a confiança mútua e os mesmos interesses espirituais formaram, no decorrer dos séculos, uma sólida base. Muitas vezes houve, entre os povos aliados, rebeliões e lutas pelo poder. Os incas nunca interferiram nessas lutas. Permaneciam sempre neutros. Só o pensamento de combater com armas, ferindo-se mutuamente, era para

---

* Cultura *chavín*.

eles um horror. Os médicos incas, porém, sempre estavam presentes quando havia feridas para curar ou ossos quebrados para reparar. Também Uyuna estava profundamente preocupada. As novidades que os mensageiros contaram em nada lhe agradaram. Doenças e lutas não a assustavam. Mas o homem e a mulher estranhos deram-lhe o que pensar. Seres humanos que traziam maus desejos para o país podiam tornar-se perigosos. Contrastando com Yupanqui, ela logo compreendeu o que os *ilcamanis* queriam dizer quando falavam de "maus desejos".

A Casa da Juventude

Quando Roca e Yupanqui se retiraram, Uyuna também deixou o palácio. Ela foi até a casa da juventude, na qual suas filhas Ave e Maza viviam em companhia de outras vinte e cinco virgens do Sol. A casa da juventude compreendia três compridas e baixas construções de pedra, cujas paredes, à semelhança de todas as outras casas na cidade, eram ricamente decoradas com ornamentos de ouro. Os telhados eram cobertos com uma reluzente palha marrom. Como nos tempos antigos, a palha ainda era mergulhada num concentrado de sumos de ervas antes de ser utilizada, tornando-se assim dura e resistente.

Essas três edificações estavam circundadas por largos terraços cobertos. Quando Uyuna chegou, algumas moças estavam sentadas diante de grandes teares colocados num dos terraços, tecendo tapetes. Depois de prontos, cada um desses tapetes constituía uma obra de arte, tão lindas e harmoniosas eram as cores utilizadas nos desenhos.

Uyuna seguiu mais adiante, até a casa onde ficava a cozinha e o grande tanque de banhos. Sob a supervisão de duas mulheres mais idosas, várias moças preparavam o jantar, servido por volta das seis horas da tarde. Todas tinham os rostos vermelhos de calor, pois as bacias fundas de cerâmica estavam cheias de brasas. Os caçadores tinham trazido certa quantidade de galinhas das montanhas, as quais assavam nos espetos sobre as brasas.

Em tempos anteriores, os próprios incas apanhavam ou abatiam com flechas a caça que precisavam para sua alimentação. Contudo, já desde muito esse trabalho era executado pelos *runcas*, uma tribo que vivia nas encostas íngremes das montanhas. Os caçadores não precisavam se esforçar, pois havia caça em grande quantidade por toda parte. Os incas comiam pouca carne. Preferiam pratos feitos com milho, arroz e principalmente batatas, ao mais saboroso assado.

Quando Uyuna entrou na cozinha, duas moças amontoavam as recém-preparadas tortilhas de farinha grossa de milho sobre pratos de cerâmica, com belas pinturas. Enquanto isso, uma outra moça distribuía framboesas pretas em pequenas tigelas de ouro.

— Galinha assada, tortilhas de milho e framboesas, era essa a comida predileta do rei Chuqüi! disse Uyuna, um tanto melancólica, para uma das mulheres mais velhas.

Uyuna pegou uma pazinha de ouro e experimentou o mingau que estava numa outra bacia de brasas. Lembrou-se, então, de seu próprio tempo de aprendizagem na casa da juventude situada no lado norte. Tudo o que ela sabia, aprendera lá.

Uyuna deixou a cozinha e subiu alguns degraus que conduziam ao terraço central. Lá estavam sentadas as moças que faziam os nós de quipo. De diversas varas pendiam vários cordões coloridos de comprimentos variados, nos quais as moças faziam nós com grande habilidade. Todas as moças e também todos os moços que recebiam sua formação nas casas da juventude tinham de aprender a fazer nós de quipo. Os jovens que mostravam especial habilidade para isso tornavam-se professores e frequentemente acontecia de aperfeiçoarem o "sistema de escrita".

Os incas que viviam em outras cidades comunicavam-se através da escrita de nós. Duas moças que faziam nós no terraço leste usavam nas mãos luvas flexíveis de finas chapas de ouro. Sem tal proteção elas teriam machucado as mãos, pois os fios de lã com os quais trabalhavam eram misturados com finas e duras fibras de plantas. As outras moças que trabalhavam exclusivamente com fios de lã usavam os costumeiros dedais de ouro.

Uyuna ficou observando as moças durante algum tempo, elogiando sua habilidade em fazer nós. Todavia, estava preocupada. Onde estavam Ave e Maza? Na realidade deveriam estar ali, junto das outras. Na cozinha não estavam. Também não foram vistas tecendo tapetes no outro terraço. Restava somente a casa de banhos. Ela voltou e entrou no anexo ao lado da cozinha. O grande recinto de banhos encontrava-se vazio. Refrescou as mãos no jato de água que jorrava de um cano de pedra e que enchia as grandes bacias embutidas no piso. Onde estariam suas filhas? Nos jardins certamente não estavam, pois lá ela as teria visto.

Uma moça respondeu sua pergunta silenciosa. Foi Ivi, a filha de um guardador de remédios.

— Ave e Maza estão no templo. Elas ajudam Vaica.

— Agora, a essa hora? perguntou Uyuna, surpresa. As moças já estão trazendo as travessas da cozinha...

Antes que ela fizesse mais perguntas, Ivi afastou-se correndo. Agora, Uyuna ficara realmente preocupada. O jantar, como sempre a essa hora, era servido no terraço que se encontrava mais perto da cozinha. Ali havia mesas e compridos bancos entalhados.

— No templo?

Uyuna deixou a casa da juventude e atravessou o jardim de ervas, dirigindo-se ao templo. De repente, ouviu vozes. As vozes de suas filhas e a de um homem. Postou-se atrás de um arbusto fechado e ficou aguardando. Depois viu Coban. Ele seguiu com os olhos, como em sonho, as duas moças que se afastavam rapidamente. Uyuna, com o coração pesado, contemplou o jovem extraordinariamente simpático. Ele vestia, como sempre, calças brancas de lã e uma malha branca e justa também de lã, com mangas compridas e gola alta. A malha era bordada com desenhos azuis, geométricos. No pescoço carregava uma pequena flauta de ouro e lápis-lazúli.

Uyuna achou indigno esconder-se atrás de um arbusto e, por isso, adiantou-se com alguns passos e acenou para Coban, cumprimentando-o. Estranhamente, quando a nova rainha surgiu, Coban não se assustou. Ela era a mãe de Ave, por conseguinte ele a incluía em seu amor. Inclinou a cabeça cumprimentando e esperou que ela falasse com ele.

— A canção que entoaste hoje, na festa da despedida, ainda ecoa em meu coração. O rei gostava tanto do teu canto! disse Uyuna com leve tristeza na voz.

— O rei ouviu minha canção! respondeu Coban orgulhoso e ao mesmo tempo humilde. Eu vi o rei próximo ao trono durante a coroação. Ele brilhava como ouro... Depois desapareceu... Pareceu-me como se o templo não mais tivesse a mesma luminosidade de antes.

Coban falara baixinho e com a cabeça inclinada. Uyuna sabia que o jovem tinha razão. Também ela sentira fortemente a presença de Chuqüi no templo. Tinha sido a sua despedida definitiva da Terra. Ela acenou com a cabeça para Coban e a seguir atravessou os jardins sem olhar para trás, caminhando até seu palácio. Com suas filhas poderia falar outro dia.

Em que os Incas se Diferenciam de Nós?

Coban ficou ainda parado algum tempo, escutando, como se ouvisse melodias de esferas desconhecidas. Seu coração, porém, estava cheio de melancolia e de uma indefinida saudade. Já estava escurecendo quando deixou o jardim.

Ele morava junto com outros jovens em casas destinadas a visitantes de povos aliados. Essas casas de hóspedes eram ao mesmo tempo escolas, nas quais se ensinava a história e o idioma inca, o quíchua. As casas da juventude eram reservadas somente aos incas.

Coban pensava sobre o relacionamento estranho existente entre os incas e os outros povos. Por exemplo, com ele mesmo... Seu povo, os *chimus*, e também os *chibchas* eram famosos construtores de cidades, muito antes de os incas terem vindo de suas montanhas. E foram também os *chimus* que primeiro reconheceram a superioridade espiritual dos incas. E isto permanecia assim até aquela data. Atualmente, em saber, ele não ficava atrás de nenhum inca. Era tratado por todos com a mesma amabilidade. Sim, às vezes até se esquecia de que não era um inca. Não obstante... não obstante, havia um abismo... algo enigmático, imperscrutável parecia envolvê-los, tal como um véu impenetrável... Só Ave... entre ele e Ave não havia abismos nem véus.

— Nossas almas já andaram muitas vezes nos caminhos do Universo... agora nos foi permitido reencontrar-nos...

— Coban! Com quem estás falando? perguntou Kameo um tanto preocupado. Tuas canções e tua voz têm um som diferente, mais profundo, desde que encontraste Ave!

— Não notei que falava alto, disse Coban, meio sem jeito. Ave está tão perto de mim, e no entanto tão longe...

— Já estou em viagem! disse Kameo rindo, mostrando seus sólidos sapatos de feltro. Volto carregado de saber para os meus. Sim, viajo com os mercadores que partirão amanhã. Em meu lugar virão meu irmão e minha irmã.

— Kameo, em que os incas se diferenciam de nós?
— Eu também não sei, respondeu Kameo.
— Parece que ninguém pode responder a essa pergunta! disse Coban, resignado.
— Meu povo, os *caras*, são sábios e certamente tão antigos como os incas! continuou Kameo. Há muito tempo somos aliados dos incas. A maioria de nós aprendeu o quíchua... mas o abismo continua... Aprendi a arte de governar, a fim de perscrutar o mistério dos incas, pois...

Kameo olhou para Coban interrogativamente.

— Como conseguem os incas viver em paz com todos durante tantos séculos? Não possuem armas... e no entanto nos fazem exigências.
— Exigências? interrompeu Coban, surpreso. Que exigências?
— Digamos condições.

Coban acenou concordando.
— Condições, sim. Mas nunca exigências.

Kameo deu razão a Coban e a seguir virou-se para sair. Coban, porém, continuou a falar.

— Suas leis são sábias e amplas; apenas ganhamos, se as aceitamos. E o fato de eles não quererem fazer comércio com pessoas que adoram ídolos, prova que realmente se encontram acima de nós. Pois nós... quero dizer meus antepassados, perderam a benevolência dos deuses... para sempre... visto que se dedicaram à idolatria. Faz pouco tempo que entre nós encontraram, através de escavações, estátuas com cabeças de animais.

Coban calou, sem jeito. Ele não se lembrava de ter falado tanto, jamais.

— Descobriste o mistério dos incas! exclamou Kameo quase alegre. Eles nunca, em tempo algum, adoraram ídolos. Eis por que são os únicos, entre todos os povos que eu conheço, que até hoje se regozijam com a benevolência dos deuses! É essa a circunstância que provoca a distância!

— Essa sombra jaz sobre nós! disse Coban lamentando. Talvez eu mesmo tenha outrora adorado ídolos... e Ave, não... senão eu hoje teria nascido inca ou ela *chimu*. Eu próprio abri outrora esse abismo... eu sinto...

Kameo despediu-se. Tudo o que tinham a dizer, fora dito.

— Encontraste-a. E o amor fez de ti um grande cantor. Que em teu coração sempre brilhe o sol do amor!

Kameo desapareceu, antes que Coban pudesse responder algo.

A capital dourada dos incas preparava-se para a anual festa das flores. Era primavera e em redor da cidade, nas encostas das montanhas, floresciam giestas vermelhas e amarelas, acácias brancas e flores azuis da alfafa. O aspecto era festivo e as flores exalavam um perfume especialmente forte nessa época.

Mirani

Aconteceu poucos dias depois da festa das flores, ao anoitecer. Mirani, tal como todas as outras, havia entoado canções em voz alta e sonora e plantara mudas na terra. Tudo decorrera como sempre. Nada tinha mudado na festa. Apenas ela mesma parecia ter mudado de um momento para outro. Seus pensamentos desviavam-se sempre de novo. A imagem de Tenosique, um homem alto e bonito, sobrepunha-se a tudo.

Estava envergonhada e preocupada.

"Não o conheço", dizia a si mesma. "Vi-o apenas uma vez... e, também, ele não é um inca... descende de um povo que hoje já se extinguiu... nunca poderei tornar-me sua mulher... ou talvez sim?"

Calada e oprimida ela voltou à cidade. Era pouco antes do crepúsculo. Os raios rubro-alaranjados do sol poente envolviam o ouro das casas e os jardins dourados numa luz festiva. Mirani, porém, pouco enxergava de todo o fulgor em redor.

Ela puxou a porta de sua casa para o lado e parou hesitantemente na soleira. Nesse momento algo tocou em seu ombro. Virou-se. Não havia ninguém. Não obstante, alguém havia tocado em seu ombro.

— Tenosique! exclamou ela alvoroçada.

Ele estava perto dela... Também ele não tinha esquecido seu encontro no palácio, caso contrário seu espírito não a teria procurado... Fora ele quem havia tocado em seu ombro. Sua intuição nunca a enganara.

Lágrimas gotejavam sobre suas faces. Lágrimas de esperança, preocupação e cansaço. Dirigiu-se ao seu dormitório, tirou as sandálias dos pés e deitou-se no leito. Já meio adormecida ouviu o som de muitos sininhos e das matracas com as quais os pastores chamavam seus animais.

O corpo dela dormia, mas a alma estava livre e corria, como que atraída por uma vontade mais forte, ao encontro do Monte da Lua, distante muitas milhas.

Quando Tenosique viu Mirani pela primeira vez tinha cerca de quarenta anos de idade. Ele possuía a grande sabedoria que outrora destacara seu povo e, provavelmente, era o melhor astrônomo que desde muito existira na Terra. Todo seu interesse concentrava-se no "cometa". Quando criança sonhou com um cometa que, com grande estrondo, passara alto por cima de sua cabeça. No sonho achava-se em uma montanha no meio de muitas pessoas...

Ao mesmo tempo em que a alma de Mirani deixava seu corpo adormecido e corria ao encontro dele, procurando-o, Tenosique estava recostado num bloco de rocha no Monte da Lua, escutando as vozes da noite. Corujas gigantes e falcões noturnos saíam de suas fendas nas rochas, circundando-o em voo silencioso. Bem embaixo brilhava o rio dos ursos, na luz da Lua que subia. Diante das cabanas das poucas famílias *runcas*, que moravam lá embaixo, crepitavam algumas fogueiras.

Uma saudade quase dolorida encheu sua alma. Saudade da moça que vira uma única vez e que, no entanto, lhe era mais próxima e conhecida do que qualquer pessoa na Terra.

Ele não sabia que nesse momento Mirani, longe, na Cidade Dourada, sentira sua presença e que a mesma saudade enchia a alma dela também.

Continuou recostado ao bloco de rocha, porém não mais escutava as vozes da noite. Estava como que encantado. Mirani encontrava-se perto dele. Sentia intuitivamente sua presença, e de modo tão forte como se ela estivesse fisicamente ao seu lado. A alma dela estava perto dele, pois o destino os unira novamente. Ele cuidaria para que permanecessem juntos.

Nessa noite Mirani teve o mais belo sonho de sua vida. De mãos dadas com Tenosique, ela flutuava sobre ensolarados e brancos picos de montanha, sobre abismos e rios e entre bandos de águias, até um desconhecido e brilhante país do Sol...

Pela manhã, ao acordar, ela não se lembrava das vivências da noite. Sabia apenas que Tenosique encontrava-se perto dela. E esse saber encheu-a de confiança e esperança.

CAPÍTULO XII

AS SOMBRAS ATERRORIZANTES

Os Estrangeiros

"Terminou meu tempo na Terra. Vós que ficais, velai por nossos povos, pois vejo sombras aterrorizantes passando por nossa terra sagrada."

Não demorou muito e todo o povo inca conhecia as palavras exortadoras e graves de seu falecido rei. Todos sabiam que só a vigilância dos sábios não bastava para reconhecer o mal a tempo e repeli-lo. Todos eram responsáveis pela paz do reino.
Em ambas as cidades incas, nada havia mudado durante os meses que se seguiram. Pelo menos os estrangeiros e mercadores que iam e vinham não trouxeram nenhuma notícia desagradável. O mesmo podia-se dizer dos filhos e filhas de outros povos que vinham para aprender.
Porém, os incas não encontravam sossego. Os relatos vindos dos povos aliados tinham todos algo de ameaçador em si. Do sul do grande reino inca, onde vivia o povo *ilcamani*, o sacerdote-rei Amayo, que tinha muita afinidade com os sábios incas, mandou a seguinte notícia:
"Aqui chegaram duas grandes canoas. Desceram delas um homem, que se apresentou como sacerdote Nymlap, e seus vinte servos. Entre os servos encontram-se uma mulher jovem e um corcunda. Esse Nymlap faz muito mistério no que se refere à sua origem. Deu-me a entender ser um *leuka*, originário do país das 'florestas de madeira vermelha'*, e que todos os seus antepassados eram construtores de templos."

---

* Honduras.

Enquanto Yupanqui, cabisbaixo, escutava o relato enviado pelo sábio Amayo, teve a impressão de que um profundo abismo se abria à sua volta, e de que a terra havia tremido levemente.

Depois de algum tempo ele levantou a cabeça e olhou interrogativamente para o mensageiro que estava à sua frente, calado. Quando este acenou afirmativamente, Yupanqui deu-lhe o sinal para que continuasse a falar.

"O estrangeiro afirmava estar fazendo uma 'romaria' até o templo, no grande lago, a fim de lá honrar os deuses. Ele e os seus portam o sinal da morte na testa. Esses estrangeiros convenceram vinte de nossos moços que falam o quíchua a acompanhá-los até o grande templo inca. Tudo que aqui relato soube através do corcunda que fala vossa língua. A minha pergunta, de onde tinha aprendido o quíchua, ficou sem resposta. Despeço-me agora de ti, meu irmão no espírito, pois não mais nos reveremos na Terra. Aproximo-me do último marco do caminho! As sombras dos estrangeiros estão carregadas de desgraça."

O emissário baixou sua bengala de mensageiro, sinal de que havia retransmitido e terminado a mensagem do sacerdote-rei Amayo, assim como a recebera.

— O que pretendem esses estrangeiros em nosso país? perguntaram a Yupanqui, um pouco mais tarde, sua mulher Uyuna e Roca.

— Temos de aguardar os relatos de outros mensageiros! disse Sola, que nesse momento entrava na sala de recepção.

— Não podemos ir ao encontro deles. Mas todos nós estaremos presentes quando realmente chegarem ao velho Templo dos Gigantes! disse Roca firmemente.

E os mensageiros vieram. Contudo, as notícias que traziam sobre Nymlap eram cada vez mais incompreensíveis e confusas. Uma coisa era certa: o estrangeiro e seus servos semeavam desconfiança e descontentamento por onde passavam. Um outro emissário transmitiu a seguinte mensagem de um príncipe menor dos *chimus*, cujos dois filhos frequentaram escolas incas:

"Inca, regente, Yupanqui! Escuta com o teu coração e todos os sentidos! Um estrangeiro que se denomina Nymlap semeia coisas más! Palavras más! O transmissor dessa sementeira má é um corcunda que fala o quíchua. As palavras que ele profere para os meus têm o seguinte sentido:

'Os incas são grandes e poderosos! O poder deles provém de um segredo que possuem e que guardam somente para si! Perscrutai esse mistério e então também tereis prestígio, sereis grandes e poderosos como o povo que vos domina'."
Nem os sábios nem qualquer outro inca poderiam imaginar a que segredo ele se referia. Somente o irmão de Tenosique, que voltara de uma longa viagem, esclareceu tal segredo.

As Informações de Sogamoso

Sogamoso, assim se chamava o irmão de Tenosique, era botânico, geólogo, enfim um entendido em ciências naturais. Assim como o irmão, ele possuía o grau de sábio.

— Eu encontrei o estrangeiro com seu séquito, nas minhas caminhadas através das florestas, junto a uma pequena tribo *chanca!* começou Sogamoso. Toda a tribo, inclusive o sacerdote, sentia-se muito honrada com a presença do estrangeiro. Com exceção do corcunda, ninguém deu importância à minha presença. Só isso já era incomum. Também o corcunda pareceu interessar-se por mim somente devido ao maço de plantas que carregava comigo. Eu estava curioso e puxei uma conversa. Na realidade ele era um *chibcha* e quando jovem aprendera o quíchua numa das escolas incas. Mas era um aleijado e, como tal, desprezado, embora fosse mais inteligente do que muitos. Por esse motivo deixou-se contratar por um navegador que viera de longe com suas embarcações, permanecendo junto dele até encontrar seu novo amo.

O novo amo dele chama-se Nymlap e realmente era sacerdote. Um sacerdote expulso e condenado à morte. A mulher que o acompanha o salvara. Ela chama-se Chiluli e também era sacerdotisa. Os outros que vieram com ambos procuram, segundo minha opinião, ouro e aventuras.

Sogamoso fez uma pausa, olhando pensativamente à sua frente.

— Por que a longa caminhada até aqui? Esse Nymlap esconde suas verdadeiras intenções! exclamou Roca preocupado.

Yupanqui concordou.

— Se procura ouro poderá tê-lo... quanto quiser! disse Kanarte também presente.

— Esse homem é perigoso! recomeçou Sogamoso. Espíritos vingativos, os eternamente condenados, parecem impulsioná-lo... Veio para semear discórdia, desconfiança e inimizade no grande reino. Conforme o corcunda me disse orgulhosamente, em breve não haverá mais nenhum prepotente inca, pois são impostores... O alvo de Nymlap é o grande e velho templo ao lado do portal. Ali ele quer estabelecer-se.

Tristeza envolveu os ouvintes. Pois sabiam bem demais como os povos a eles ligados eram acessíveis a tudo que não fosse verdade. Principalmente nos últimos tempos.

— "Os incas dominaram todos os povos!" Sogamoso continuava a descrever as palavras do corcunda. "Dominaram com as folhas de uma única planta!" disse ainda o corcunda com ar de importância e orgulho, pois apesar de seu defeito físico era considerado importante...

— Folhas? Que folhas? Roca interrompeu o orador.

— Folhas do arbusto amarelo *biru!** respondeu Sogamoso. Da conversa do corcunda deduzi que no país de onde se origina Nymlap, a maioria é da opinião que só por possuírem os arbustos *biru* é que os médicos incas podem curar todas as doenças, exercendo tanto poder sobre os outros povos. Essas folhas milagrosas não são acessíveis a outros povos! afirmam eles. Pois esses arbustos seriam muito bem guardados por perigosos espíritos da natureza, de modo que ninguém ousaria aproximar-se deles. Além disso, cresciam apenas em vales montanhosos de difícil acesso.

Calados e desconcertados os incas olharam para Sogamoso.

— O país de Nymlap e todos os países vizinhos devem ser habitados por condenados! Ouvimos o suficiente sobre os cultos de lá. Eles atormentam e matam animais e seres humanos para fazer sacrifícios a pretensos deuses! disse Kanarte, como que atordoado pelas horríveis revelações.

Não demorou muito e chegaram enviados de outros povos, relatando confusões provocadas pelo estranho, que já havia meses viajava pelo grande reino.

— Muitos acreditam no impostor! disse o mensageiro *chimu*. Também muitos dos nossos. De repente, rebelam-se contra o domínio inca, ao qual todos eles procuraram espontaneamente!

---

* Arbusto de coca.

As opiniões se dividiam por toda parte. Pró e contra os incas! Por fim verificou-se que a maioria não sabia o que deveria pensar. Eram os próprios médicos que defendiam os médicos incas, intercedendo a favor deles. Pois sabiam que os incas não se utilizavam das folhas de coca. Cada um deles assistira a pelo menos uma cirurgia feita pelos médicos incas. Por isso conheciam e também utilizavam o narcótico* dos incas. Extraía-se da casca de uma árvore e anestesiava rapidamente, sem ter nenhum efeito posterior desagradável. Foi um dos sábios incas que, vários séculos antes, seguindo o conselho de um *rauli*, começou a fabricar o eficiente narcótico, feito com essa casca.

A notícia da presença de um sacerdote idólatra, que viajava pelo país inteiro seguido de sua igual espécie e deixando atrás de si infortúnio, confusão e destruição, espalhou-se com a velocidade do vento. A notícia chegou até as mais distantes regiões.

Depois das revelações de Sogamoso, Kanarte, com o coração pesado, viajou até o velho templo, no portal, o qual ainda continuava o alvo de inúmeros peregrinos. Foi para lá a fim de elucidar e advertir os sacerdotes do local a respeito do estrangeiro. Não deveriam pôr à disposição desse Nymlap nenhuma das casas que sempre estavam prontas para as pessoas importantes de outros povos.

Externamente a vida nas cidades incas continuava como sempre. Ninguém sabia onde esse Nymlap se encontrava, pois chegaram cada vez menos mensageiros com informações sobre ele. Não obstante, muitos incas tinham a impressão de que o sol se turvara um pouco...

Machu Picchu

O vale montanhoso situado entre dois altos montes, Machu Picchu e Huayna Picchu, ainda não existia há mil anos. Nessa época existia um outro grande maciço de rocha entre esses dois montes. Esse rochedo foi desmontado pelos gigantes, os quais partiam as pedras de tal forma, que os posteriores construtores não mais tiveram tanto trabalho para quebrá-las. Assim surgiu o alto vale montanhoso, que serviu posteriormente de refúgio para as mulheres e moças incas.

---

* Espécie de curare.

Hoje uma estrada de rodagem leva os turistas até em cima, no local escondido entre os picos das montanhas. Os turistas deparam com as ainda bem conservadas casas, templos, terraços, um altar e aquedutos de pedra, os quais traziam água de longa distância.

Através dos esqueletos ali encontrados, os exploradores supuseram que Machu Picchu tinha sido habitada provavelmente apenas durante cinquenta anos. E perguntam por que essa pequena e escondida cidade montanhosa foi abandonada. Os conquistadores não a descobriram... O que fez com que as pessoas fugissem de lá? Este é outro enigma que até agora não pôde ser decifrado...

Os incas sempre chamavam Machu Picchu, o alto e escondido vale montanhoso, de "Monte da Lua". Há setecentos anos, o Monte da Lua era uma colina coberta de capim, musgo e alfafa das montanhas, circundado por montanhas em cujas fendas se alojavam falcões, águias, corujas e morcegos. Também ursos pretos existiam nessa região dos Andes.

Por toda parte havia montes de pedras que pareciam apenas esperar para serem utilizadas. Entre as pedras viviam lagartos, aliás lagartos voadores, também cobras e muitos roedores pequenos azul--acinzentados, as chinchilas.

Naquele tempo, isto é, há setecentos anos, havia ali apenas quatro edificações maiores de pedra, cobertas com telhados de capim. Largos degraus de pedra conduziam para essas edificações, providas de pequenas e redondas aberturas de janela. As casas estavam tão envolvidas por trepadeiras amarelas, que mal eram vistas.

O Monte da Lua havia sido descoberto há cerca de mil anos por alguns geólogos incas que exploravam as regiões dos Andes. Eles gostaram tanto desse lugar, que informaram a seu respeito ao rei inca da época. O rei, que ao mesmo tempo era astrônomo, caminhou para lá, sem muito hesitar, com alguns sábios e um construtor e, juntos, edificaram a primeira casa naquela região.

Desde então o rei passava algumas semanas do ano nessa modesta edificação de pedra, em companhia de outros astrônomos.

— Em nenhuma parte estamos tão perto do mundo dos astros como aqui em cima! disse ele terminantemente. Não há nenhum outro lugar de onde posso observar tão facilmente, com plena consciência, o que se passa fora do pesadume terreno nos astros situados próximos de nós... Mesmo as vias que ligam nossa Terra com outros astros são facilmente reconhecíveis...

Todos os sábios que lá chegavam no decorrer do tempo davam-lhe razão. Esse local tinha algo de especial. Nenhum deles adivinhava, porém, que um dia ele se tornaria um lugar de refúgio para suas mulheres e crianças...

Na época em que Tenosique muitas vezes se retirava para o Monte da Lua, as quatro edificações de pedras eram frequentemente habitadas. Como nos tempos anteriores, encontravam-se ali principalmente pesquisadores que se ocupavam com a astronomia. Não apenas incas, mas também pesquisadores de povos amigos.

Nas proximidades do rio, embaixo, residiam algumas famílias *runcas*. Cultivavam um pouco de milho, arroz vermelho e cuidavam de grandes manadas de alpacas que pastavam próximo ou mais distante do Monte da Lua. Em determinadas épocas, com o auxílio de alguns incas, tosavam também os animais, limpavam a lã e transportavam-na para as "casas de lã" das cidades incas. Como recompensa recebiam vestimentas, louças e tudo o que ainda necessitavam. Suas crianças, tão logo manifestassem desejo a respeito, eram recebidas nas escolas incas. As poucas mulheres *runcas* cuidavam também dos sábios quando estes se encontravam no Monte da Lua.

Tenosique estava agora já havia algumas semanas no Monte da Lua. Ele vira um cometa que o ocupava dia e noite.

Quando um dia ao anoitecer voltava de uma excursão, ao afastar a pesada porta de couro que fechava a casa, foi cumprimentado alegremente pelo médico Ikala e por Saibal, o pesquisador da História humana. Saibal descendia do povo maia. Seus antepassados, fazia muitos anos, haviam deixado sua velha e mui distante pátria, domiciliando-se, depois de longa caminhada, num lugar situado não longe da atual cidade de Quito. Saibal tinha também o grau de sábio, tal como os sábios incas.

A mulher *runca*, que geralmente cuidava dos sábios que de tempos em tempos se demoravam no Monte da Lua, colocou numa mesa comprida, onde já estavam duas luminárias de óleo acesas, várias e bonitas travessas de cerâmica com pão fresco de milho, batatas tostadas na brasa e um molho de ervas. De um compartimento lateral, ela trouxe dois jarros, um com leite e outro com cacau, colocando ainda ao lado uma tigelinha com mel líquido.

A mulher, de nome Naini, virou-se para sair. Na porta, contudo, parou indecisa e, abaixando a cabeça, começou a chorar.

A Advertência da Mulher Runca

Os três olharam surpresos para a mulher.
— O que te oprime, Naini? perguntou Ikala bondosamente. Se adoeceu alguém dos teus, então estou aqui para ajudar!
Naini não deu resposta. Meneou a cabeça, acomodando-se num banco ao lado da porta.
Tenosique, que conhecia a mulher já havia muito e sabia de seu dom de vidência, observava-a silenciosamente, reconhecendo que ela queria comunicar-lhes algo. Por isso disse-lhe:
— Fala, Naini! Liberta tua alma e alivia tua cabeça dos pensamentos pesados que te oprimem.
Naini levantou a cabeça e olhou entristecida para os três sábios:
— Pessoas más atravessam o país! começou ela gaguejando. Elas espalham mentiras e trazem consigo o vício... Há longos tempos, éramos um grande povo. Nós também tínhamos um sábio rei-sacerdote... Depois vieram estrangeiros de um país distante e desconhecido... Chegaram em canoas ao nosso litoral. Esses estrangeiros mostraram aos nossos antepassados as folhas e as flores do arbusto *biru*. Ao mesmo tempo deram-lhes a entender que eles, nossos antepassados, deveriam ajudá-los a encontrar essa planta de flores amarelas... Presenteavam todos com vestimentas, cobertores e enfeites... Pois bem... esses ignorantes e cegos antepassados conheciam um lugar, num vale da montanha, onde cresciam tais plantas e conduziram os estrangeiros até lá.
Naini fez uma pausa, levantando-se; depois postou-se ao lado da mesa onde os sábios estavam sentados e continuou:
— Segundo as tradições, os estrangeiros comportaram-se como loucos ao ver esses arbustos. Logo arrancaram as folhas e enfiaram-nas na boca, mastigando-as. Ao mesmo tempo convidavam os homens que os haviam conduzido até lá para que fizessem o mesmo. Nossos homens, que não compreendiam o que havia de especial nessas folhas, também começaram a mastigá-las... por curiosidade... Mas então perceberam o efeito que essas insignificantes folhas exerciam... e gostaram desse efeito...

Os estrangeiros não permaneceram por muito tempo. Eles arrancaram certa quantidade de plantas com raízes e embrulharam em esteiras de palha. Tendo o suficiente, afastaram-se... Não os vimos novamente... Não obstante, dizem que nossos antepassados nunca mais os esqueceram, pois nos legaram um vício do qual ninguém tinha noção. Nosso povo, outrora tão grande, extinguiu-se, e os que restaram transformaram-se tanto, até se tornarem apenas "tokes", horríveis figuras fantasmagóricas... Matai os estrangeiros, antes que seja tarde demais! exclamou de repente a mulher, tão alto, que os três sábios levaram um susto.

Sim, eles atravessam vosso país! Já estão próximos!...

Deverá ser quebrado o poder dos incas!... Acautelai-vos!... Os maus – são os mesmos – estão perto de vós!...

Depois dessas palavras Naini virou-se e, em silêncio, deixou a casa.

Os sábios permaneceram sentados, estarrecidos. Tinham a impressão de como se um vento gelado tivesse abalado suas almas. Seria possível que um estrangeiro difundisse um vício no grande reino?

— Enquanto a mulher falava, vi, em espírito, um impostor à minha frente! disse Ikala. Há longo tempo ele chegou ao templo do *povo dos falcões*, trazendo-lhes frutas de cacto...

— Naini nunca se enganou. Vamos partir. Eu sinto intuitivamente que algo horrível está prestes a acontecer! disse Tenosique.

Logo a seguir, acrescentou:

— Não virão com armas, mas com astúcia, para abalar os alicerces do reino.

Saibal teve visões atormentadoras ao pensar sobre o que ouvira. A astúcia... o vício... Um vício atua muito mais destruidoramente do que guerras...

Tenosique sentiu-se doente ao pensar que poderia haver um fim para os incas... Não, nunca esse povo se deixaria rebaixar por um vício... Os três sábios prepararam-se logo para a partida. O rei Yupanqui tinha de ser notificado.

— Gratidão para Naini. Ela nos alertou.

Apesar da forte ventania que surgiu, Naini os esperava no caminho embaixo, acenando para eles. Ao lado dela, entre as pedras soltas, cavoucava um tatu-gigante, procurando alimento. Pumas seguiam suas trilhas e corujas davam gritos de alegria. Mais afastados, encontravam-se o marido e o filho de Naini. Sérios e preocupados, ambos seguiam com os olhos os sábios que se afastavam lentamente.

Tenosique e Saibal pararam quase simultaneamente, erguendo suas cabeças para os picos das montanhas iluminados pela Lua. Através de narrações dos seus, eles conheciam a maldade dos seres humanos, sabendo também do que eram capazes... Adivinhavam que muito ainda viria ao encontro dos incas, coisas que hoje ainda estavam fora de suas experiências.

— Desta vez é o vício!... disse Tenosique como que para si mesmo. Penso em nossos amigos astrônomos! acrescentou ele, quando Saibal o fitou indagadoramente. Eles indicaram um infortúnio que se concentrava sobre o povo inca... mais tarde... Talvez passem ainda duzentos anos...

Ikala caminhou à frente dos dois outros, absorto em seus pensamentos. Para ele era incompreensível que as folhas do arbusto *biru*, conhecido pela maioria, ou melhor, por todos os povos aliados, pudessem causar grandes danos. Lembrou-se então novamente das frutas de cacto... e medo e preocupações pesavam-lhe na alma.

CAPÍTULO XIII

A LUTA CONTRA A INTRODUÇÃO DE ENTORPECENTE

As Escolas dos Jovens

Nas cidades incas nenhum estrangeiro dos países que cultuavam ídolos deixava-se ver. Também na pequena cidade que pouco a pouco surgiu em volta do velho Templo dos Gigantes, no portal, ninguém avistara um estrangeiro. Mas cada inca, onde quer que se encontrasse, sabia da presença desses seres humanos que só coisa má tinham em mente. Todos sentiam intuitivamente algo que nunca houvera. Um perigo desconhecido que os ameaçava. Tinham até a impressão de como se o ar estivesse cheio de correntezas hostis...

Quando Kanarte chegou ao templo, do portal advertiu primeiro o sumo sacerdote Huascar, e depois todos os outros sacerdotes a respeito do sacerdote estrangeiro e seus acompanhantes. Seguindo uma intuição, porém, visitou também ambas as escolas ali existentes. A escola dos jovens e a escola das virgens do Sol. Em ambas aceitavam-se filhos e filhas de príncipes governadores aliados. Isto é, de povos que formavam o grande reino inca.

Visitou primeiro a escola dos jovens e, seguindo o conselho de Yupanqui, comunicou-lhes tudo o que ouvira de Sogamoso. A reação dos alunos não foi aquela que esperava. A maioria manifestou o desejo de conhecer uma dessas pessoas que executavam sangrentos cultos de idolatria, usando para tanto bebidas entorpecentes. Kanarte sabia, naturalmente, que se tratava apenas de curiosidade. Não obstante, não gostou do comportamento dos alunos.

O plano de ensino em ambas as escolas, nas quais eram aceitos também outros que não fossem incas, abrangia os diversos cultos de idolatria e as doenças e perigos que eles acarretavam. Também eram instruídos a respeito do efeito embriagador de algumas plantas. A maioria dos antepassados dos alunos – havia entre eles também descendentes do *povo dos falcões* – havia exercido toda a sorte de cultos maléficos. Contudo, eram cultos que nunca estiveram em conexão com rituais sangrentos.

— Eles abusam das plantas que contêm forças terapêuticas! exclamou indignado um dos alunos incas. Ao fazer isto, pecam contra os espíritos da natureza!

Kanarte deu-lhe razão.

— Eu gostaria de experimentar o efeito embriagador de uma planta! exclamou um outro inca. Apenas para conhecer! acrescentou envergonhado.

— Um dos meus antepassados viveu exclusivamente das folhas do arbusto *biru*! Ele não ingeria outro alimento! disse um membro do povo *kolla*.

— E o que aconteceu com esse seu antepassado? perguntou Kanarte.

— Depois de pouco tempo ficou paralítico, não mais podendo locomover-se sozinho. Trouxe vergonha para nós, pois tornou-se um aleijado e teve de ser morto.

Um aluno de nome Cauê, de mais de vinte anos de idade e descendente do povo dos araucanos, perguntou de repente por que Kanarte, como inca, preocupava-se por causa de um único sacerdote idólatra.

— O que esse fugitivo poderia fazer contra o sábio povo inca?

Kanarte, que irradiava sempre uma dignidade serena e discreta, olhou demoradamente para seu interlocutor. Exclamações de indignação fizeram-se ouvir. A maioria dos alunos olhou para Cauê reprovadoramente. A pergunta dele soara como um escárnio. Talvez ele próprio nem estivesse consciente disso.

— O sacerdote idólatra traz em si os germes do pecado, semeando-os em nosso país! respondeu Kanarte, quando o silêncio retornou ao recinto. Esses germes causam transformações assustadoras nas almas e nos corpos humanos! Como então não devemos ficar preocupados?

Com o rosto inexpressivo Cauê deixou o recinto, ainda antes de Kanarte terminar de falar.

— Ele ama uma virgem do Sol! disse um aluno para desculpar o comportamento de Cauê. É uma moça inca! Por isso ele está tão irritado... O amor é mútuo; a moça, porém, é orgulhosa demais para se unir a um araucano!

— Dizeis amor? perguntou Kanarte. Amor enobrece o ser humano. Ele possui força irradiante... Em Caué eu apenas vi sombras sinistras de dúvida e de vaidade...

As Escolas das Virgens do Sol

Kanarte seguia vagarosamente o caminho que conduzia à casa das virgens do Sol. Alguns alunos acompanharam-no calados até o jardim, voltando a seguir pesadamente oprimidos.

Kanarte entrou no grande jardim, parou então e respirou fundo algumas vezes. Teria de se acalmar antes de enfrentar as moças. As palavras de Caué haviam-no atingido profundamente, pois a satisfação e o escárnio que vibravam nelas não se podia deixar de sentir.

Era um maravilhoso dia ensolarado. Por toda parte no jardim, convidativamente, abriam-se as flores para receber os muitos insetos e abelhas. Erguendo o olhar, viu revoadas de gansos e pequenas galinhas d'água que se dirigiam ao lago.

Kanarte acalmou-se e prosseguiu lentamente. Logo depois viu Seterni, a diretora superiora da escola, retirando ervas daninhas de um canteiro de flores juntamente com algumas moças. Ao ver essas moças, sentiu novamente alegria e esperança. Podia entender os homens que se enamoravam das moças incas. A beleza delas era traspassada pela irradiação do espírito puro e isso, por si só, já as tornava tão atraentes...

Seterni o viu e veio alegremente ao seu encontro, demonstrando alívio. Ela e as moças vestiam roupas de cor azul-clara com um cinto de ouro. Tinham um aspecto maravilhoso com a sua pele dourada e seus brilhantes e alegres olhos.

Seterni conduziu-o logo à sala de recepção. Quando ele se acomodou num banco coberto de almofadas, ela saiu, voltando em seguida com uma bandeja. Nela havia uma caneca de ouro e um jarro com cacau temperado com baunilha. Ela encheu a caneca, olhando depois preocupadamente à sua frente.

Kanarte bebeu uma caneca da refrescante bebida e olhou interrogativamente para Seterni.

— Um espírito bondoso guiou-te até nós, sábio! começou ela a falar pausadamente. Manis, uma de nossas moças, ficou deitada o dia todo, apática, sem falar palavra nenhuma. À noite ela teve uma visão horrível...

— Uma visão? perguntou Kanarte alarmado.

— Sim, uma visão! confirmou Seterni. Ela acordou de madrugada, pedindo aos gritos por socorro. "Livrai-me dos morcegos!" gritava sempre de novo. Quando depois de algum tempo se acalmou, contou-nos que horríveis morcegos investiam contra ela de todos os lados. Grandes e pequenos. Penduravam-se em suas tranças e em sua camisola, e eram tantos, que ela quase não tinha mais ar suficiente para respirar.

— Onde está a moça agora? perguntou Kanarte profundamente preocupado.

Morcegos eram criaturas noturnas úteis... Ele sentiu logo que essa visão ou sonho era uma advertência...

— Vou buscar a moça! disse Seterni.

"Esse Nymlap, talvez, já esteja mais perto do que imaginamos", pensou Kanarte. "Essa criatura é um indivíduo noturno, pois vem de um lugar onde nunca brilhava o sol..."

Manis chegou, inclinando a cabeça diante do sábio. Kanarte olhou pensativamente para a jovem e bela moça. Ela era neta do sumo sacerdote Huascar.

— A visão com os muitos morcegos foi uma advertência para nós! disse ele bondosamente. Pois maus espíritos introduziram-se em nosso reino e causam inquietações. Vim aqui a fim de comunicar a todos o que se passa no país. O ataque dos morcegos a ti tem um significado simbólico.

— Então, eu não estou sendo ameaçada? perguntou Manis já um pouco mais calma.

— Todos, especialmente nós, incas, estamos ameaçados.

Kanarte dirigiu-se a Seterni.

— Chama todos que se encontram nesta casa, para que eu possa comunicar-lhes tudo o que ouvimos.

Seterni deu a Manis a ordem de reunir todos os presentes na grande sala de jantar.

— Tens ainda outras preocupações? perguntou Kanarte, percebendo que ela ficara parada de modo indeciso.

Seterni acenou com a cabeça, concordando.

— É a respeito de Dávea... Ela ama um araucano...

— Queres dizer Caué? interrompeu-a Kanarte.
— É Caué!... confirmou ela. Não tenho nada contra os araucanos... mas esse moço é mau... é o que sinto perfeitamente. Ele afirma que o grande sacerdote estrangeiro que viaja por nossas terras tem razão ao dizer que nós, incas, oprimimos outros povos, apoderando-nos de suas almas... Caué até conhece o nome desse sacerdote...
Kanarte ficou calado, pensando sobre o que ouvira. Esse Nymlap, pois, utilizava-se de palavras para desviar as pessoas e envenenar suas almas... Segundo sua opinião, palavras eram mais perigosas ainda do que folhas do arbusto *biru*...
— Esse jovem não conhece, pois, a influência benéfica exercida pelos incas já há séculos? interrompeu Seterni o silêncio. Há menos guerras e menos hostilidades tribais e, antes de tudo, não existem mais idolatrias.
Depois de alguns minutos ela olhou para Kanarte e perguntou:
— O que o estrangeiro tem contra nós? Por que ele instiga as pessoas contra nós?
— Provavelmente, em tempos passados, ele já esteve aqui neste país causando desgraças! disse Kanarte pensativamente. O nome dele, Nymlap, sempre me faz lembrar o *povo dos falcões*. Pelas tradições sabemos que certo dia chegou um sacerdote estrangeiro que lançou na desgraça o grande *povo dos falcões*. Aproveitou-se de suas fraquezas e da desconfiança que reinava entre eles.
— Além disso, adoravam deuses-animais! acrescentou Seterni.

A Reunião com as Moças

Manis chegou, dizendo que todas estavam reunidas. Encontravam-se no salão algumas professoras, que já haviam ultrapassado o vigésimo quinto ano de vida, e cerca de trinta moças. Quando Kanarte entrou, todas se levantaram e inclinaram a cabeça em saudação. A seguir olharam para ele alegres e esperançosas.
Kanarte relatou detalhadamente o que sabia a respeito do sacerdote estrangeiro e dos seus acompanhantes.
— Sabemos que entre todos os povos da Terra os maus sacerdotes causam desunião, espalhando a desconfiança, praticando cultos nefastos por toda parte... Por que assim é, não sabemos.

Provavelmente se trata, nesses sacerdotes, de pessoas que numa remota vida terrena enveredaram por uma direção errada...

Finalizando, Kanarte disse:

— Nós, incas, somos desde longos tempos um povo unido e feliz. Mas isso somente foi possível por ter cada um contribuído com a sua parte. Isto é, cada um sempre viveu de tal modo, que a ligação com a Luz sempre foi conservada! Como sabeis, um povo se compõe de seres humanos individuais! Sacerdotes renegados, nunca houve em nosso povo!

Kanarte terminara sua preleção. Respondeu ainda algumas perguntas das professoras e a seguir deixou o salão acompanhado por Seterni. Três moças, duas do povo *kolla* e uma das irmãs de Cauê, deixaram o salão por uma outra porta. Quando, na saída do jardim, Kanarte se despediu de Seterni, viu as três moças que pareciam esperar por ele, semiencobertas por um arbusto.

— Ouvistes tudo o que havia para ouvir! disse-lhes Seterni, aborrecida com o atrevimento das três.

Ultimamente, por várias vezes, elas se haviam rebelado. O que queriam agora aqui?...

— Sábio Kanarte! começou uma das moças, sem atentar à objeção de Seterni. O que acontecerá conosco se formos até o sacerdote estrangeiro e sua mulher, e lhe fizermos perguntas sobre a sua vida? Sabemos com segurança que ele virá até este velho templo!

— De nossa parte nada vos acontecerá! respondeu Kanarte serenamente. Sois seres humanos livres e podeis agir como quiserdes. Aliás, então não mais apreciareis ficar em nossa escola.

A Ilha do Sol

Uma mulher magra e alta aproximou-se silenciosamente e olhou contrariada para as moças. Era a mulher de um cortador de junco. Ao ver a mulher, as moças voltaram com Seterni. De certa forma sentiam-se humilhadas, mas não saberiam dizer por quê...

Kanarte fez um sinal à mulher para que aguardasse, depois deu alguns passos e chamou Seterni. Ele olhava sorrindo para ela.

— Queria ainda te aconselhar a deixar Dávea partir, se ela quiser acompanhar Cauê. Ela é como um elo fraco numa corrente, portanto, significa perigo para o todo...

— Malfeitores estiveram na Ilha do Sol! disse rapidamente a mulher alta, quando Kanarte se dirigiu novamente a ela.

E continuou:

— Vai lá e olha bem a ilha!

O que poderia ter acontecido na Ilha do Sol? Kanarte seguiu com os olhos a mulher que rapidamente se afastava; logo depois, ele dirigiu-se ao templo a fim de falar com Huascar. Não havia, porém, nada a falar.

— O melhor é irmos logo! disse Huascar, que vinha ao seu encontro como se tivessem combinado.

Logo após, seguiram pela estrada que conduzia ao lago. Ninguém podia imaginar o que a mulher do cortador de junco lá constatara. O alvo dos sábios era uma grande ilha no lago Titicaca, onde outrora um rei inca mandara colocar um altar coberto de placas de ouro...

— Estive lá há pouco tempo, pois um pescador mandou-me dizer que vira estranhos que lhe pareceram suspeitos.

A ilha era conhecida entre os povos que se radicaram nas margens do lago como Ilha dos Incas. Além do altar de ouro havia ainda uma casa baixa de pedra com suprimentos de alimentos. Havia também algumas camas e cobertores.

Quando finalmente os dois sábios chegaram à ilha e pararam diante do altar, nada viram de extraordinário. Incrustado na placa do altar achava-se um sol de ouro avermelhado, de cujo centro saíam muitos raios. Entre os raios via-se um cometa de ouro bem claro. Isto é, o cometa tornava-se visível a quem olhasse para lá com toda a atenção. O artista fizera um trabalho extraordinário. Um cometa parcialmente coberto pelos raios solares, porém visível.

Huascar e Kanarte desviaram-se do altar, examinando em redor. Algo não estava certo. Correntezas desagradáveis giravam na ilha. Parecia-lhes como se eles próprios estivessem ameaçados por isso. Acionaram todas as suas forças de defesa e seguiram um caminho que atravessava a vegetação. Não precisaram andar muito. Atrás de um monte de pedras, encontrava-se ajoelhado um homem que escondia algo num arbusto.

Pararam e olharam um para o outro, calados. O homem parecia ter sentido a proximidade deles, pois virou-se e ficou em pé. Os sábios logo perceberam que tinham o "corcunda" à sua frente.

Alguns moradores de regiões muito altas possuíam um tórax extraordinariamente grande, mas esse homem tinha além disso uma corcova. Era uma criatura horrível que se achava à frente deles, aparentemente sem medo, observando-os com seus olhos pequenos e desconfiados. Os sábios estremeceram interiormente diante da horrorosa caricatura humana. Olharam-no calados, mas dominadoramente.

"Abandona esta ilha! Ela é sagrada!"

O corcunda, entendendo perfeitamente a calada solicitação, tentou opor-se à vontade dos sábios. Contudo, não resistiu muito tempo. Depois de algumas palavras incompreensíveis, ele deixou lentamente o local. Antes de deixar a ilha, furioso, arremessou uma pedra contra o altar de ouro.

Huascar logo encontrou o que o corcunda escondera. Eram dez pequenas figuras humanas entalhadas em madeira com cabeças de gato. As cabeças deviam ter sido feitas por um artista. Eram constituídas de uma chapa fina de ouro e tinham os olhos de lápis-lazúli. Também os corpos de madeira dos pequenos ídolos haviam sido cuidadosamente elaborados.

— O amo dele não pode estar distante! Mas onde se encontra? Tem uma mulher consigo.

Huascar deu razão a Kanarte.

— Temos de aguardar até que ele se apresente; só então poderemos enfrentá-lo. Nosso povo foi notificado da presença dos estrangeiros e ao mesmo tempo advertido. Em ambas as cidades e agora aqui também. Mais, não podemos fazer por enquanto...

A Morte de Chiluli

Kanarte havia regressado, levando ao rei Yupanqui algumas das figuras escondidas pelo corcunda nos arbustos. Yupanqui assustou-se ao ver essas figuras. Eram os sinais de religiões e cultos degenerados.

— Contra os ídolos, somos impotentes. Eu acho que se os povos a nós aliados novamente introduzirem suas idolatrias, nada poderemos fazer contra isso...

Yupanqui deu razão a Roca, que emitira tal opinião. Não obstante, sentia preocupações e até medo. Idólatras eram sempre perigosos, pois colocavam a mentira em lugar da verdade.

— Nossos antepassados foram muitas vezes ajudados! disse Yupanqui pensativamente. Também nós seremos auxiliados, se provarmos que somos dignos de ajuda. Sim, se sempre demonstrarmos ser dignos disso! acrescentou ele baixinho.

No terceiro dia após Kanarte ter deixado Tiahuanaco, a cidade do templo ao lado do portal, uma mulher foi levada numa maca para a casa do guardador de remédios, onde um médico tratava também de doentes. Era ainda cedo quando isso aconteceu. A maca fora carregada por dois homens. Um terceiro homem caminhava cabisbaixo logo atrás.

Os homens não falavam muito bem o quíchua, mas compreendia-se o que tinham a relatar.

— Ela comeu uma fruta venenosa! declarou um dos carregadores.

O segundo carregador pediu apenas que a ajudassem.

— Ela ainda poderá ser salva! Eu o sinto aqui dentro! E bateu no próprio peito.

— A mulher está morta! disse friamente o terceiro homem.

O médico, cujo nome era Akuên, mandou levar a mulher, que estava enrolada num cobertor vermelho, para um quarto contíguo. Ele a tirou da maca e a colocou numa mesa alta. Ao retirar o pano que cobria seu rosto, viu uma moça de pele morena com os olhos verdes abertos.

A moça estava morta. Isso ele constatou no primeiro olhar. Desenrolou-a do cobertor. Ela usava sapatos vermelhos de feltro e um vestido vermelho longo, em cuja bainha estavam costuradas pequenas peninhas verdes. Enquanto o médico contemplava intrigado a morta, entrou o terceiro homem no recinto.

— Mesmo vós, incas, não tendes um remédio contra a morte! disse ele em tom escarnecedor.

O médico assustou-se ao ouvir essas palavras e olhou pensativamente para o homem. O aspecto dele logo lhe causou aversão. De seus olhos sinistros irradiava algo ruim. Tinha um rosto moreno bem-proporcionado e olhava com indiferença para a morta. Um gorro enfeitado com penas cobria sua cabeça e sua testa. O manto que o estrangeiro vestia tinha algo de abominável...

O estranho, que observava ininterruptamente o médico, disse calmamente como se tivesse lido os pensamentos do outro:

— O manto é algo especial! Foi confeccionado apenas de peles de morcegos.
O médico, de repente, soube quem estava diante dele. Mal podia falar de tanta agitação.
— És o sacerdote expulso Nymlap! disse finalmente com a voz trêmula de ira. Ousaste, realmente, pisar esse local sagrado!
Ao invés de responder, fez apenas um gesto cansado com a mão. A opinião ou o saber do médico não lhe interessavam.
— Manda sepultar a moça. Ela própria é culpada de sua morte! disse ele antes de deixar o recinto.

Nymlap, o Sacerdote Idólatra

Sem hesitar, Nymlap dirigiu-se ao grande templo e exigiu falar com o sumo sacerdote. Uma vez que Huascar não estava presente, encontrando-se na Cidade da Lua, foi recebido pelo sacerdote Pachacuti.
Nymlap era um perfeito ator. A impressão que deu a Pachacuti foi a de um homem totalmente alquebrado, que não esperava mais nada da vida.
— Minha mulher está morta. Ela comeu uma fruta venenosa. O auxílio veio tarde! disse Nymlap com voz entrecortada.
Agora Pachacuti entendia o desespero do outro. Conduziu-o a um terraço um pouco mais elevado, de onde descortinava-se parcialmente o espaço interno do templo. Depois mandou trazer bebidas refrescantes e saiu. Queria dar tempo ao estrangeiro para se refazer.
O médico deu algumas instruções sobre o que teria de ser feito com a morta e a seguir dirigiu-se ao templo a fim de procurar Huascar. Um dos homens que carregara a maca interceptou-lhe o caminho e, erguendo ameaçadoramente os punhos, disse:
— O diabo com a pele de morcego, ele próprio a envenenou, pois ela queria abandoná-lo. Ele preparou o veneno; acautelai-vos com ele! É perigoso!
O médico acenou com a cabeça, concordando. Foi assassinato. Isto ele soube no momento em que olhara Nymlap mais de perto.
— Eu o esmagarei como a um verme, é o que juro a vós, deuses que habitais este local! exclamou o irritado carregador antes de sair.

O médico escutou essa ameaça, porém ela não o tocou. Estava com pressa. Tinha de falar com Huascar o mais rápido possível.

No templo, seis virgens do Sol exercitavam a dança dos flocos de neve. Os *jinas*, os espíritos da neve e do gelo, deveriam perceber que se lembravam deles com amor.

Através de um servo do templo que o recebera, o médico soube que Huascar estava viajando. Mas Pachacuti estava presente.

— Leva-me até ele! disse o médico, decepcionado.

Fazia pouco tempo que chegara da Cidade do Sol, e nunca falara com Pachacuti.

Pachacuti veio ao encontro do médico, acomodando-se junto dele num banco do jardim contíguo.

— Não chegou aqui Nymlap, o sacerdote expulso e assassino? perguntou logo o médico.

Pachacuti assustou-se, confirmando que chegara um estranho.

— Dizes Nymlap? perguntou, incrédulo, o sacerdote. O estranho que acolhi é um homem alquebrado e desesperado, que mal tem forças para falar.

O médico ficou inseguro, pedindo para vê-lo. Logo depois, surpreso, olhou para a figura alquebrada, sentada cabisbaixa numa cadeira, tendo os olhos fechados.

— Esse é Nymlap, do qual Kanarte nos advertiu. Admito que não dá a impressão de poder causar muitos danos.

— Nesse estado não posso mandá-lo embora! opinou Pachacuti indeciso.

— Esse homem finge, não o mantenhas no templo. Dá-lhe uma cama na casa dos hóspedes.

Já fazia tempo que o médico saíra, e Pachacuti ainda continuava a contemplar pensativamente Nymlap. "Amanhã farei com que vá embora. Hoje... neste estado, seria impossível expulsá-lo do templo..."

Nymlap regozijou-se quando Pachacuti não seguiu o conselho do médico. Os incas estavam longe de ser tão inteligentes como por toda parte se supunha...

Pachacuti, que deixara Nymlap sozinho por cerca de uma hora, encontrou o estranho sentado ereto na cadeira. Seus olhos ainda estavam como que velados de tristeza, mas neles já se vislumbrava algo semelhante a esperança...

— Viajei por muitos países, sempre com o desejo de conhecer os lendários incas! disse Nymlap com uma voz que se tornara visivelmente mais forte. Sois tudo o que se conta de vós. Meu maior desejo tornou-se realidade. Finalmente conheci um sacerdote inca... Tudo que ouvi encontrei reunido em ti: força, sabedoria e bondade...

Pachacuti escutara sem jeito e sem saber o que deveria responder.

— A força que emana de ti ajudou-me tanto, que a vida novamente me parece digna de ser vivida. Perdoa-me se agora faço um pedido que talvez não possas conceder-me... em breve terei de viajar... contudo queria antes conhecer o mais famoso templo dos incas.

Pachacuti estava em dura luta consigo mesmo. O estrangeiro parecia ser inofensivo. Por que não deveria satisfazer-lhe o desejo? Por outro lado, o sábio Kanarte não tinha viajado propositalmente até ali para adverti-los a respeito dele?

— Vem comigo! Mostrar-te-ei o recinto do templo! disse Pachacuti decidido, descendo rapidamente os degraus que conduziam ao templo.

Nymlap admirou as maravilhosas colunas incrustadas de ouro e tiras vermelhas de madeira, e depois as diferentes paredes decoradas; também as cadeiras de pedra que, decerto, eram usadas somente por ocasião de cerimônias especiais, mereceram a sua admiração.

As moças que ensaiavam próximo ao altar ficaram paradas, aguardando, enquanto os dois se aproximavam.

— Hoje a sorte está comigo! exclamou Nymlap, ao ver as moças realmente belas. A beleza das virgens do Sol é tão famosa como a sabedoria dos sacerdotes!

Ele havia colocado o longo e amplo manto apenas sobre os ombros, de modo que sua apertada "malha" enfeitada com peninhas vermelhas e fios de prata, bem como a pesada corrente de ouro que tinha no pescoço, se tornaram bem visíveis. Na corrente pendiam um passarinho de ouro e uma cabeça de serpente. As moças olharam amavelmente para o homem alto e imponente que as admirara declaradamente. Apenas Pachacuti estava confuso. Ele não entendia a transformação que se processara com o estrangeiro... Era essa ainda a mesma figura alquebrada?...

Manis, que se encontrava entre as moças, soltou de repente um grito, indicando para o manto de Nymlap:

— Morcegos! Vejo morcegos! Socorro!

Logo depois ela caiu desfalecida.

Com alguns passos Nymlap chegou junto dela e ajoelhou-se. No espaço de segundos ele tinha na mão um pequeno recipiente de ouro, segurando-o com seu conteúdo sob o nariz dela. Mal passara um minuto, e ela abria os olhos. O mais rápido possível ele tirou um outro potinho de ouro de um bolso de seu manto, abriu-o, pegou uma pequena porção de uma pasta e empurrou por entre os lábios semiabertos da moça.

— Deixa a pasta derreter em tua língua! Experimentarás um milagre.

Manis fez como ele ordenara. Passaram-se alguns segundos, e o medo desapareceu de seus olhos. A admiração que ela viu nos olhos do estranho fez seu coração bater mais fortemente. Levantou-se rindo, ao ver os rostos perplexos do sacerdote e de suas companheiras. Os poucos servos do templo, que se haviam aproximado com o grito da moça, afastaram-se calmamente.

Nymlap tirou ainda vários pequenos potinhos de seus bolsos e os deu de presente a cada uma das moças.

— Guardai-os bem! recomendou especialmente a elas. O doce que eles contêm é precioso. É conhecido por poucas pessoas apenas.

Finalmente deu também a Pachacuti um dos pequenos recipientes, o qual foi aceito apenas a contragosto. Nymlap aproximou-se de Manis que, um pouco distante, aparentemente ensaiava alguns passos de dança.

— Eu te espero hoje ao anoitecer na Porta do Sol. Pertencemos um ao outro...

As moças circundaram o estrangeiro, olhando alegres e agradecidas para os pequenos potinhos de ouro com os quais ele as presenteara.

— Provai o conteúdo! encorajou-as Nymlap. Vós vos sentireis como borboletas voando para cima e para baixo no ar ensolarado!

As moças não esperaram um novo convite. Tomaram um pouquinho da pasta, dissolvendo-a na boca. Pachacuti segurava fortemente o pequeno recipiente que lhe fora dado por Nymlap, como se quisesse esmagá-lo. Fazia a si próprio amargas repreensões por não ter seguido a advertência do médico. O que Nymlap dera às moças? O que continha a pasta?... Uma droga embriagadora... As moças em geral tão serenas estavam como que transformadas. Transformadas, fora do natural. Dançavam, riam, gritavam e abraçavam esse impostor... Desesperado, Pachacuti saiu, ordenando a um servo do templo que buscasse Seterni, a dirigente da casa das virgens do Sol.

As Consequências do Entorpecente

Quando Seterni chegou, Pachacuti logo lhe explicou o que havia acontecido. Ela nem esperou o fim do relato e correu para o templo. Ficou parada, estarrecida, ao ver as moças rindo e cantando, circundando e abraçando um homem alto. Deveria ser um sonho amedrontador que lhe forjava esse quadro... a realidade seria diferente.

Um estalo arrancou Seterni de seu torpor. Um belo e alto vaso de cerâmica, presente de um artista *cholula*, estava quebrado no chão. Nymlap logo tinha avistado Seterni. Olhou para ela de modo frio e mau, contudo algo no olhar daquela mulher incutiu-lhe uma espécie de medo. Libertou-se por isso das moças e deixou rapidamente o grande templo.

Manis foi a primeira a ver Seterni e logo foi ao seu encontro, balançando para lá e para cá o potinho de ouro numa das mãos, erguidas. Não se opôs quando Seterni o tirou de sua mão, guardando-o num bolso de seu vestido. Dávea, que seguira Manis, deu-lhe o seu. As outras quatro opuseram-se a isso decididamente:

— Os potinhos com o doce são um presente e presentes não devem ser passados à frente, disse uma delas.

— Um grande príncipe de um país longínquo presenteou-nos com eles! acrescentou ainda uma das moças explicando.

As quatro moças seguravam firmemente seus potinhos, erguendo a seguir os braços como se voassem pairando. Para frente e para trás. Seterni olhou desesperada para Pachacuti.

— Temos de levá-las imediatamente de volta.

Não demorou muito e as moças pareciam estar cansadas, pois obedientemente caminharam juntas, quando o sacerdote e Seterni as convidaram. Eram cinco moças incas e uma moça *kolla*. Ao sair, a moça *kolla* abraçou o servo do templo que viera varrer os cacos do vaso. O servo defendeu-se assustado, mas somente com a ajuda de Pachacuti conseguiu livrar-se dos braços da moça.

Com a ajuda do sacerdote, Seterni finalmente levou as moças para casa. Ela logo mandou chamar Akuên, pois as moças estavam doentes. Seus olhos brilhantes e muito abertos tinham algo de antinatural.

— As moças não estão doentes! disse o médico para Seterni, acalmando-a. A pasta contém entorpecente. Um entorpecente extraído de maçãs de cacto ou das folhas do arbusto *biru*.

— Entorpecente? perguntou Seterni incrédula. Os potinhos contêm um doce...

Alquebrada, ela sentou-se numa cadeira.

— Naturalmente tens razão, Akuên! O comportamento das moças... Elas abraçavam o homem que lhes era totalmente desconhecido...

— Dá chá de dormir a elas e tira-lhes os potinhos com o "doce". Ao nascer do sol novamente estarão normais e sãs.

O médico estava com pressa. Esse Nymlap tinha de ser destruído. Muito longe, não poderia estar.

— Eu o matarei! Deixa-o para mim! disse Pachacuti que havia seguido o médico. Cabe-me a culpa do templo ter sido profanado.

As moças adormeceram imediatamente e de modo profundo. Contudo por mais que Seterni procurasse não conseguia achar dois dos potinhos. Quatro, pelo menos, estavam seguros. Isto a consolou um pouco. Pois nenhuma das moças deveria deixar a casa antes que ela obtivesse todos. Pensando nisso deitou-se. Nunca estivera tão cansada. Não obstante, dormiu pouco e sonhos amedrontadores a atormentaram.

Ao clarear o dia levantou-se e dirigiu-se aos dormitórios. Duas camas estavam vazias... não, três. Seterni sentou-se e aguardou. Provavelmente as moças já estavam tomando banho. De qualquer forma já era tempo de se levantarem. Contudo, não veio ninguém e também nada se escutava. Preocupada, foi até a casa de banhos, encontrando lá a porta aberta. Nada indicava que alguém tivesse tomado banho.

Três camas vazias. Procurou pela casa toda. Pouco a pouco, começou a rotina diária. As moças levantaram-se a fim de executar as suas tarefas matutinas. Apenas três dormiam tão profundamente, que nada ouviam: Manis, uma outra moça inca e uma moça *kolla*.

Dávea, uma irmã de Cauê, bem como uma das moças *kolla*, não foram encontradas. Permaneciam desaparecidas. A Seterni outra coisa não restou senão dar conhecimento do ocorrido a todos os moradores da casa. Tornou-se difícil para ela falar sobre isso.

— Dávea seguiu Cauê! disse uma das professoras firmemente.

No decorrer do dia, souberam que na casa dos alunos faltavam três moços. Um deles era Cauê.

Pachacuti, Akuên e alguns outros procuraram por Nymlap e seus acompanhantes durante três dias. Vasculharam tudo. Onde quer que houvesse uma possibilidade de eles se esconderem. Esforçaram--se inutilmente.

— Provavelmente já estão longe! opinou Pachacuti.

Mas Akuên tinha a infalível intuição de que Nymlap ainda se encontrava nas proximidades.

E ele tinha razão. Pouco depois do escurecer do terceiro dia, chegou um dos que haviam trazido a maca de Chiluli.

— Ao lado da Porta do Sol jazem dois mortos. Manda sepultá-los, senão todo o ar ficará empestado com as suas almas malcheirosas...

Akuên queria mais detalhes. Mas o homem somente acenou, desaparecendo na escuridão. Nymlap, pois, estava morto. Akuên mandou chamar Pachacuti. Quando o sacerdote chegou, eles seguiram com tochas acesas até o grande portal. Encontraram Nymlap com um estilete no coração. Jazia ao lado do portal. O segundo morto encontrava-se um pouco mais afastado.

— É o corcunda! Ambos estão mortos! ecoou uma voz na calada da noite.

Depois, nada mais se ouviu.

A Decepção de Huascar

Pachacuti e o médico voltaram lentamente. O alívio que sentiram pelo sacerdote sinistro ter morrido não é possível descrever. Estavam somente indecisos a respeito do enterro dos dois. Ficaram parados no átrio do templo, conversando. De longe viram uma figura alta, iluminada pelo luar, que se movimentava em direção a eles.

— É um inca, pois veste o poncho escuro! disse Pachacuti. Todos os ponchos dos incas eram brancos. Isto é, o lado externo era branco. O lado interno, porém, era marrom-escuro.

"Para a noite fica melhor uma cor escura. Ela não chama tanto a atenção e também não assusta os animais."

Esse ditame era de um inca que morrera já havia séculos. Desde então os incas usavam ponchos que tinham "uma cor noturna e uma cor diurna".

Era Huascar, quem se aproximava dos dois.

— Voltei antecipadamente, pois soube da chegada desse Nymlap. Um espírito bom deu-me o conselho de voltar logo. Agora estou aqui! disse Huascar.

Pachacuti baixou a cabeça, consciente de sua culpa. Ele não ousou olhar para o sumo sacerdote. Akuên, contudo, juntou agradecido suas mãos, e as ergueu para o céu. Huascar olhou surpreso, mas também alarmado para os dois.

O que significava a alegria transbordante do médico? Essa alegria e ao mesmo tempo um certo alívio não podiam passar despercebidos. E por que Pachacuti estava tão acabrunhado?

Os três acomodaram-se num banco, e Akuên contou tudo o que se passara.

— Os mortos jazem ao lado do portal! Devemos enterrá-los ainda esta noite? perguntou Akuên, quando terminou. Estávamos indecisos a tal respeito. E aí chegaste. Enviado por um espírito prestimoso.

Huascar ouvira sem nenhuma indagação. O comportamento de Pachacuti atingira-o profundamente. Como ele pôde aceitar o impostor no templo... apesar da advertência de Kanarte e do médico!... Mais tarde teria de falar com ele sobre isso. Agora os mortos tinham a primazia.

Huascar pegou uma tocha e caminhou à frente dos dois. Queria, o mais breve possível, achar um lugar onde os dois mortos pudessem ser sepultados. Andaram cerca de uma hora até encontrar o que procuravam. Era um abismo estreito e profundo. Huascar conhecia-o, pois segundo a tradição já o *povo dos falcões*, quando ainda ali habitava, jogava nesses abismos os que faleciam em consequência de uma doença contagiosa.

"Será então aqui o lugar certo para eles", pensou. "Também esses dois mortos espalharam doenças contagiosas, impossíveis de serem curadas por meios comuns."

Na mesma noite ainda, os três levaram os mortos até esse abismo e os jogaram lá.

— O mal difundido por esse Nymlap não mais podemos corrigir. Mas ao menos ele não conspurca mais a Terra com a sua existência.

Depois dessa "oração fúnebre" de Huascar, os três tomaram o caminho de volta. Andavam calados, um atrás do outro. Não havia mais nada a falar.

Pachacuti, o sacerdote, teve de abandonar o sacerdócio, pois um sacerdote que se deixava guiar por sentimentos falsos constituía um perigo constante para todos.

Quando de manhã Huascar entrou no templo, Pachacuti relatou tudo o que se passara.

— Eu sei que não mais sou digno de ser sacerdote... Mas não sei como poderei libertar-me do meu erro...

Huascar olhou entristecido para o sacerdote que estava diante dele cabisbaixo e com o coração carregado de culpa.

— Poderás ocupar-te em alguma parte como professor de quíchua. A arte de quipo também conheces. Não te faltará trabalho.

Huascar afastou-se. Dissera tudo o que havia para ser dito. Além disso, tinha ainda muito o que fazer. Logo mandou chamar quatro transmissores de notícias, informando-os a respeito do ocorrido. Após terem repetido o que ouviram, a contento dele, mandou-os partirem. Dois foram ao rei Yupanqui e ao sumo sacerdote da Cidade do Sol. E dois ao governador e ao sumo sacerdote da Cidade da Lua.

CAPÍTULO XIV

A CONVOCAÇÃO DOS SÁBIOS

Os Membros do Conselho

Mal Yupanqui recebera a notícia de Huascar, enviou mensageiros a fim de convocar o conselho dos sábios. Levaria dias talvez ou mesmo semanas até que todos os sábios se reunissem na Cidade Dourada. Alguns deles viviam na Cidade da Lua; outros, por sua vez, estavam viajando junto a povos aliados.

O conselho dos sábios era composto de doze mulheres e doze homens. Nove deles eram incas. Aliás, nessa época, só havia sete mulheres pertencentes ao conselho dos sábios. Cinco faleceram no decorrer dos últimos dois anos. As que poderiam substituí-las eram ainda demasiadamente jovens para poder fazer parte desse conselho.

Os doze homens eram: Yupanqui, Roca, Uvaica, Sogamoso, Tupac, Akuên, Huascar, Ikala, Chia, Kanarte, Tenosique e Saibal.

Entre as mulheres estavam: Uyuna, Seterni, Mirani, Sola, Ima, Vaica e Manacaia.

Passaram-se cerca de três semanas até que todos pudessem se reunir no edifício do conselho. A notícia da morte de Nymlap e do corcunda trouxe alívio a todos. Mas...

— Onde quer que tenham chegado, deixaram atrás de si a mentira e a discórdia. Essas não mais podem ser eliminadas! disse Tupac que tinha visitado várias tribos em sua viagem.

— Esse Nymlap, por toda parte onde passou, deixou influências corrosivas! declarou Sogamoso. Ultimamente estive junto a um pequeno povo quito, e o que vi e ouvi lá encheu-me de profundas preocupações. Em nome de Nymlap, o corcunda pregava que era uma vergonha ainda haver povos que se deixassem dominar e "explorar" pelos incas. E se a minha intuição não me engana, os sacerdotes de lá novamente começam com a idolatria. Em alguns povoados vi até plantações do arbusto *biru!*

— Faz agora mil e trezentos anos que nossos antepassados foram enviados de seus vales das montanhas para os povos daqui, a fim de libertá-los da idolatria e da mentira a isso ligadas! disse Yupanqui com voz preocupada. O que se passa com nossos povos?
— O mesmo que com todos os outros povos da Terra! disse calmamente Uvaica, o vidente. Nós, incas, somos os últimos seres humanos ainda poupados dos poderes caóticos que alcançaram a supremacia em todo o planeta.
— Nós, incas, devíamos ser como uma inquebrantável corrente de ouro! Nossa corrente, contudo, apresenta elos fracos! observou Seterni, pensando com a alma oprimida em Dávea.
— O mínimo desvio da verdade provoca doenças anímicas e físicas... Os idólatras de agora em diante terão, eles próprios, de curar suas doenças sujas...

Surpresos, todos olharam simultaneamente para Ikala, que ao contrário de seu modo habitual falara quase irado.

— A minha opinião é a mesma! exclamou Chia. Idolatria e entorpecentes! Com que armas devemos lutar contra isso?

— Lutar? disse Yupanqui surpreso. Lutar contra seres humanos que viraram as costas ao mundo luminoso, correndo ao encontro do abismo... Isso poderia tornar-se perigoso para nós próprios! Temos de permanecer no lugar que nos foi indicado desde o início, isto é, no lado de onde toda a Luz flui para nós!

Manacaia começou a chorar silenciosamente.

— De agora em diante vivemos no planeta Terra que perdeu seu brilho. Como deve ser grande o sofrimento de Olija... Algo de mal aproxima-se de nós... Eu o sinto nitidamente... Nymlap foi apenas enviado na frente!

Manacaia expressou o que todos sentiam.

Opiniões e propostas foram trocadas, e depois ficou decidido que seriam enviados mensageiros a todos os povos amigos, informando-os da morte de Nymlap e do corcunda.

— Mais, por enquanto, não podemos fazer. Não tardará muito e saberemos o que pretendem os povos aliados a nós! disse Yupanqui concluindo.

— Tenho receio de que até lá o "grande reino inca" já não mais exista. Talvez exista ainda somente como um nome. Mas esse nome não fomos nós que inventamos.

Ninguém replicou Uyuna.

Yupanqui e todos os outros levantaram-se. O restante poderia ser tratado numa das próximas reuniões. O mais importante no momento era que fossem enviados logo todos os mensageiros. Só então se mostrariam quais os povos que se tornaram acessíveis às insinuações de Nymlap.

Por precaução, Roca enviou também quatro transmissores de notícias a Cajamarca, o local da fonte quente. Esse lugar distava aproximadamente novecentos quilômetros da Cidade de Ouro. Fazia cinquenta anos que algumas famílias incas fixaram residência lá, cultivando a terra e construindo reservatórios para as águas das nascentes quentes e frias. Desde então o lugarejo tornou-se uma estação de águas muito procurada. Os visitantes eram em geral membros de povos amigos, que procuravam cura para toda a sorte de doenças na fonte quente.

— O corcunda, que decerto conhecia Cajamarca, provavelmente levou Nymlap também para lá! opinou Seterni, quando Roca mencionou a fonte quente.

O Alvo Comum Deu-lhes Força, Confiança e Persistência

Os duzentos anos que ainda restavam aos incas até a invasão dos espanhóis foram ricos em vivências. Fases de Luz alternavam-se com fases de trevas. Contudo, as fases de Luz superavam as de trevas, que lentamente se espalhavam em volta deles.

Alguns incas viam desconhecidos reflexos de luz nas nuvens, como se tempestades as enxotassem sobre a Terra. Pesados temporais desabavam fora do tempo usual e muitas vezes a terra tremia sob seus pés.

— Os raios que caem enriquecem a terra e purificam as águas. Eles contêm substâncias nutritivas que favorecem o crescimento! ensinavam aos seus alunos, os sábios que se dedicavam às ciências naturais.

Desde pequenos os incas estavam familiarizados com as forças da natureza. Sabiam sempre quais os espíritos da natureza que trabalhavam, quando algo acontecia nos reinos da natureza.

Nos grandes templos do Sol, de ambas as cidades incas, e no velho templo, ao lado da Porta do Sol, celebravam-se solenidades de agradecimento. Haviam ficado livres de dois malfeitores. Era uma graça que não se podia agradecer suficientemente.

Conforme informavam os mensageiros, que voltavam em diferentes intervalos, alguns sacerdotes de outros povos também celebravam solenidades de agradecimento. Fora isso, pouca coisa boa podiam relatar. Por toda parte, Nymlap e o corcunda haviam causado muitos danos com suas mentiras, apresentadas com palavras belas e sonoras. Levaram muitas pessoas jovens para o lado deles.

"Os incas nunca vos consideraram como iguais. Sempre vos oprimiram, fazendo-vos sentir o seu poder!" dissera o corcunda em nome de Nymlap aos ouvintes, que em massas cada vez maiores se juntavam à sua volta. A geração mais velha, que apenas recebera coisas boas dos incas, era impotente contra as declarações hostis.

"Nymlap tem razão!" respondiam os jovens. "Nunca fomos considerados iguais, do contrário muitos dos nossos estariam casados com incas."

Um dos mensageiros anunciou que, na região por onde passara, a população estava plantando o arbusto *biru*. Eles não apenas mastigavam as folhas entorpecentes, mas também as utilizavam como produto de troca. Comerciantes forasteiros, de repente, estavam por toda parte, ninguém sabia de onde tinham vindo; provavelmente eram acompanhantes de Nymlap, aos quais, naturalmente, nada acontecera. O arbusto *biru* tornara-se, de repente, precioso produto de troca...

— Assisti a um culto esquisito! disse um dos mensageiros. O sacerdote usava uma máscara de gato feita de ouro. "Não vedes agora em mim o ser humano que conheceis!" exclamara ele para os presentes, quase gritando. "Durante o culto sou apenas uma voz dos deuses, que fala para vós através de mim."

Cada mensageiro tinha algo de prejudicial a relatar. Prejudicial para as respectivas pessoas que se abriam às más influências. Ninguém, contudo, havia notado nenhuma intenção hostil contra os incas. Pelo menos não abertamente. O receio ainda existia. Além disso, todos temiam os poderosos aliados dos incas: os gigantes...

Alguns receberam a notícia da morte de Nymlap com indiferença, até lamentando o falecimento prematuro dele...

Depois que o último mensageiro voltou e relatou suas vivências perante o conselho reunido, todos sentiram como se uma nuvem de tristeza baixasse sobre eles. As tantas pessoas de boa índole que conheceram no decorrer do tempo, o que seria delas?... Quanto tempo ainda durariam as alianças com os outros povos?... De acordo com o que os mensageiros relataram, a decadência moral e cultural era inevitável...

— Aguardemos o que ainda acontecerá! disse Yupanqui.

— Não precisaremos esperar muito tempo. Já vejo representantes e reis que nos visitarão em breve! respondeu Uyuna com a sua alma intuitiva.

E ela tinha razão.

Os Povos Descontentes

Ainda no mesmo ano chegaram enviados, príncipes de tribos e até reis, a fim de visitar o rei inca Yupanqui. Não vieram isoladamente, mas juntos, isso significava que estavam com medo e inseguros. Como orador escolheram um sacerdote-rei do outrora altamente desenvolvido povo *cara*. Yupanqui recebeu-os no grande salão de recepções do palácio, assim como eles, segundo a sua categoria, esperavam. Além de Yupanqui estavam presentes Kanarte, Chia e Tenosique.

Depois de uma longa preleção em que elogiavam os incas, o orador, finalmente, falou sobre o essencial.

— Aprendemos muito com o povo inca e também reconhecemos o sentido mais profundo da vida! começou o orador com insegurança. Por isso achamos ter chegado o tempo de nos separarmos do governo central dos incas, dirigindo nós próprios o nosso destino. Sozinhos e iguais ao povo inca!

— Não nos foi fácil tomar tal resolução! aparteou um outro. Pois sabemos que de agora em diante vossas escolas famosas serão fechadas à nossa juventude... e isto eu muito lamento.

— Sempre fostes livres! respondeu Yupanqui, depois de uma pausa que de tão longa já os estava deixando irrequietos.

Ao ouvir sua serena e agradável voz, respiraram aliviados. Não adivinhavam que Yupanqui apenas com o máximo esforço podia esconder sua amarga decepção.

— Não posso dissolver compromissos, uma vez que entre nós, na realidade, nunca existiram. Podeis, tão livremente como nós, determinar o vosso destino... E agora peço-vos que tomeis conosco a refeição. Nossas escolas, naturalmente, permanecerão abertas a vós como antes!

— Talvez nossos moços, de agora em diante, visitem vossas escolas!

Yupanqui olhou com ar de reprovação para Chia, o qual fizera tal observação. A seguir levantou-se e dirigiu-se à frente de todos para a sala de refeições, numa outra ala do palácio.

Antes que os hóspedes entrassem na sala de refeições, um servo retirou-lhes os pesados ponchos bordados com fios coloridos e de prata. Os quatro sábios nada tinham a tirar, pois portavam apenas longas vestes brancas enfeitadas com largas bainhas de ouro. Yupanqui, como sinal de sua dignidade real, tinha um largo aro de ouro na cabeça.

Dois dos visitantes tinham coletes bordados fartamente com pequenas peninhas azuis, vermelhas e verdes. Tão fartamente, que não se via o tecido embaixo. Os incas sentiram um choque ao ver tantas e tantas peninhas. Mesmo aos dois cantores, que interpretavam canções por ocasião de banquetes especiais, falhara por um momento a voz, quando viram tais coletes.

— Para este banquete falta apenas nosso vinho! disse um dos visitantes. Eu vos trouxe dois cântaros. O sumo deles vos alegrará. Pois aumenta o prazer da vida.

— Sim, esse Nymlap sabia como se pode embelezar a vida! confirmou um outro.

Os visitantes não perceberam como os incas permaneciam calados, pois eles eram conhecidos como um povo calado.

Finalmente o banquete terminou. Faltava apenas ainda a luminária de óleo acesa, e poderiam se levantar e despedir-se dos visitantes.

No final de cada banquete para visitantes de fora, uma mulher inca ou uma moça sempre trazia uma luminária de óleo acesa para o salão. A luz encontrava-se num bonito recipiente de ouro. Uma mulher entrou naquele exato momento no salão, colocando a luminária no centro da mesa e proferiu as seguintes palavras:

— Seja vossa vida terrena sempre tão brilhante como esta chama, lembrando-vos da Luz eterna, à qual servis!

Dessa vez era Sola, a mãe de Yupanqui, que havia trazido a luz para o salão. Yupanqui assustou-se ao vê-la. Apesar da idade,

Sola ainda era uma mulher muito bonita. Os hóspedes acenaram alegremente para ela, saudando-a. De repente, viram como o rosto da mulher se modificou. Estava virtualmente estarrecida diante de seus olhos.

— Quem são esses homens? dirigiu-se ela a Yupanqui, perguntando. Assassinos de pássaros na casa de meu pai!

Todos levantaram-se de um salto, olhando para a mulher que, trêmula, retirou a luminária da mesa e saiu com ela. Os visitantes não sabiam, no primeiro momento, o que deveriam pensar.

— São nossos coletes! Chamou-nos de assassinos! Ela deveria ver os vestidos e capas de nossas mulheres! disse um dos visitantes sarcasticamente.

— Calai-vos e retirai-vos! exclamou Yupanqui, indicando a porta.

— Sois criminosos contra a natureza! Matar passarinhos... Ai de vós!... O castigo dos espíritos da natureza não faltará!

Os dois levantaram-se de um salto, apavorados com as palavras encolerizadas de Kanarte, e deixaram a sala o mais depressa possível. Os outros não sabiam o que fazer. Ficaram sentados, indecisos, esperando o que aconteceria. Yupanqui levantou-se e voltou à sala de recepção, seguido pelos demais.

— Nymlap deixou-vos uma herança nefasta! disse Tenosique. Matar os pequenos, inocentes e mansos pássaros! Quem, anteriormente, teria tal ideia?

Os hóspedes negaram isto, prometendo que cuidariam para que o assassinato de passarinhos terminasse. Logo depois eles se levantaram, procurando sair o mais depressa possível da vista dos irados incas. Não andavam, mas sim literalmente fugiam do palácio, como se os espíritos vingadores já estivessem em seus calcanhares.

Os visitantes apenas afastaram-se do palácio, permanecendo, porém, ainda alguns dias na cidade. O rei Yupanqui pusera-lhes à disposição o palácio dos hóspedes. A cortesia perante príncipes estrangeiros e reis exigia isto. O fato de terem sido chamados de assassinos, já haviam esquecido. O insulto viera, sim, de uma mulher, por conseguinte não era de se tomar a sério. Além disso, havia muito que conheciam o modo de pensar dos incas: que os seres humanos e os animais possuíam o mesmo direito de viver na Terra.

A Falha do Sábio Chia

Durante o tempo em que os visitantes permaneceram na cidade, visitaram funcionários públicos, professores, artistas, não deixando nunca de elogiar com palavras bombásticas a grande sabedoria de Chia.

— Chia, o grande médico e sábio, dissera durante o banquete no palácio real que dali em diante seria permitido aos jovens incas frequentar nossas escolas! contou um dos regentes estrangeiros visivelmente alegre.

— Esse sábio não apenas tem uma visão ampla, mas também confiança em nós! acrescentou um outro orgulhosamente.

Yupanqui, Tenosique, Chia e Kanarte permaneceram juntos após os visitantes saírem. Yupanqui caminhava pensativo de um lado para o outro no jardim onde se encontravam. Sentia-se inexplicavelmente só, e um sentimento de tristeza pesava em sua alma. Pela primeira vez desde a morte de Chuqüi tinha de tomar uma decisão importante. E ele não poderia hesitar, caso não quisesse tornar-se culpado.

— Chia, tu falhaste hoje gravemente! começou Yupanqui com a voz tão calma quanto lhe era possível. Nossa juventude nas escolas de povos estranhos, em países por onde esse Nymlap passou! Como pudeste apresentar-lhes essa perspectiva?

— Temos de oferecer maior compreensão aos outros povos! exclamou Chia aborrecido. E entrar em ligações mais íntimas com eles.

— Ligação mais íntima com idólatras perversos! É o que pensas? perguntou Tenosique friamente. O que achas que acontecerá agora?

— Pensa em Pachacuti! exortou Kanarte seriamente. Existe uma compaixão que é, na realidade, apenas fraqueza e também medo de agir!

A discussão ainda prosseguiu. Mas Yupanqui, Kanarte e Tenosique sentiam, apavorados, que com qualquer palavra adicional que trocassem com Chia, mais se afastariam dele. Que transformação se processara em Chia, repentinamente...

Chia olhou perscrutadoramente para os três. Ele sabia o que deveria fazer.

— Desligo-me do conselho dos sábios e deixarei a cidade. Talvez funde uma escola de médicos entre um dos povos *chibcha*.

Ao sair, ergueu a mão em saudação, deixando o palácio. Após isso, ninguém mais o viu ou soube algo a respeito dele.

Quando também Tenosique e Kanarte saíram, Yupanqui sentou-se num banco. Um cansaço pesado sobreveio-lhe, e ele fechou os olhos. Uyuna entrou silenciosamente, sentou-se a seu lado e ofereceu-lhe uma caneca com uma bebida quente.

— Perderemos ainda mais alguns sábios. Também moças e moços se deixarão engodar... Mas escuta, Yupanqui, eu sinto intuitivamente que a maior parte do povo inca seguirá fielmente e livre de culpa o caminho que lhe é mostrado através de seu anseio pela Luz.

As palavras de Uyuna atuavam como bálsamo sobre a alma atormentada de Yupanqui. "A maior parte!" Mais, ele não queria. Abraçou Uyuna e encostou seu rosto na cabeça dela. E calma e paz envolveram os dois seres humanos.

CAPÍTULO XV

AS FONTES DO AMOR E DA VIDA JAZEM NO ESPÍRITO

A União de Tenosique e Mirani

Os incas estavam livres de manias ambiciosas e desejos, eis por que caminhavam ricos e protegidos através da vida terrena. Ainda viviam numa esfera luminosa, quando todos os demais povos já havia muito estavam impregnados por falsas doutrinas religiosas e cultos, separados do mundo dos espíritos da natureza, seguindo ao encontro de uma escuridão inconsolável.

Tenosique, o astrônomo, estava irrequieto. Queria voltar ao Monte da Lua. Queria, sim, tinha de descobrir o que havia com o cometa que seu grande "amigo dos astros" lhe mostrara. Era maior, mais inflamado e mais belo do que todos os cometas juntos que já observara, ao estudar o mundo dos astros. Todo o céu tinha mergulhado numa luminosidade brilhante pelos reflexos de luz emitidos por ele. Podia-se dizer também: iluminado festivamente.

Tenosique estava inseguro. Apesar do brilho festivo do cometa, sentia intuitivamente que dele emanava algo poderoso e ameaçador. Era algo que não podia explicar. Talvez seu amigo dos astros ajudasse a descobrir o que havia em relação a esse cometa. O desejo de ver Mirani e de falar com ela, porém, era tão dominante, que adiou o retorno ao Monte da Lua.

Alguns dias após o banquete, Tenosique dirigiu-se ao palácio real, como que empurrado por uma força invisível. Na realidade não tinha nada de especial para falar com o rei, mas ao entrar no átrio viu Mirani. Ela encontrava-se frequentemente no palácio real, pois geralmente ajudava Uyuna nos trabalhos de casa. Ao percebê-lo, olhou-o como que encantada, não conseguindo proferir nenhuma palavra, de tanta felicidade. Tenosique sentiu o mesmo. Seu belo rosto queimado pelo sol era sereno e sério. Apenas seus olhos pareciam viver. Olhou-a radiantemente e ao mesmo tempo com esperança temerosa, enquanto seus dedos agarravam-se na estrela de ouro sobre seu peito.

Nenhum dos dois viu Uyuna que, com passos rápidos e leves, entrara no recinto, parando estática ao ver os rostos dos dois seres humanos. "Eles pertencem um ao outro, tenho de ajudá-los", foi o primeiro pensamento dela. Tenosique já havia muito tornara-se um dos seus. A sentença dele: "Eu gostaria de ser um inca", estava esclarecida agora.

Mirani aproximou-se dele lentamente, atraída irresistivelmente por seus olhos que brilhavam de amor.

— Alegro-me por ver-te, Tenosique! disse ela baixinho, inclinando a cabeça.

Sem querer, gotejavam lágrimas dos olhos dela. Lágrimas de felicidade.

— Nós nos vemos agora pela segunda vez, e eu não sei o que se passa em mim...

— Nós nos conhecemos desde longos tempos, Mirani! disse Tenosique tão baixinho como ela. E nos amamos também desde longos tempos.

Depois dessas palavras, estendeu a ela ambas as mãos abertas. Ela hesitou apenas um pouco. Depois colocou as suas mãos nas dele. No mesmo instante ele apertou tão firmemente as mãos dela, como se nunca mais as quisesse largar.

— Eu vi como seus espíritos se uniram em amor! contou Uyuna, um pouco mais tarde, a Yupanqui. Uma aura luminosa envolveu ambos. É o que se reconhecia nitidamente.

Como Yupanqui nada respondesse, ela o lembrou de sua própria origem.

— Eu também não sou inca. E entre nós não houve nenhuma diferença.

— Não, tu não te originas de nosso povo!

Com essas palavras ele apertou firmemente a mão dela.

— Não obstante, sei que nunca fui tão feliz como contigo.

Tenosique e Mirani acomodaram-se em um banco, conversando baixinho. Quando Yupanqui e Uyuna se aproximaram deles, levantaram-se de um salto, amedrontados. Principalmente Mirani. Estava envergonhada, pois vira o jovem pela segunda vez apenas.

— De nossa parte nada impedirá a vossa união! disse Yupanqui com um riso alegre. Descendes de um povo tão sábio quanto o nosso. Não ser um inca nada significa no teu caso. Sois iguais no espírito e isto é decisivo em qualquer união.

Uyuna abraçou Mirani, prometendo-lhe que iria falar com seu pai.

— Hoje ainda! Então sereis livres e podereis decidir a respeito de vossa vida futura.

De início o pai de Mirani não gostou muito que ela quisesse casar com um estrangeiro. Como se tratava, porém, de um sábio como Tenosique, não fez nenhuma objeção. Ela era sua única filha e, naturalmente, seria difícil separar-se dela. Como inca, ele sabia também que não possuía direitos sobre ela. Uyuna deixou, contente, o pequeno palácio onde vivia o pai de Mirani, o administrador dos bens do povo. O caminho estava livre para esses dois seres humanos que estavam perto de seu coração.

Tenosique e Mirani queriam morar, por enquanto, no Monte da Lua. Lá haveria trabalho suficiente para ambos. Tenosique queria construir uma casa nova e continuar estudando o céu; Mirani poderia colher plantas medicinais que cresciam apenas naquela região, as quais já estavam faltando no estoque. O colher, secar e triturar as plantas e raízes era penoso, exigindo muita paciência. Mirani conhecia as tarefas a isso ligadas, pois durante o tempo em que passara na casa da juventude, as moças – as virgens do Sol – saíam muitas vezes à cata de determinadas plantas.

As Visões de Naini

Algumas semanas mais tarde, Tenosique e Mirani deixaram a Cidade de Ouro. Carregaram algumas lhamas com as roupas de Mirani e alguns objetos de uso doméstico. Não viajaram sozinhos. Tinham a companhia de Vaica e seu irmão e de dois jovens incas que iriam melhorar as adutoras para as casas no Monte da Lua. Depois, de modo totalmente inesperado, juntaram-se a eles ainda Uyuna e Yupanqui com uma pequena comitiva.

O casal real possuía preciosas liteiras de ouro. Eram mantidas sempre em ordem num edifício à parte, porém nunca se utilizavam delas. Os incas, de preferência, empreendiam viagens a pé e isto muito contribuía para a saúde deles. O rei mesmo preferia viajar a pé ou montado em lhamas. Havia, sim, experimentado as liteiras algumas vezes e admirado o artístico trabalho de incrustações em ouro e pedras semipreciosas, mas ficara somente nisso.

Yupanqui surpreendera-se com o desejo de sua mulher de visitar o Monte da Lua. Quando, no entanto, ela disse que algo a atraía com força para lá, decidiu acompanhá-la.

Só havia um caminho, muito estreito, que conduzia ao Monte da Lua. Desse modo, um tinha de caminhar atrás do outro. Tenosique ia à frente, e os pastores com as poucas lhamas carregadas finalizavam o grupo.

Os viajantes pernoitaram numa casa de descanso e de provisões, ficando separados mulheres e homens. Ao nascer do sol no dia seguinte, prosseguiram a marcha, e por volta das quatro horas da tarde alcançaram o alvo. Uma vez que Uyuna, por precaução, havia mandado com antecedência alguns mensageiros que levaram víveres e avisaram Naini, a mulher *runca*, que eles já estavam a caminho, encontraram sobre as mesas das quatro casas diversos mantimentos e jarros com suco de framboesas pretas, leite e cacau. Também os pratos, canecas e pazinhas de comer, tudo de ouro, não faltavam. Uyuna tinha cuidado de tudo previdentemente. Dali em diante, Mirani também deveria comer em pratos de ouro e beber em canecas de ouro...

Tenosique e Mirani saíram após a refeição e subiram na Rocha do Sol, de onde se avistava melhor a região toda.

— Estamos num outro mundo! disse Mirani pensativamente.

Contemplavam um alto paredão de rocha coberto densamente por musgo, do qual se destacavam pequenas orquídeas vermelhas e brancas. Então viu as inúmeras pedras que formavam montes totalmente cobertos de vegetação. Até arbustos de framboesas cresciam no meio do amontoado de pedras.

Tenosique, com o braço em volta do ombro de Mirani, encontrava-se num estado entre o sonho e a realidade. Ele ainda não podia se conscientizar de sua felicidade. Ninguém falava. O encanto do amor e da felicidade, unindo um ao outro, não podia ser expresso em palavras. Seus rostos dourados e seus olhos igualmente dourados brilhavam na irradiação da luz vermelha do sol poente. As bordas

das nuvens, onde as irradiações tocavam, flamejavam como ouro, e toda a beleza do mundo montanhoso ressaltava nitidamente. Todo o esplendor da Terra parecia estar concentrado nesse dia.

Antes que o brilho se apagasse, eles desceram e juntaram-se aos outros. Mirani queria ir ao encontro de Uyuna.

— Ela desceu até as famílias *runcas* e ainda não voltou! disse Vaica, também totalmente encantada com o local que ainda não conhecia.

Toda vez que chegava ao Monte da Lua, Uyuna visitava Naini, a mulher *runca*. Apesar da diferença de nível, ambas entendiam-se extraordinariamente bem. Naini usava um comprido vestido de lã verde, no qual brilhava uma corrente de ouro com o disco do Sol, dado a ela por Uyuna anos atrás. Seu largo rosto moreno e suas tranças pretas reluziam devido ao óleo com que ela se untava. Ao ver Uyuna, veio celeremente ao seu encontro, sorrindo, com o que se tornavam visíveis seus brilhantes dentes brancos.

— O sol está se pondo, rainha! disse Naini logo depois do cumprimento. Não para os verdadeiros incas! Para eles brilhará eternamente! acrescentou ela.

Uyuna acenou com a cabeça, concordando. O filho de Naini, que um pouco antes tocava uma ocarina, veio para cumprimentar a rainha. O marido de Naini não era visto em parte alguma. Decerto estava junto dos rebanhos. Uyuna olhou Naini algum tempo e perguntou a seguir:

— Estás doente? Teu rosto parece sadio, porém tu me dás a impressão que, de algum modo, sofres.

— Eu e os meus não temos nada. São os quadros horrorosos, que vejo quase todos os dias e noites, que me atormentam muito.

Uyuna entendeu. Ela também via e vivenciava muito que ficava oculto aos outros. Mas não era agradável.

— São sempre os mesmos quadros! começou Naini suspirando. Mas subamos para as casas. Logo estará escuro. Meu filho nos acompanhará. São sempre as mesmas imagens! continuou Naini, ao subir vagarosamente o caminho. Mulheres e crianças. Fogem de um perigo, o qual ainda não posso prever. Procuram refúgio aqui entre as montanhas. As almas e os corpos das mulheres estremecem de medo. Procuram escondê-lo, a fim de não amedrontar as crianças.

Uyuna escutara atentamente.

— Eu também tenho momentos em que o medo me atormenta. Um medo indefinido e inexplicável. Não sei também de onde ele vem! disse ela quase cochichando. Algo de ruim aproxima-se de nós, é o que sei com inabalável certeza. Ao mesmo tempo sei e sinto que nunca nos faltará a proteção, se merecermos tal proteção.

Naini estava um pouco mais aliviada.

— As mulheres e crianças que vejo encontram aqui refúgio. Aqui estarão em segurança! afirmou Naini ao chegar em cima e desejou uma boa noite à rainha.

Uyuna, Yupanqui e os outros permaneceram poucos dias no Monte da Lua. Gostariam de ficar mais tempo nesse maravilhoso mundo de altas montanhas, porém Yupanqui se apressou em voltar. Agora não deveria permanecer longe da capital, embora gostasse de fazê-lo. Uyuna deixou o local com uma leve melancolia. Ela sentira intuitivamente as visões de Naini como uma sacudidela...

— Temos de ser ainda mais vigilantes do que até agora, dando atenção a cada mínima advertência. Pois Naini vê o que vem... e o que ainda está se formando! disse Uyuna com ênfase, após relatar as vivências de Naini.

Coban e Ave

Poucos dias depois de sua volta, Ave informou a seus pais que havia decidido casar-se com Coban.

— Eu não posso imaginar nenhum outro homem a meu lado, por isso peço a vossa permissão!

— Terás nossa permissão! respondeu logo Yupanqui.

Já muitas vezes ele sentira como se o jovem fosse seu próprio filho.

— Ele é da nossa espécie! acrescentou Uyuna contente. Pude conhecê-lo tão bem ultimamente, que minhas preocupações a respeito de ambos desapareceram.

Coban, pois, não era apenas cantor e compositor. Era também um extraordinário "técnico de cores". Assim seria denominado hoje o seu trabalho. Ele extraía cores e matizes de grande luminosidade e durabilidade dos mais variados produtos da natureza. O pai dele era um artista nisso. Quando criança ajudara-o muitas vezes nesse trabalho. Somente descobriu o seu talento de cantor quando entrou em contato com os incas e frequentou suas escolas. Por toda parte era conhecido como cantor. Mal se sabia, no entanto, que também era um artista no que se referia ao preparo de tintas.

Os incas haviam descoberto mais de cem matizes de cor. Apenas a mínima parte pôde ser perscrutada até hoje.

Ave, contudo, amava o "cantor"; sua outra atividade interessava-a menos. Coban mal pôde assimilar toda felicidade, quando Ave lhe comunicou a decisão de desposá-lo. Ao mesmo tempo ela declarou-lhe que desejava mudar-se para uma outra região. Assim como fizeram Mirani e Tenosique.

Coban concordava com tudo, mas Yupanqui e Uyuna estavam surpresos e também algo preocupados com o desejo de sua filha.

— Para onde quereis ir então? perguntou Yupanqui.

— Não sei, mas quero ir embora!... respondeu Ave pensativamente.

Yupanqui não perguntou mais nada. Sabia que cada ser humano tinha seu próprio destino, sendo conduzido pelas forças espirituais para lá onde esse destino poderia realizar-se.

— No local da nascente quente moram incas. Lá é muito bonito e o solo é fértil! disse Uyuna, de repente, toda alvoroçada.

— Sim, vamos mudar para lá! exclamou Ave alegremente.

— Eu venho daquela região! continuou Uyuna, sem dar atenção ao que sua filha dizia. Mas desde pequena eu não queria outra coisa senão frequentar uma escola na Cidade de Ouro dos incas... Meu desejo tornou-se realidade. Vim para cá... e fiquei.

— Coban também veio menino e ficou! exclamou Maza, a irmã de Ave. Viverás feliz em Cajamarca, assim como nossa mãe encontrou aqui a felicidade e o amor.

O local junto à nascente quente era muito distante da Cidade de Ouro. Distâncias, contudo, não constituíam impedimentos para os incas em tempo algum.

Dois meses depois da partida de Mirani, Coban e Ave, com um grupo de acompanhantes e uma manada de animais de montaria, viajavam para o seu novo e distante destino. Sem o casal real.

No decorrer das décadas ainda outros incas mudaram-se para lá. Também Maza se casou, seguindo a irmã e domiciliando-se naquele local com o seu marido. Cajamarca desenvolveu-se numa pequena cidade de ouro. Pois cada inca envolvia-se com objetos de ouro. Ouro para eles não era somente decoração. O brilho desse metal era enigmaticamente vital para eles. Nunca consideravam o ouro como um bem terreno.

No fundo, os incas consideravam como terrenamente valioso apenas os víveres e a água que a Terra lhes proporcionava.

CAPÍTULO XVI

OS GIGANTES ESTÃO TRABALHANDO E A TERRA TREME

Dois Príncipes Oferecem Auxílio

Repleto de acontecimentos foi o período entre 1300 e 1400. Primeiro vieram dois príncipes que não haviam rompido sua ligação com o Império Inca e que sempre foram muito dedicados aos incas.

— Um dos nossos videntes avisou-nos de ter previsto o fim do povo inca! disse um deles, um príncipe do povo *vicu*. É o que não queremos, por isso estamos organizando um exército que somente deverá servir-vos e proteger-vos.

— Há séculos temos guerreiros à nossa disposição, os quais nunca tivemos necessidade de utilizar! respondeu Roca algo contrariado.

E realmente assim era. A qualquer momento os incas podiam dispor de um grande exército, pois todos que se aliaram a eles, no decorrer dos séculos, possuíam uma pequena força guerreira. Principalmente para sufocar rebeliões, apaziguar discórdias nos próprios países e evitar transgressões de fronteiras.

— Nós não queremos que aconteça algo a vós! começou o príncipe dos *vicus* novamente. Vossas escolas continuam sendo as melhores, e as pessoas agora são frequentemente acometidas por doenças que somente podem ser curadas por vossos médicos com a ajuda de vossos deuses! Além disso, tendes as mais belas moças do mundo! Ponderai, se acontecer algo a elas!

Reunidos com seus hóspedes no salão real de conselhos, os incas refletiam sobre o oferecimento dos dois.

— Sabemos que um infortúnio aproxima-se de nós! disse Yupanqui para seus visitantes. Contudo, existem muitos perigos impossíveis de serem combatidos com armas.

— Comunicou-nos nosso vidente que também vosso santuário na ilha está em perigo. E o que ele fala cumpre-se! continuou o príncipe dos *vicus*.

— Nosso santuário? perguntaram os incas quase simultaneamente.

— Sim, vosso santuário! exclamou o príncipe, contente por ter finalmente sacudido um pouco os incas.

Yupanqui transportou-se em pensamentos para a ilha. Um círculo coberto de placas de ouro, onde se encontravam um altar de ouro... um cometa, um sol... e samambaias de ouro e pedras preciosas verdes... Certo! Já há longo tempo, quando alguns incas exploravam a ilha, apareceu-lhes Olija, a mãe da Terra, sob milhares de reflexos luminosos... Desde então a ilha tornara-se sagrada para todos os incas.

O Terremoto

Um segundo acontecimento foi o terremoto. Trovoadas e sismos não constituíam nada de extraordinário nos Andes. A cada erupção vulcânica, precediam terremotos. Esse sismo, no entanto, abalou os incas, pois diferenciou-se de todos os precedentes. Pelo menos daqueles que os incas já haviam presenciado.

O grande templo, ao lado da Porta do Sol, reconstruído pelos gigantes por causa dos rogos dos incas, bem como os palácios e as casas ali localizados, foram destruídos por esse terremoto. A região denominada Tiahuanaco foi, portanto, destruída pela segunda vez. Apenas a Porta do Sol, o grande monólito com as figuras do calendário e a cabeça humana no centro, continuaram intatos. Também Sacsahuamán foi destruída.

Os incas não lamentaram a perda do templo. Já era muito velho e não mais poderia ser utilizado por muito tempo. Subitamente alguém se lembrou da abóbada subterrânea na cidade do templo, onde estavam guardados os esqueletos de alguns reis do outrora grande *povo dos falcões*, envoltos por vestes de ouro.

— A abóbada, provavelmente, foi soterrada! disse Roca com indiferença. E isso foi também a melhor coisa que poderia acontecer a esses velhos ossos.

Os Gigantes Continuam Amigos dos Incas

Nymlap, o sacerdote renegado, causara mais danos do que os incas haviam suposto. Por várias vezes tiveram de destituir sacerdotes de suas funções, inclusive alguns sacerdotes incas, por prepararem doces nos quais misturavam o pó do arbusto *biru*. Esses doces tinham uma aparência totalmente inocente, de modo que as virgens do Sol comiam-nos de bom grado.

— Nós os demos a elas para que seus passos de dança se tornassem mais vivazes! defenderam-se dois sacerdotes, quando Huascar exigiu satisfação deles.

A escola, por fim, teve de ser fechada, uma vez que esses doces, apesar de toda a vigilância da dirigente, eram introduzidos sempre de novo. Aliás através das próprias virgens do Sol, principalmente por moças de outros povos.

— Esse Nymlap, provavelmente, é o mesmo ser humano que há mais de mil anos veio ao *povo dos falcões*, acelerando a sua queda. Certamente são fios de culpa que nesta vida terrena novamente o puxaram para lá. Também dessa vez ele foi assassinado! opinou Huascar, ao falar sobre os acontecimentos no conselho dos sábios.

O que de início atingiu os incas amargamente foi a destruição da fortaleza dos gigantes – Sacsahuamán. A fortaleza, em alguns lugares, parecia ter sido compactada. Cada inca que ficou sabendo disso perguntava-se por que os gigantes destruíram sua própria obra. Muitas recordações estavam ligadas a essa edificação.

Segundo as tradições, decênios depois da construção da fortaleza chegou ali uma horda de guerreiros, com aparência desleixada, de uma tribo *chanca*, os quais desceram em correria pelos degraus da fortaleza. Provavelmente para assaltar e saquear a Cidade de Ouro. Alguns agricultores incas, que preparavam nas proximidades um canteiro para sementeira junto ao morro, ficaram parados, estarrecidos, ao ver aquela horda. Não podiam sair sem serem vistos. Enquanto aconselhavam-se mutuamente ouviram gritos, observando perplexos como os guerreiros em fuga subiam correndo os degraus, desaparecendo.

— O badalar dos sinos fez com que fugissem! disse um deles rindo.

E assim foi. Durante algum tempo, numa das abóbadas subterrâneas, derretia-se prata e fundiam-se sininhos de diversos tamanhos. Os sininhos prontos eram pendurados em varas entre as árvores algum tempo. Com rajadas fortes de vento, tinha-se a impressão de como se todo o ar vibrasse com o badalar. Isto, para estrangeiros, deveria naturalmente ser uma experiência vivencial estranha... Bela, nunca, porém, aterrorizante.

— Os assaltantes não viram os sininhos. Provavelmente pensaram que o badalar fosse uma advertência dos deuses...

Na fortaleza realizavam-se também diversas solenidades. Uma solenidade de recordação, destinada aos gigantes, e algumas solenidades do Sol e da Lua. No planalto acima da fortaleza, plantavam arroz da montanha e verduras entre as compridas muretas de pedra, onde acumulavam terra.

Nenhuma edificação ruíra na cidade. Apenas algumas paredes ficaram danificadas, mas eram facilmente reparáveis.

— Parece que os gigantes estão irados conosco! opinou um dos incas.

Tal suposição, porém, era errada. Os próprios gigantes expressaram-se, a seu modo, que não era esse o caso. Alguns dias depois do terremoto, os incas descobriram uma coluna redonda, baixa e muito bem lapidada, onde se via nitidamente o sinal dos gigantes. A coluna encontrava-se no meio de um pequeno jardim e podia ser vista de todos os lados. Um peso caiu das almas dos incas ao vê-la. Não podiam imaginar a vida sem o amor dos grandes e pequenos espíritos da natureza. Quando chegasse o tempo, saberiam também por que motivo a fortaleza fora destruída.

Jovens Incas Frequentam outras Escolas

Como não era de se esperar que acontecesse diferentemente, moços e moças incas pediram licença para frequentar escolas de povos estranhos. Escolas de povos que se desligaram amigavelmente dos incas, sendo livres agora.

— Queremos conhecer outros seres humanos em seus próprios países, bem como seu modo de viver. Talvez possamos até aumentar assim o nosso saber! diziam alguns dos moços.

Yupanqui, de quem dependia a decisão, deu a permissão, porém com o coração pesado. Ele pressentia que reveria somente poucos dos que saíam.

— Não podemos retê-los! disse Uyuna oprimida. O que Chia manifestou não pode ser desfeito.

Uyuna pensou em Caué. Seterni havia-lhe informado minuciosamente sobre esse jovem. Dávea, decerto, já se arrependera profundamente de sua fuga.

— Ela poderia voltar! disse Uyuna seguindo seus pensamentos. O orgulho dela, contudo, jamais permitirá isso. E com os outros que saem para frequentar as escolas sucederá o mesmo...

— Aliás, de que estás falando? perguntou Yupanqui curioso.

Uyuna explicou o que lhe causara tão grandes preocupações.

— Conhecemos as pessoas de outros povos. Muitos dentre eles são altamente desenvolvidos, possuem pronunciado senso para as artes. Não obstante, são diferentes das nossas moças e dos nossos jovens.

Yupanqui entendeu.

— Muitas se casarão com estrangeiros e na maioria dos casos passarão a vida infelizes e doentes de tanta saudade.

E assim aconteceu. Onde quer que chegassem, os jovens incas eram recebidos com grande alegria. Quer fosse junto de aimarás, *chibchas*, *chimus* ou outros. Não demorava muito, e os jovens se enamoravam na terra estranha. Alguns voltavam com seus escolhidos, permanecendo nas cidades incas. Geralmente se tratava nesses casos de moços incas que se haviam casado com uma moça de um outro povo. Já as moças incas, que emigravam para outras terras, e se casavam lá com um deles, raramente voltavam.

O que mais chamava a atenção era que apesar da dissolução das alianças, a juventude desses povos chegava em número elevado às cidades incas, a fim de frequentar as escolas.

— Agora vêm muito mais jovens do que antes! disse Jarana para Roca.

Jarana era professor de História e antes de tudo um bom conhecedor de seres humanos.

— É difícil descobrir o que eles querem aqui! disse Roca, que não gostou do repentino aparecimento de tantas pessoas estranhas. Até agora nossas mulheres e moços eram quase inacessíveis para eles... foi derrubada a barreira...

— Nossos jovens, não obstante a sua pouca idade, são sábios e puros, contudo quantas vezes acontece de o encontro com outras pessoas provocar uma transformação do próprio modo de ser! disse Jarana com um sorriso triste.

Ele levantou a cabeça, seguindo com os olhos as nuvens que passavam, escuras e cinzentas, sobre montanhas e vales. Foi como se procurasse nas nuvens um vislumbre de esperança.

Contrariando todas as expectativas, um número muito menor de incas se casaram com membros de outros povos que visitavam suas escolas. Kameo, do povo *cara*, que tinha estudado, alguns anos antes, administração de Estado numa escola inca, foi um dentre esses poucos. Ele casou-se com a filha de um ourives de prata e partiu com ela para sua pátria.

Os casamentos mistos entre incas e membros de outros povos, contraídos durante os cem anos restantes que precederam a invasão dos espanhóis, tiveram muitas vezes consequências desagradáveis. Tratava-se dos parentes que em muitos casos vinham junto e se estabeleciam nas cidades incas. Eles se arrogavam direitos que frequentemente provocavam discórdia, descontentamento e ingratidão, pois esses assim chamados "direitos" não eram e nem poderiam mesmo ser concedidos...

Quando a situação chegava a um ponto demasiadamente crítico, o jovem casal partia novamente, apenas para que os incas se vissem livres do parentesco indesejado.

Os descendentes desses casamentos mistos eram relativamente poucos. Por isso não corresponde à verdade quando se denomina os atuais nativos do Peru de descendentes dos incas. Do espírito inca, nada mais se percebe. Ou apenas em raríssimos casos.

TERCEIRA PARTE

A INVASÃO
DOS ESPANHÓIS

CAPÍTULO XVII

AS PROFECIAS DO FIM

O Conselho dos Sábios se Reúne

Sempre que deviam tomar decisões importantes ou quando havia algo a retransmitir, o rei reunia o conselho dos sábios. Durante essas reuniões, tudo que se referia ao povo era discutido e tomavam-se resoluções que sempre correspondiam ao sentido da justiça.

O conselho dos sábios que se reuniu por volta de 1400 da época atual foi de um significado imprevisível e de amplo alcance.

O recinto no qual eles se reuniam, por volta do meio-dia, era muito amplo. No centro ficava uma mesa redonda, com um belo trabalho entalhado, ornada ainda com incrustações de ouro e prata. No centro encontrava-se um recipiente azul de cerâmica, no qual ardia uma lamparina.

Nesse recinto, correntezas e leves vibrações tornavam-se perceptíveis e sensíveis a todos, e eles tinham a impressão de que nesse dia um grupo de ouvintes invisíveis ali se juntara. Primeiro Yupanqui falou a respeito de uma medida governamental necessária; depois o sábio Huascar tomou a palavra:

— Não podemos agradecer suficientemente por ter sido novamente destruído o templo ao lado da Porta do Sol! começou ele. Foi um ato necessário de limpeza. Ultimamente ouço sempre de novo, por intermédio de visitantes e mensageiros, que cultos nefastos se espalham entre alguns dos povos a nós aliados. Penduram no pescoço pequenas figuras humanas com cabeças de gatos, pumas e falcões. Isso significa que nossas doutrinas de religião, lenta mas seguramente, estão sendo esquecidas. Se o impostor Nymlap tem culpa na visível decadência espiritual, é difícil dizer. Mas bem posso imaginar que, sob a nefasta influência dele, o mal, talvez há longo tempo latente nessas pessoas, veio à tona, a fim de se efetivar.

— Até plantações do arbusto *biru* dizem que existe agora em diversos locais! falou Sogamoso, quando Huascar se calou.

— Parece-me surgir diante dos olhos um tempo já há muito passado! opinou Ikala pensativamente. Vejo em espírito um templo destruído... seres humanos doentes... um sacerdote renegado chegando ao *povo dos falcões* com um entorpecente extraído das maçãs de cacto... Depois vejo a nós, incas. Viemos de nossos distantes vales das montanhas, e enfrentamos, pela primeira vez, a miséria humana que nos era totalmente estranha.

— Tens razão, Ikala! disse Yupanqui. Eu também, ao ouvir sobre a destruição do templo, tive a impressão de como se um acontecimento que se passara há muito se repetisse. Ao mesmo tempo tive um sentimento opressivo. Parecia-me que deveríamos aprender algo com aquilo que ocorreu.

Quando Yupanqui terminou, Tupac pediu a palavra. Ele ainda era relativamente jovem e tinha, à semelhança de todos os incas, um belo e bem-proporcionado rosto. Tupac via muito o que permanecia oculto a outros. Contudo, raramente falava sobre isso. O fato de hoje pedir a palavra deveria ter um motivo especial.

— Nós todos sabemos que um vidente somente pode prever acontecimentos terrenos porque tais ocorrências se preparam muito antes no país situado fora da Terra. Hoje eu tive uma vivência que diz respeito ao nosso povo todo. Desde então tenho a impressão de como se um fardo pesasse sobre mim...

Tupac fez uma pausa. Parecia que o falar tornava-se difícil para ele.

— Foi pouco antes de adormecer. Tive a impressão de não estar sozinho. Não vi ninguém, mas um aroma refrescante de flores enchia o dormitório, e enquanto aspirava fundo o perfume ouvi uma voz. Uma graciosa voz feminina e palavras que continuam a ecoar dentro de mim.

Atentos, os sábios olhavam para Tupac. Também eles, de repente, sentiam-se oprimidos. Finalmente Tupac recomeçou, relatando:

"Vós, incas, sois o último povo que não destruiu as pontes que conduzem ao maravilhoso e luminoso mundo de Deus. Permanecestes sem culpa, mas também vós falhastes. Não espiritualmente! Deveríeis ter sido mais alertas terrenamente. Pois a vigilância espiritual e terrena devem vibrar em equilíbrio. Muitas vezes foi dito a vossos sábios que trevas envolvem a Terra e que essas trevas partem dos seres humanos que se inclinaram para o mal. A rainha Olija sente o pesado fardo que agora jaz sobre o astro Terra!

Algo de mal aproxima-se também de vós, o último ponto de Luz sobre a Terra. Esse mal já está preparando as armas no mundo que se encontra fora da Terra. Talvez ele se deixaria desviar, caso tivésseis sido mais vigilantes terrenamente. Digo talvez! Deveríeis ter-vos ocupado mais com essas trevas e também com as pessoas das quais elas emanam... Contudo, continuastes a viver em beleza e alegria, como as crianças...

Agora é tarde demais. Pois nenhuma fortaleza da Terra poderá mais deter o mal que se aproxima de vós. Seres humanos que se assemelham a demônios assaltarão vosso reino... e esse acontecimento não mais pode ser detido.

Porém não temais! O amor das forças da Luz está convosco. Por causa de vossos espíritos puros sereis auxiliados! Escapareis das pessoas das trevas, se seguirdes o conselho dado por um superior por meu intermédio! Quando eu vier pela segunda vez, tu ouvirás o que vós tereis de fazer."

Cansado, Tupac baixou a cabeça e calou-se. Os sábios ali reunidos estavam abalados por não terem sido tão vigilantes na Terra como deveriam. Como tinha razão o falecido rei quando disse:
"Vejo sombras aterrorizantes passando por nossa terra!"

Ao ver como Tupac estava exausto sentado, Uyuna levantou-se e dirigiu-se até uma prateleira de parede onde se encontrava uma bandeja com dois jarros e vários copos de ouro. Encheu um copo com cacau doce e o entregou a Tupac. Quando ela se aproximou, ele ergueu a cabeça, bebeu o cacau e devolveu-lhe o copo, agradecendo. A inquietação o havia deixado. Novamente irradiava confiança e esperança, o que o tornava tão querido entre os alunos.

Os sábios estavam sentados, calados, refletindo sobre o que haviam escutado. Desde a morte de Chuqüi continuava pesando sobre todos uma pressão indefinida, não obstante já tivessem passado muitos anos desde então. Era sobretudo a incerteza que os oprimia de tempos em tempos. Pois ninguém podia imaginar qual o infortúnio que se aproximava deles. Por isso não se ocuparam com ele. E este foi um grave erro.

— Somos incas e incas permaneceremos! disse Yupanqui firmemente. Temos, porém, de evitar qualquer sentimento de medo. Pois eu sinto como o medo enfraquece! Os portadores de desgraça, pois, apenas poderão matar nossos corpos, não poderão causar nenhum dano a nossos espíritos! Não obstante, temos de nos ocupar mais com aquilo que ocorre ao nosso redor na Terra!

— Como tens razão, rei! respondeu Tenosique. De acordo com o que Tupac recebeu, não é desejado que nosso povo sucumba através dos inimigos desconhecidos. Ao contrário. Receberemos conselhos de como poderemos nos proteger.

Ninguém se preocupava mais com esses inimigos. Eles sentiam como se um desconhecido espírito de luta despertasse neles, tornando-os fortes e invulneráveis.

Mesmo as mulheres pareciam tomadas por esse espírito de luta. Seus olhos brilhavam novamente, e o medo indefinido que sentiram com as palavras de Tupac tinha desaparecido totalmente.

— A mulher com a voz maviosa não veio para nos amedrontar, mas sim para nos ajudar.

Após essas palavras pronunciadas por Mirani, o rei levantou-se e, junto com ele, todos os demais sábios. Um após outro deixaram o palácio onde ficava o salão dos sábios.

Tupac foi o último a sair. Lá fora ele levantou o olhar para o céu. Nesse momento uma nuvem escura que passava cobriu o sol.

"Inti, pois, já sabe o que ameaça a nós, incas..." pensou. "A 'flecha de ouro'* que ele enviou a nossos antepassados como sinal de que haviam chegado ao seu alvo, o vale amarelo florido... quanto tempo já se passara desde então! Mesmo desaparecendo totalmente o brilho de nossa existência, podemos estar certos do amor dele."

Pela Segunda Vez a Voz Fez-se Ouvir

A vida dos incas continuava como até então. Havia, sim, mais problemas do que antes da chegada de Nymlap e do infeliz

---

* Raio de sol.

pronunciamento de Chia. Contudo, uma confiança ligava os incas entre si, a qual não se enfraquecia por acontecimentos desagradáveis, mas sim se fortalecia. Ambição, cobiça e mentira eram-lhes desconhecidas, e seu pronunciado senso de justiça impedia que agissem erradamente em relação aos outros. Seus templos, palácios e as casas mais simples brilhavam com os objetos de ouro que decoravam as paredes, e a cada sopro de vento badalavam os sininhos fixados nos mais diversos lugares.

Também os outros povos podiam enfeitar-se com ouro, prata, pérolas e pedras preciosas quanto quisessem. Naquele tempo ainda não existia pobreza entre os povos que haviam estabelecido alianças com os incas e os que ainda as mantinham. Também não existia dinheiro. Mesmo a idolatria, que sob a influência de Nymlap se alastrava entre alguns povos, em nada alterava sua situação exterior.

O terremoto já havia muito fora esquecido. Somente quando viajantes trouxeram a notícia de um monte fumegante, que nunca antes expelira fumaça, novamente se lembraram dele. No Vale da Lua ruíra um pilar de ponte, mas os construtores já estavam reparando os danos.

Aproximadamente três meses mais tarde, a invisível figura aproximou-se de Tupac pela segunda vez. E pela segunda vez ele ouviu a voz maviosa. Agora não se assustou. Sentiu intuitivamente uma felicidade indescritível ao ouvi-la. Pois, de repente, tornou-se consciente de que conhecia aquela voz. Ela lhe era familiar desde tempos imemoriais, e ele a amava:

> "Tupac, escuta: Os gigantes fizeram para vós o último trabalho. Eles criaram vales entre montanhas gigantescas, tombando rochas menores que se achavam no meio e quebrando-as em pequenas pedras. São vales de refúgio. A eles pertence também o Vale da Lua. Vós mesmos não precisareis desses lugares de refúgio. São destinados a vossos netos.
>
> Fostes escolhidos para preparar esses locais de refúgio. Os vales são de difícil acesso, e muitas pequenas casas de pedra terão de ser erigidas. O Monte da Lua situa-se mais próximo de vossa cidade, contudo é seguro. A obra a vós confiada exige inteligência, prudência e disposição a sacrifícios. Apenas poucos de vós deverão sair e trabalhar

nesses vales. Há agora muitos forasteiros em vossas cidades, por isso sede cautelosos em vossas ações e vossas palavras. Ponderai: a sobrevivência do povo inca depende de vós e dos locais de refúgio que construirdes. Não conheceis os inimigos. São invasores que virão do mar, lançando-se cobiçosos sobre o vosso ouro. Mas não lhes basta o ouro. Querem subjugar também vossas almas. Deste sofrimento, vós, incas, devereis ser poupados. Virão guias que vos conduzirão até esses vales, a fim de que os conheçais. Tudo o mais devereis vós mesmos fazer. Tudo de que fui incumbida, transmiti a vós. Nesta vida não mais ouvirás minha voz. Contudo, depois nos reveremos."

Tupac levantou-se de seu leito, caminhando de um lado para o outro no dormitório. O recinto, de repente, parecia-lhe extremamente pequeno para tudo aquilo que sentia intuitivamente. Passou a mão pelo curto cabelo preto que lhe caía um pouco na testa, pondo-o para trás. A seguir pegou um poncho de lã, vestiu-o sobre a roupa de algodão e deixou seu pequeno palácio. Era solteiro. Apenas dois alunos que se preparavam para o sacerdócio moravam junto com ele.

Andou vagarosamente sob o céu claro e estrelado pelo caminho que conduzia ao templo. Lá chegando, ajoelhou-se e encostou a cabeça nas placas frias de ouro que revestiam o altar. Tudo nele vibrava... Sentiu-se erguido para um mundo superior, onde toda a maravilha estava reunida.

Depois de alguns minutos, deixou o templo e atravessou um jardim com bonitos arbustos e árvores grandes. Meio coberto pelos arbustos estava uma lhama de ouro num pedestal de pedra. Colocou a mão sobre a obra de arte em ouro e perguntou baixinho:

— O que será de ti quando os demônios invadirem o país?
Uma dor inexplicável repentinamente traspassou-o...
— Por que essa dor?... És de ouro... mas pode ser que também vos destruam vivos...

Hesitante, Tupac deixou o jardim, bandos de aves noturnas revoavam em torno dele.

— Eu sei que vos perturbo! murmurou baixinho, voltando a seguir para seu palácio.

No mesmo dia ainda Tupac dirigiu-se ao palácio real e contou em detalhes a Uyuna e Yupanqui o que havia recebido poucas horas antes.
— Que tipo de gente será essa, de quem os nossos terão de fugir?! Foi esse o único comentário de Yupanqui.
— Alguns de nossos sábios estão viajando. Não podemos convocá-los imediatamente! disse ele, depois de um silêncio mais prolongado. Mesmo se enviarmos logo mensageiros, poderá passar um mês, até que todos estejam aqui.
— Felizmente fomos advertidos suficientemente cedo! opinou Uyuna, enquanto lágrimas corriam de suas faces. Já há muito tempo tenho um sentimento dolorido. Agora, pelo menos, conheço a causa disso.

Os Guias se Apresentam

O conselho dos sábios pôde ser convocado apenas dois meses mais tarde. Durante a reunião, Tupac relatou fielmente o que ouvira da "voz maviosa". O estranho foi que os sábios pouco se surpreenderam com o que escutaram. Tinham a impressão de que sabiam tudo a respeito dos refúgios. Apenas não podiam fazer uma ideia sobre os inimigos. Nymlap fora o único ser humano realmente mau cuja atividade causara confusão. Por isso admitiam que um grande número da espécie dele assaltaria suas cidades, matando o povo com o poder das armas.
O que pensavam, no fundo, era sem importância. Todos compreendiam isso. Importante era cumprir a ordem que lhes fora comunicada por intermédio de Tupac.
— Virão guias que nos conduzirão para os vales... Agora, nada mais podemos fazer a não ser esperar por eles e segui-los.
Passaram-se meses. Os sábios aguardavam confiantes os guias. Jamais passaria por suas cabeças a ideia de que não apareceriam.
E, certo dia, eles chegaram ao palácio real. Eram o marido e o filho de Naini. Vieram por ordem de Naini, a fim de transmitir ao casal real o seguinte:

"Apareceu-me uma figura de moça. Estava envolta totalmente numa névoa de ouro. Atrás dela havia ainda outras figuras altas. Mas ouvi apenas sua voz. Mandou-me enviar meu marido e meu filho até vós. Os dois homens deverão guiar-vos até os vales; são três e todos de difícil acesso. Além desses dois homens, somente poucos dos nossos conhecem esses lugares entre as rochas altas."

Chapecó, o marido de Naini, acrescentou ainda que dois dos vales situavam-se perto um do outro.

— O terceiro acha-se a uma distância dos outros de dois dias de viagem. Por isso seria melhor se um grupo, guiado por meu filho, seguisse para os dois vales mais próximos, ao passo que eu mostrarei a um outro grupo o melhor caminho para o vale situado mais afastado.

A proposta de Chapecó era boa. Por isso formaram-se dois grupos para conhecer os futuros lugares de refúgio.

Quando ambos os grupos, chefiados por Yupanqui e Roca respectivamente, viram os vales que ser humano algum adivinharia existir entre as altas e gigantescas montanhas, compreenderam por que teriam de iniciar a construção dos lugares de refúgio tanto tempo antes do acontecimento vindouro.

Os vales estavam totalmente cobertos de pedras grandes e pequenas. Todas elas poderiam ser utilizadas na construção. Mas primeiro teriam de ser adequadamente afastadas para dar lugar aos locais de construção. Nos três vales havia, no centro, uma pequena e comprida elevação. No decorrer do tempo, os incas construíram, nessas elevações, compridas e baixas casas geminadas, utilizando-as como moradias. Também armazéns e pequenos templos não faltaram.

Tenosique tomou a si a construção das casas no Monte da Lua, e diversos grupos trabalhavam temporariamente nos outros vales.

Os trabalhos progrediam lentamente, uma vez que sempre apenas poucas pessoas podiam afastar-se das cidades incas sem dar na vista.

A juventude inca, e mesmo as crianças, no decorrer do tempo, foram informadas da ameaçadora profecia do infortúnio, na qual se predizia a destruição do povo inca. Muitos deles foram conduzidos até os vales, onde alegres e diligentemente cortavam as pedras e até preparavam campos de cultivo em terraços.

Durante mais de cem anos trabalharam nos três vales e também no Monte da Lua, a fim de transformá-los em refúgios simples, porém seguros.

O Êxodo para o Brasil

Pouco antes do terremoto e da destruição do templo gigantesco, peregrinara um vidente pelo reino inca. Visitava, principalmente, cidades e povoados onde viviam incas. Os incas exerciam uma inexplicável força de atração sobre ele.

Esse vidente originava-se de um povo dos maias e denominava-se Cuitlahuac. Por toda parte onde passava, pregava a ruína do arrogante povo inca por selvagens barbudos que assaltariam suas cidades. Cuitlahuac, que na realidade nunca conhecera bem os incas, confundia a serenidade deles com rigidez e orgulho.

Quando o abalo sísmico destruiu pela segunda vez o templo do outrora *povo dos falcões*, ele morava a cerca de uma hora de distância do templo, entre os descendentes desse povo. Geralmente ninguém dava ouvidos às suas profecias e advertências, visto soarem muito confusas. Entre o *povo dos falcões* viviam incas que eram professores, médicos, tecelões, e, também, aqueles que se misturaram a eles pelo matrimônio.

Quando o templo novamente ruiu, irrompeu o pânico entre o *povo dos falcões*. Muitas pessoas, de repente, procuravam Cuitlahuac e pediam-lhe conselhos. Ele, como vidente, via o que estava por vir e poderia aconselhá-los. O pânico assumiu formas perigosas, quando entre o povo novamente alastrou-se uma terrível doença de pele.

— Temos de fugir! Só fugir... Para onde devemos nos dirigir?

Exatamente nessa época encontrava-se na região um célebre arquiteto da Cidade de Ouro, de nome Huascar, e dois construtores de estradas. Os três eram incas e também estavam abalados. Mas principalmente por causa da destruição da grande fortificação inca, situada ao lado da Cidade de Ouro, construída outrora pelos gigantes.

De repente, um dos construtores de estradas disse:

— Eu sei onde poderemos encontrar segurança!

— Onde se encontra esse lugar? perguntou um outro.

Huascar, que acreditava nas profecias segundo as quais certo dia viriam selvagens barbudos ao reino dos incas, prestou atenção.

— Dize-nos onde se encontra esse país; talvez eu construa lá uma nova Cidade de Ouro.

— Trata-se do "país sem fronteiras", do qual nós nos aproximamos. É um país maravilhoso, com grandes rios e árvores gigantescas!

— Uma Cidade de Ouro em meio de uma natureza maravilhosa! disse Huascar pensativamente. Quero ver esse país.

Realizou-se também o plano de Huascar. Saiu acompanhado de duzentas e cinquenta pessoas – mulheres, crianças e homens – e, tendo como guia um dos construtores de estradas, dirigiu-se ao "país sem fronteiras", o Brasil.

Cuitlahuac não quis ir junto. Preferiu permanecer nas proximidades dos incas, profetizando o seu soçobro.

— Apesar de seu poder sobre outrem e de seus muitos guerreiros, sucumbirão! anunciava ele a todos que quisessem ouvi-lo.

Cuitlahuac, naturalmente, não tinha a menor ideia de que muito tempo antes de a desgraça cair sobre os incas refúgios foram preparados, onde estes poderiam terminar a sua vida em absoluta segurança.

Eu Vi Seu Astro!

A construção do refúgio no Monte da Lua era, em comparação com os outros três vales, muito mais fácil. O local situava-se mais próximo à Cidade de Ouro, sendo por isso possível conseguir muito mais rapidamente tudo quanto era necessário para um empreendimento desses. Não obstante, os trabalhos não prosseguiam com muita rapidez. As obras não deveriam chamar a atenção, pois desde que os incas se casaram com membros de outros povos, frequentemente apareciam parentes a fim de ver o lugar onde os astrônomos trabalhavam.

Tenosique e também Maxixca eram trabalhadores incansáveis. Porém, em primeiro lugar eram astrônomos. E ocupavam-se durante dias, sim, durante semanas até, somente com o curso dos astros e suas diversas constelações. Tinham a capacidade de receber conscientemente o que ocorria no céu astral e que somente em determinados espaços de tempo se tornaria visível no céu da Terra, efetivando-se. A tal respeito, ambos eram agraciados.

Tenosique interessava-se, na realidade, apenas pelo cometa que lhe fora mostrado pela primeira vez anos atrás, e que depois aparecera em determinados intervalos diante de seus olhos. Apenas para que ele não o esquecesse. Mas como poderia esquecer aquele poderoso astro?...

— Os incas que viveram há quase mil e quatrocentos anos viram um cometa pouco antes de saírem de seus vales montanhosos! lembrou aos dois Mirani, quando conversavam sobre isso. Mais tarde um de seus astrônomos recebeu a notícia de que o cometa, naquela época, estaria ligado ao nascimento terreno de um espírito elevado.

— Meu cometa parece demasiadamente ameaçador... e poderoso demais para referir-se a isso. Ele deve ter outra significação. Visto que já me foi mostrado várias vezes, deve ser também de importância para a Terra. Sempre que o vejo sinto intuitivamente um êxtase espiritual. Um êxtase para mim totalmente inexplicável.

Maxixca sempre seguia em espírito as órbitas da Terra e do Sol, a fim de perscrutar o destino desses astros.

— A maravilhosa aura da Terra de Olija está turvada, e também a do Sol não é mais a mesma. Ele expele chamas! Chamas? Por quê? Nossa Terra está totalmente envolta por suas irradiações visíveis e invisíveis.

— Em certas épocas o Sol parece-me um vulcão, em cujo interior existe um ondular e borbulhar que, um dia, chegará à erupção! disse Tenosique, enquanto contemplava traços, círculos e figuras de animais nas placas de cerâmica à sua frente.

Os desenhos representavam os caminhos dos astros que ele frequentemente observava no céu estelar noturno.

Foi Saibal que, ao chegar certo dia, ajudou Tenosique a decifrar o enigma do poderoso cometa.

— Eu sei somente que quando esse poderoso cometa se tornar visível na Terra, tombarão montanhas, e os mares se levantarão! disse Tenosique, quando estavam sentados juntos, ao anoitecer.

— Teu cometa lembra-me de uma profecia que alguns sábios incas receberam há longos tempos. Milênios se passaram. Contudo, a profecia não foi esquecida.

Maxixca e Tenosique queriam interromper Saibal, mas este deu a entender com um gesto de mão que queria continuar a falar.

— Tenho a intuição de que estamos próximos do tempo em que uma nova fase começará para a humanidade. Uma fase nova precedida de uma purificação. A Terra está envolta pelas trevas. E essas trevas partem dos seres humanos. Se somos o último povo que ainda desconhece essas trevas, então isto é para mim um sinal de que a profecia se realizará em tempo previsível.

Saibal olhou para Maxixca depois de terminar.

— Segundo o que sei, isto demorará somente poucos séculos... Conforme as constelações estelares que conheço, muito se modificará na superfície da Terra! disse Maxixca pensativamente.

— Tens razão! exclamou Tenosique todo alvoroçado. O poderoso cometa desencadeará as modificações previstas na Terra! Mas também expulsará as trevas! Isto é, todos os malfeitores desaparecerão da face da Terra!

Tenosique levantara-se de um salto, caminhando irrequieto de um lado para outro no recinto.

— E o poderoso cometa encontra-se nas proximidades do Sol*... Ele trará morte, destruição e cooperará com as forças da Terra... Mas também dele emanarão forças criadoras, favorecendo a regeneração!

— Como passará o nosso povo? Penso na profecia e na incumbência de Tupac, nos lugares de refúgio... Nunca nos faltou ajuda e proteção! aparteou Mirani. Quantos dos nossos serão dignos de serem salvos?... Quão pouco sabemos, no fundo, do que ocorre nas almas e espíritos dos nossos próximos!... Continuam escondidos dentro dos corpos terrenos protetores...

Depois dessas palavras, Mirani retirou-se. Também Saibal e Maxixca deixaram a casa.

Tenosique deitou-se num largo banco de dormir, que se achava na sala, e continuou a pensar no cometa. Este encontrava-se diante de seu espírito, com seus milhares de reflexos de luz, parecendo cobrir o céu inteiro. Perpassou-o, de repente, um pensamento. De onde viria esse cometa de espécie diferente? Quem o enviara? Na ordem universal não existe entre os corpos celestes um arbitrário ir e vir. Portanto, um superior deveria tê-lo enviado, para que a profecia pudesse realizar-se no tempo determinado.

Tenosique finalmente sentiu-se cansado e adormeceu. Quase inaudivelmente Mirani entrou no recinto, cobrindo-o. As noites no Vale da Lua eram frias. Geladas até.

---

* Proximidade astronômica.

A Geração Seguinte Completou o Trabalho

Durante os cem ou mais anos que precederam a invasão, o Monte da Lua e os vales transformaram-se em refúgios seguros. O trabalho era penoso e demorado, mas ninguém se queixava. Ao contrário. Cada inca contribuía alegremente com a sua parte, para que seus descendentes passassem suas vidas em segurança. Não mais perguntavam de que espécie seria o perigo que os ameaçava, porém continuavam trabalhando incansavelmente para cumprir a missão que Tupac recebera.

Yupanqui e todos os que pertenciam à sua geração morreram antes de terem acabado de construir as casas dos quatro refúgios. Somente a geração seguinte completou a obra iniciada. As casas permaneciam sem teto, visto que certo dia um espírito da natureza aparecera aos arquitetos e os aconselhara a esperar até receberem ordem para cobri-las. Foram, porém, somente os netos que receberam tal ordem e a executaram.

CAPÍTULO XVIII

AS PRIMEIRAS SOMBRAS SE FAZEM SENTIR

As Determinações do Rei

Entre os incas e os reinos dos astecas e maias, na América Central, não havia ligação nenhuma. Por intermédio de relatos de fugitivos, os incas ficaram sabendo da conquista do México e do assassínio de Montezuma. Assustaram-se com o que lá acontecera, perguntando-se quanto tempo ainda demoraria até que os conquistadores também descobrissem o seu reino...

O último rei inca foi Huayna Capac. Não era descendente de Yupanqui, mas sim neto do já há muito falecido sacerdote Huascar. A sucessão de um rei inca não era ligada sempre a filhos ou netos do rei falecido. O futuro rei era eleito pelo conselho dos sábios. Eleito era aquele que melhor se prestasse para tal cargo. Tinha de estar à altura: espiritual e terrenamente.

Huayna Capac era idoso. Já via diante de si o último marco do caminho que o separava do outro mundo mais próximo. Sempre governara de modo sábio e prudente, e agora teria de fazer a última coisa a fim de proteger seu povo dos inimigos desconhecidos. Seus dois filhos, Huascar e Atahualpa, apesar de jovens – ainda não haviam completado trinta anos de idade – eram pessoas maduras espiritual e terrenamente também. Huascar já era casado e tinha um filho pequeno.

Huayna Capac chamou seus filhos e, antes de explicar-lhes o plano que traçara, chamou-lhes a atenção para sua idade, dizendo temer não estar mais presente quando chegasse o momento de guiar e aconselhar corretamente o povo na hora do infortúnio.

— Deixei-me aconselhar por um superior antes de me dirigir a vós. Agora posso comunicar-vos o que esse superior me aconselhou:

"Deixa um de teus filhos na Cidade de Ouro; o outro deverá estabelecer-se no local da fonte quente. Manda sempre vigias e mensageiros montar guarda em lugares de boa visão. Os mensageiros logo vos avisarão quando avistarem as sombras dos inimigos. Quando isso acontecer, é chegada a hora de levar as mulheres e as crianças para os locais de segurança.

Os inimigos desembarcarão no porto de Tumbes. E se cuidará para que saibam da presença do 'rei inca' em Cajamarca."

— Eu vou a Cajamarca! Atahualpa interrompeu seu pai. E logo que as sombras dos inimigos se tornarem visíveis, mandarei os mais rápidos mensageiros para Huascar. E ele os mandará para diante, à Cidade da Lua e outras localidades. Eu deterei os inimigos em Cajamarca, de modo que, nesse ínterim, todos os que quiserem poderão ser salvos.

O rei sorriu e acenou com a cabeça, concordando:

— É esse, exatamente, o plano que um superior me deu.

— Tenho a impressão de como se meu irmão fosse sacrificado! Deixa-me ir para Cajamarca, pai! pediu Huascar.

Mas Atahualpa não quis saber disso. E assim ficou resolvida a partida dele.

— Saberemos quando chegar a hora.

Os irmãos, muito afeiçoados um ao outro e já pertencentes ao conselho dos sábios, tomaram a resolução de mandar informar sobre tudo, imediatamente, todas as famílias e as diretoras das escolas de meninas, a fim de que estivessem prontas para a partida a qualquer momento.

"Poderão passar anos, mas também somente meses, até que chegue tal momento, porém deixai imediatamente a cidade ao primeiro sinal que receberdes!", dizia a informação.

Quando os homens souberam que os dois filhos do rei enfrentariam os inimigos, quiseram ficar com eles. Somente quando o próprio rei os exortou a pensarem nas mulheres e crianças, a fim de não pôr em risco a vida delas por agirem arbitrariamente, eles cederam. Apenas um certo número ficaria, para não deixar os filhos do rei sem proteção.

Os dois irmãos consultaram-se mutuamente como deveriam comportar-se perante os inimigos.

— São seres humanos como nós! opinou Huascar confiantemente. Por isso haverá entendimento entre nós!

Atahualpa deu-lhe razão.

Seres humanos? Como ambos poderiam adivinhar que seres humanos sedentos por ouro podiam transformar-se em demônios! Para eles o ouro significava apenas beleza e ornamento.

O rei Huayna Capac sentiu-se liberto de um pesado fardo, após haver falado e regulamentado tudo com seus filhos. Agora poderia deixar a Terra em paz. Não eram todos, porém, que estavam de acordo com as medidas tomadas por ele. Isso ele soube quando o professor Tupa o procurou, solicitando uma audiência. Ele começou:

— Eu e cerca de cem jovens, rapazes e também moças, pedimos licença para poder deixar nossa pátria. Não para ir até os refúgios nas montanhas. Queremos viajar mar afora nas balsas de nossos amigos, os *quitos*, a fim de procurar uma ilha da qual já muitas vezes ouvimos falar. Nessa ilha poderemos construir uma nova vida, sem medo dos conquistadores. As canoas se encontram no porto de Tumbes e nelas já fizemos longas viagens.

Como o rei não respondesse imediatamente, Tupa disse que esperariam a ajuda dos espíritos dos ventos e do mar...

— Pois já saímos muitas vezes nessas balsas e sentimo-nos seguros na água. Um grupo dos nossos frequentou escolas em Tumbes.

Era difícil para o rei concordar com o desejo de Tupa.

— Há salvação para nós somente entre as altas montanhas. Conheces a mensagem recebida por nossos antepassados... Mas não posso nem quero impedir vosso plano, talvez encontreis a esperada ilha. Mas não confieis demais na ajuda dos espíritos da natureza...

Tupa estava contente. Agradeceu em nome de todos e a seguir deixou o palácio. Estava contente, é verdade. Mas a disposição alegre que sentira no início da conversa tinha sumido como que num sopro de vento. Ainda havia tempo para desistir do plano... Mas ele gostava do mar; por isso havia frequentado uma escola na cidade portuária. Não podia mais voltar atrás. E assim aconteceu que um grupo de incas e seus amigos *quitos* embarcaram em balsas pesadamente carregadas de provisões, remando mar afora e utilizando as velas quando havia vento.

Acrescente-se aqui ainda que os jovens navegantes nunca chegaram ao alvo almejado. Um tufão atingiu-os em alto-mar, pondo fim à viagem. Ninguém conseguiu salvar-se. Tupa, que pôde manter-se à tona mais tempo do que os outros, atormentou-se com autocríticas. Mas, também para isso, agora era tarde demais.

Poucos dias depois da visita de Tupa, chegou um outro jovem inca, também com um pedido ao rei.

— Eu e vários dos nossos queremos lutar. Por isso pedimos armas. Nós mesmos podemos confeccioná-las. Lutando, poderemos expulsar o inimigo desconhecido. Queremos mostrar-lhes que somos incas!

— Se nós precisássemos provar com armas nas mãos que somos incas, então seria muito triste. Não posso proibir-vos de lutar, se assim o quiserdes. Mas primeiro ponderai: Quem se mancha de sangue, geralmente morre sangrando.

Os Prenúncios da Catástrofe Vindoura

Alguns meses mais tarde chegaram mensageiros, relatando ao rei Huayna Capac que um navio com catorze homens barbudos havia entrado no porto de Tumbes. O capitão do navio tinha declarado que uma doença maligna ceifara o resto da tripulação. Essa informação era correta, pois houve um surto de varíola que acometeu vinte homens da tripulação, matando-os. Os mortos e também alguns que agonizavam foram lançados ao mar, para que o resto da tripulação não fosse contaminada também.

O capitão do navio era Francisco Pizarro. Ele havia saído do Panamá numa viagem de reconhecimento, logo após ter conhecido dois mexicanos que contaram a ele e a seu sócio e amigo, Diego Almagro, a respeito de um país onde um povo vivia em cidades de ouro. Os mexicanos, que já falavam bem o espanhol, relataram tudo de um modo tão convincente, que Pizarro saiu sozinho na primeira viagem de reconhecimento. Além disso, os dois já tinham ouvido, através de outros mexicanos, a respeito de um "eldorado com deuses brancos". Até o momento haviam considerado esse eldorado como uma fantasia dos nativos.

Mas a situação agora era diferente. Os dois mexicanos ofereceram-se até para acompanhá-los a uma cidade portuária que eles conheciam.

— Lá existem caminhos para as cidades de ouro nas regiões altas! E um deles acrescentou que deveriam apenas seguir sempre pela costa...

Desde a conquista do México por Cortés, os dois aventureiros não tinham mais sossego. O que Cortés realizara, eles também teriam de conseguir. Havia muita terra inexplorada... E um desses países lhes pertenceria... Por isso, Pizarro partiu, e Almagro ficou no Panamá, a fim de enviar espiões para todos os lados. Além disso, o navio dele precisava de muitos reparos para ter outra vez condições de navegar.

Pizarro não contara com a epidemia de varíola, mas se esqueceu dela rapidamente ao entrar no porto de Tumbes. Esperava encontrar um bando de selvagens nus. Mas deu-se o contrário. O que viu, encheu-o de uma espécie de êxtase... Pessoas bem vestidas, bonitas casas, verdes campos cuidadosamente cultivados... e ouro, havia muito ouro.

Os marinheiros foram recebidos hospitaleiramente e providos de tudo que necessitavam. Viram as canecas de ouro, as travessas de ouro, as muitas joias que as mulheres usavam, pilares de ouro nos templos, animais de ouro – geralmente pássaros – reluzindo entre os verdes jardins.

Pizarro teve muita dificuldade em dissuadir a tripulação de saquear. Era também muito astuto, para mostrar-se como hóspede mal-agradecido.

Naquele tempo viviam em Tumbes membros de dois povos muito desenvolvidos. Os *quitos* e os *caras*. Ambos eram aliados dos incas. Muitos deles frequentaram escolas incas e falavam bem o quíchua.

Pizarro não conseguiu ficar muito tempo em Tumbes. Algo o atraía para fora, para a Espanha. Necessitaria de uma grande frota, se quisesse voltar para executar seu plano. Deixou dois dos seus em Tumbes, que fingiram estar doentes. Um chamava-se Felipe e o outro Alejo Garcia. Eram espiões. Ao mesmo tempo ordenou-lhes que aprendessem, nesse ínterim, o idioma da população e explorassem os caminhos que conduziam às cidades de ouro.

Antes que passasse um mês, ele novamente se encontrava em alto-mar. Aliás, ricamente presenteado com objetos de ouro e de prata, que tanto admirava. Precisava desses objetos, a fim de convencer o rei espanhol de sua descoberta.

De volta à Espanha, entregou ao rei Carlos V os objetos de ouro da cidade portuária de Tumbes.

O rei espanhol ficou tão entusiasmado ao vê-los que logo deu carta branca a Pizarro, com ordem de explorar o recém-descoberto país, conquistá-lo e incorporá-lo à Espanha como colônia cristã.

A autorização foi emitida, mencionando-se nela uma frota de mais de cem navios e uma tripulação acostumada à luta. O rei Carlos V, porém, tinha muitos inimigos. Estes se opuseram aos planos dele e do aventureiro Pizarro. Com os prós e contras surgiram disputas, contendas até, e as intrigas permaneciam na ordem do dia. A maneira que foi quebrada a resistência dos adversários, nada tem a ver com a nossa história.

Neste livro os espanhóis apenas são mencionados onde isso é inevitável; portanto, quando se trata de um contato direto com os incas.

Devido às disputas internas na Espanha a composição da frota atrasou, acontecendo o mesmo com todos os preparativos necessários para um empreendimento daquela envergadura.

Por isso, passaram-se vários anos até que Pizarro pudesse lançar-se ao mar com uma frota que levava duzentos guerreiros e alguns canhões.

A frota de Francisco Pizarro era chefiada por seu irmão Hernando Pizarro, por Pedro Sarmiento de Gambia, Diego Almagro e Hernando de Soto. Quatro padres acompanhavam o empreendimento, a fim de catequizar para a verdadeira crença, o mais depressa possível, os "povos subjugados". Contudo, apenas um dos padres se encontrou diretamente com os incas. Foi Vicente de Valverde. Esse padre, na realidade, representou apenas uma triste figura com todas as suas tentativas de conversão.

A Aflição Aproxima-se do Reino Inca

Antes ainda que a frota fosse avistada em Tumbes, o rei Huayna Capac recebeu, por intermédio de mensageiros, relatos em quipo, pelos quais soube que certo número de navios havia saqueado e destruído algumas cidades costeiras menores em seu caminho para Tumbes.

As pessoas dessas cidades que conseguiram fugir lamentavam a perda de muitas moças e mulheres, que foram assaltadas e violentadas pelos guerreiros. A maioria delas morreu.

O rei logo convocou o conselho dos sábios, a fim de apresentar-lhes o relato em quipo. Antes, porém, conversou com seu filho Atahualpa, que pouco depois partiu para Cajamarca acompanhado de cerca de quarenta incas.

— Chegou o momento em que devemos levar nossas mulheres e crianças para lugar seguro. Logo depois de tua chegada, providencia para que todas as mulheres e crianças deixem o local. A julgar pelo relato em quipo, não estamos tratando com seres humanos.

Na manhã seguinte começou o êxodo dos incas de suas cidades de ouro. Foi necessária toda a influência dos sábios, para que um número maior de homens acompanhasse as mulheres e crianças em sua caminhada para os lugares de refúgio. Todos queriam ficar junto do rei e de seus filhos. Por fim, porém, obedeceram.

Ainda durante o êxodo de seu povo, faleceu o rei Huayna Capac. Seu filho Huascar e os sábios abriram, de acordo com o desejo dele, uma cova num dos campos de cultivo e enterraram-no envolto num cobertor branco de lã.

Durante dias a fio Huascar supervisionou o êxodo dos incas. Diariamente, ao anoitecer, quando voltava para o palácio, ele refletia sobre a advertência proferida por seu falecido pai e rei, algumas semanas antes de sua morte. Seu irmão, ele e uma parte dos sábios estavam presentes. A advertência dizia:

"Não entreis em luta com os inimigos. Nas cidades costeiras, eles não agiram como seres humanos, mas sim como demônios! Dai-lhes o que desejam! Eles possuem armas desconhecidas. Mesmo se quiséssemos, contra essas armas não poderíamos vencer! Poderíamos expulsá-los! Mas voltariam com mais navios e maior número de guerreiros. Pois são espíritos maus, entregues às trevas."

"Meu pai, naturalmente, tinha razão!" pensou Huascar. "Não obstante, eu sinto sempre a vontade de enfrentá-los e expulsá-los..." Depois lembrou-se das mulheres violentadas nas localidades costeiras e, aí, deixou de pensar nisso.

Alguns dias após o sepultamento do rei, vieram alguns *cholos*, pedindo para falar com Huascar ou um dos sábios.

Os *cholos* eram considerados um povo misto, pois haviam contraído matrimônios com os remanescentes do *povo dos falcões* e também com os aimarás e outras tribos menores. Foram sempre, porém, muito dedicados aos incas e frequentavam suas escolas, a fim de aprender o quíchua e se possível tornarem-se tão sábios e belos como os incas.

Ao receberem os *cholos*, Huascar e os sábios não podiam imaginar o que queriam deles.

— Permiti que moremos nas casas vazias da Cidade de Ouro. Temos muitas armas e mataremos os inimigos para vós!

Foi tão inesperado o pedido dos *cholos*, que no momento ninguém sabia o que responder.

— Meu pai, o rei, deixou-nos uma advertência! começou Huascar hesitantemente. Essa advertência vale também para vós. Escutai-a e depois decidi como devereis agir.

Quando Huascar terminou, os *cholos* admitiram a seriedade das palavras.

— Sabemos também que o rei Huayna Capac tinha razão! disse um dos emissários. Temos de agradecer-vos muito...

Os sábios esforçaram-se bastante em dissuadir os *cholos* de seu propósito, todavia foi em vão. Queriam lutar e morrer, se de outro modo não fosse possível.

— Se quiserdes, então lutai. Mas escondei vossas mulheres. Ouvimos coisas horríveis. Os inimigos lançam-se sobre elas como demônios! disse Huascar finalmente, quando os *cholos* a todo custo impuseram a sua intenção.

CAPÍTULO XIX

A TRAGÉDIA DE CAJAMARCA

Atahualpa Recebe os Espanhóis

Quando Pizarro chegou a Tumbes com a sua frota, não deixou a população muito tempo na incerteza a respeito de suas intenções. A primeira coisa que os invasores fizeram foi destruir parcialmente, com seus canhões, a cidade portuária.

Tão logo os navios lançaram as âncoras, os dois espiões, Felipe e Alejo Garcia, fizeram seus relatos a Pizarro. Presente a tal conversa estavam também, evidentemente, Hernando de Soto, Diego Almagro, Pedro Sarmiento de Gambia e Hernando, o irmão de Pizarro.

— Atahualpa tornou-se rei do Império Inca depois da morte de seu pai! começou Felipe a contar. No momento, o novo rei encontra--se em Cajamarca junto com a sua corte. É uma localidade com uma nascente de água quente, a qual todos os incas visitam de tempos em tempos. Lá podereis capturar mais rapidamente Atahualpa, pois de acordo com o que um vigia me informou, o número de seus acompanhantes é muito pequeno.

Felipe e Alejo, que nesse ínterim dominavam bem o quíchua, ofereceram-se logo para guiar os guerreiros até a nascente quente. Antes de partirem, porém, saquearam Tumbes. Tiraram todos os objetos de prata e de ouro e todas as joias que puderam achar, recolhendo os objetos roubados num dos navios.

Era um dia de tempestade quando os invasores se puseram a caminho de Cajamarca. Entre eles encontravam-se Francisco Pizarro, Diego Almagro, Hernando de Soto e o padre Valverde. O padre chamava os cem guerreiros fortemente armados de "guerreiros da cruz", pois eles empreendiam uma difícil expedição para levar a verdadeira crença aos adoradores do Sol. Entre o grupo encontravam-se alguns nobres espanhóis, íntimos da casa real espanhola.

Em Tumbes ficaram Hernando Pizarro, Pedro Sarmiento de Gambia, parte dos guerreiros com seus canhões e também alguns cavalos que os espanhóis trouxeram com a expedição.

Os invasores seguiam pela bem conservada estrada, olhando desconfiados para todos os lados. Parecia-lhes algo sinistro não encontrar resistência em parte alguma. Mesmo os bem providos armazéns, existentes em certas distâncias junto à estrada, incutiam-lhes medo.

— Parece até que eles querem nos atrair para uma armadilha! disse um dos guerreiros medrosamente.

Felipe e Alejo, que caminhavam à frente do destacamento, diziam para tranquilizar:

— Boas estradas e armazéns cheios existem em todo o Império Inca.

O caminho tornou-se mais difícil. Tinham de atravessar a região desértica de Sechura e subir pela cordilheira Huancabamba.

Alguns dos guerreiros não suportaram a altitude e tiveram de voltar. De suas narinas saía sangue, e terríveis dores de cabeça atormentavam-nos.

— Eles têm a doença das alturas! disse Alejo.

Somente a perspectiva de tanto ouro impediu os guerreiros restantes de abandonarem a expedição.

Finalmente venceram a parte mais difícil do caminho, avistando um vale verde, com campos bem tratados e cultivados. No meio desse mundo verde via-se um pequeno povoado. Da nascente de água quente, distante alguns quilômetros do povoado, subiam nuvens de vapor.

O pequeno povoado parecia desabitado quando chegaram... Ninguém veio ao encontro deles... Ninguém opôs resistência... Esse vazio parecia-lhes esquisito. Muitos perderam a coragem, acusando Felipe e Alejo de tê-los conduzido a um lugar errado. Isto se modificou quando entraram no povoado e viram as molduras de ouro nas pequenas janelas e portas dos palacetes. A cobiça pelo ouro fez com que esquecessem tudo. Pizarro e os nobres espanhóis tiveram muita dificuldade para impedir a tropa de arrancar logo o ouro das portas e janelas. Teriam, primeiro, de prender o rei; depois todo o ouro do Império Inca estaria à disposição deles.

As casas e palácios habitados pelos incas estavam todos vazios. Contudo, o mesmo não acontecia em relação às casas do povo *cara*.

Estes, apesar de todas as advertências, não quiseram deixar seus lares e ficaram. Enquanto Pizarro e alguns dos nobres espanhóis permaneciam parados, indecisos, diante de um dos palacetes, viram dois moços vestidos de branco vindo ao seu encontro. Usavam no pescoço discos do Sol, pendurados em correntes de ouro, e também a pele de seus belos rostos reluzia como ouro.

Valverde ergueu o grande crucifixo que carregava no pescoço, preso a uma corda vermelha, murmurando conjuros contra os discos do Sol... O ouro poderia ser utilizado de melhor maneira em honra de Jesus...

Dois dias antes, Atahualpa havia recebido a notícia da vinda dos invasores. Ele morava no pequeno palácio junto à nascente e tinha resolvido receber ali os invasores.

— Nosso amo encontra-se no palácio junto à nascente e vos convida a ir até lá. Na medida do possível, ele satisfará os vossos desejos.

Pizarro e os seus afastaram-se alguns passos dos incas para confabular. Durante esses poucos minutos Alejo Garcia aproximou-se dos incas e cochichou rapidamente para eles:

— Querem somente vosso ouro. Dai-o e então salvareis vossas vidas!

Garcia tinha-se casado com uma moça *cara* e não tinha mais intenção de voltar para a tropa de Pizarro. Era feliz no novo país e não desejava ouro.

— Aceitamos o convite. Leva-nos ao teu rei! disse Pizarro em tom de comando para os dois incas.

A primeira coisa que Pizarro e os seus viram, ao se aproximarem do palácio, foram duas liteiras com paredes e varas de ouro e prata. Cordões vermelhos com sininhos de prata formavam as cortinas. Um pouco além das liteiras havia um largo pedestal de pedra com uma grande concha de prata, na qual se via uma sereia deitada. Essa obra de arte era de ouro e ricamente enfeitada com pedras preciosas. Os espanhóis ficaram parados, sem falar nada. Parecia que não podiam desviar seus olhos do ouro que viam diante de si.

— Isso ainda não é nada! cochichou Felipe. Devereis ver antes a Cidade de Ouro...

Atahualpa recebeu os espanhóis num salão muito bem decorado, em meio a um grupo de incas vestidos de branco. Todos usavam o disco do Sol sobre o peito. O rei vestia uma roupa comprida bordada com fios de ouro e sua cabeça estava enfeitada com um largo aro de ouro do qual pendiam pérolas de ouro.

Os espanhóis olharam confusos para o jovem rei que os recebia serenamente, sorrindo, como se eles fossem hóspedes bem-vindos.

Era visível que Atahualpa não queria ser o primeiro a dirigir-lhes a palavra, por isso Pizarro decidiu-se a falar:

— Estamos chegando por ordem do mais poderoso regente do mundo! disse ele gaguejando. Ele vos propõe unir vosso reino ao dele, a fim de que possais participar de todas as bênçãos que a Igreja está apta a oferecer.

Pizarro calou-se. De repente, sentiu-se fraco, tendo a impressão de que as poucas palavras que proferira haviam-lhe roubado toda a força.

Felipe traduziu as palavras, acrescentando ainda algumas ameaças indiretas. Ele odiava os incas. O porquê não saberia dizer.

Atahualpa acenou com a cabeça, concordando. Não sabia o que deveria responder. Por isso mandou convidar os emissários para um banquete no palácio do governo do povoado. Assim ganharia tempo.

Atahualpa inclinou levemente a cabeça, deixando a seguir o salão. A audiência estava terminada. Aos espanhóis, a quem a serenidade do jovem rei parecia antinatural, não restava outra coisa a não ser afastarem-se também. Os dois incas novamente os acompanharam de volta, oferecendo-lhes um palacete vazio onde poderiam ficar o tempo que lhes conviesse.

— Não confieis neles! É um povo ardiloso, que domina todos os artifícios do diabo! disse Felipe, que servia de intérprete.

— Apenas querem nosso ouro! disseram os dois incas, quando voltaram. Um deles, que fala nossa língua, cochichou isso para nós.

— Nosso ouro! disse Atahualpa pensativamente. Já ouvi antes que existem seres humanos que se transformam em demônios devido à cobiça pelo ouro.

A Prisão de Atahualpa

Atahualpa compareceu no dia seguinte na hora determinada – por volta das quatro horas da tarde – ao banquete no palácio do governo de Cajamarca. Apenas quatro jovens incas o acompanhavam.

Quando chegou ao povoado e viu os guerreiros barbudos e de mau aspecto, quase perdeu o fôlego de horror. Teria ficado muito mais horrorizado, porém, se soubesse o que esse bando degenerado tinha feito com as mulheres dos *caras* que haviam ficado no povoado. Os malfeitores não apenas as violentaram e desonraram, mas também as assassinaram, a fim de que elas não pudessem contar nada. Essas infelizes foram encontradas somente mais tarde, distante alguns quilômetros, atrás de arbustos.

O banquete decorreu em silêncio, assim como os incas estavam acostumados. Somente quando se levantaram da mesa e acomodaram-se no salão de recepções, começaram a falar.

— Deve ser realmente um grande rei ao qual servis! começou Atahualpa. Estamos distantes demais do seu reino, para ligar o nosso ao dele. Em retribuição por ter-se lembrado de nós, mandaremos para ele obras de arte em ouro, tão belas como ele nunca viu.

— Nossa vinda tem ainda outro motivo! disse um dos nobres espanhóis de nome Francisco Toledo.

Antes, porém, que pudesse dizer algo, o padre Valverde exclamou:

— Nós vos trazemos a verdadeira crença. É muito mais do que podeis compreender; para o paganismo, não há mais lugar na Terra!

Pizarro, Almagro e de Soto ficaram aborrecidos. Sobre a conversão, se poderia falar mais tarde suficientemente. Primeiro o país deveria ser conquistado.

Felipe traduziu tudo. Os incas escutaram com atenção, mas naturalmente não compreenderam tudo. A expressão "pagão", por exemplo, não tinha sentido para eles. O que, no entanto, os interessava, inquietando-os até, era o crucifixo que o homem com olhos maus portava sobre o peito. Que tipo de pessoas seriam essas, capazes de cometerem um assassinato tão cruel? E por que um dos invasores portava a imagem desse assassinado sobre o peito... e ainda visivelmente orgulhoso...

Ao perceber o visível interesse dos incas pelo crucifixo, o padre pensou, em sua total ignorância, que não seria difícil converter os adoradores do Sol para Jesus.

— Precisamos de ouro. Muito ouro. Mas, onde se encontra esse ouro? Na cidade denominada "dourada"? perguntou Pizarro, um pouco sarcástico.

236

— Ouro posso arranjar para vós quanto quiserdes! disse Atahualpa rapidamente. Carregamentos de ouro! Em curto tempo tereis mais ouro do que podereis carregar. Ainda hoje enviarei mensageiros para mandar trazer um carregamento de ouro.

No primeiro momento, os hóspedes indesejáveis não sabiam o que deveriam responder.

— Por que quereis mandar trazer o ouro? perguntou Pizarro, depois de uma pausa mais prolongada. Nós mesmos podemos buscá-lo em vossas cidades de ouro, as quais conquistaremos para nosso grande rei!

Atahualpa não parecia nem um pouco preocupado com a perspectiva de perder suas cidades.

— Podeis fazê-lo. As estradas que conduzem às nossas cidades acham-se em ótimo estado.

Os espanhóis ficaram perplexos ao ouvir a resposta traduzida por Alejo. Algo não estava certo! Que rei era esse que indiretamente lhes oferecia suas cidades para que as saqueassem?... Deveria ser, decerto, alguma armadilha...

— Os incas são seres humanos excepcionais; podeis acreditar neles. Durante o tempo que vivo aqui, pude conhecê-los bem. Todos os povos que fizeram alianças com eles prezam-nos e veneram-nos até hoje! disse Alejo, ao perceber o que se passava com Pizarro.

Ao ouvir as palavras de Alejo, Felipe deu uma risada sarcástica.

— Acautelai-vos com esse povo! disse ele para Pizarro, advertindo. Provavelmente concentraram um grande exército em algum lugar no caminho e querem atrair-vos para uma cilada. Eu já disse que esse povo tem um pacto com o diabo.

— Duvidais de minhas palavras e de minhas intenções! disse Atahualpa com desprezo na voz.

Naturalmente, ele sabia exatamente o que se passava com essas pessoas hostis, ávidas por ouro.

— Como prova de que podeis fazer tudo o que quereis, dou-vos a permissão de vos apropriar de todo o ouro que encontrardes nesta cidade. E trata-se de grande quantidade!

Alguns dos nobres espanhóis, entre eles Hernando de Soto, sentiram-se de certa forma envergonhados. Na presença desses poucos incas, eles pareciam mendigos. Pizarro e alguns outros reagiam de maneira diferente. Sentiam ódio. Ódio dos seres humanos sentados ali tão altivos, permitindo aos conquistadores que saqueassem a cidade. Eles os teriam matado com prazer no mesmo momento.

— Considerai-vos nossos prisioneiros! gritou Pizarro com o punho erguido ameaçadoramente. Enquanto o ouro que mandareis vir não estiver aqui, a nenhum de vós é permitido deixar o palácio da nascente!

Felipe traduziu as palavras de Pizarro, perguntando ao mesmo tempo, zombeteiramente, se o grande rei não queria chamar seus diabos em auxílio...

O "banquete" terminara. Atahualpa e os seus foram escoltados até o palácio da nascente por guerreiros pesadamente armados. Pouco depois chegou um outro grupo que, sob a supervisão de Pizarro e Almagro, saqueou o palácio. Após terminarem, desmontaram as liteiras, arrancando das portas de madeira todo o ouro e a prata, bem como as pedras preciosas. Logo a seguir, já estavam diante da concha com a sereia. A concha estava firmemente presa no pedestal de pedra, de modo que não era fácil retirá-la. Martelaram-na tão furiosamente, que a sereia e a concha transformaram-se em peças retorcidas, quando então conseguiram arrancá-las.

Pizarro e Almagro tiveram grandes aborrecimentos com os guerreiros. Pois cada um queria ficar com tudo o que havia saqueado.

— O ouro é propriedade do rei da Espanha. Quem se apropriar dele será fuzilado! disse Pizarro ameaçando.

A ameaça de Pizarro teve pouco sucesso. O padre Valverde, porém, veio em seu auxílio. Primeiro lhes declarou que o ouro e a prata apreendidos não eram apenas propriedade da Espanha, mas pelo menos a metade pertencia à Igreja. Por fim ameaçou todos com a excomunhão. Foi o que deu resultado, pois todos eram supersticiosos. E o pior que poderia acontecer-lhes era a excomunhão.

O ouro chegou trinta dias depois que Atahualpa o havia pedido a Huascar. Aos incas esses trinta dias pareceram mais demorados do que um ano. Mais depressa, era impossível, pois Cajamarca distava mais de novecentos quilômetros da Cidade de Ouro. Certa manhã, quarenta lhamas pesadamente carregadas chegaram a Cajamarca, guiadas pelos seus pastores. O carregamento consistia em obras de arte em ouro e prata e em barras de ouro puro. Diante dos olhos admirados dos espanhóis, foi descarregada uma riqueza em ouro que fez com que todos ficassem calados. Ao mesmo tempo, porém, aumentou ainda mais a cobiça deles.

Os chefes espanhóis teriam preferido retornar aos navios com a riqueza em ouro e partir. Quem podia saber que armadilhas os aguardavam!... Pois não havia em parte alguma da Terra seres humanos que se separavam de seu ouro sem lutar. E teriam posto em prática essa intenção, se o padre Valverde não se tivesse colocado decididamente contra isso.

— Viemos para trazer a verdadeira crença aos pagãos e conduzi-los à Igreja, a única que pode torná-los bem-aventurados! Os países terão de ser incorporados à coroa da Espanha! Já temos o ouro. Estamos seguros dele. Deixar o país agora seria uma traição à Igreja. Começarei ainda hoje a cuidar da conversão dos incas que aqui se encontram. Uma vez convertido o rei, será fácil converter o povo. Além disso, existem aqui também outros povos que necessitam igualmente de apoio espiritual e de esclarecimento!

Hernando de Soto e Diego Almagro deram razão ao padre. E assim os outros se sujeitaram. Todos sabiam que a Igreja, na Espanha, era muito mais poderosa do que qualquer rei.

A Morte de Atahualpa

No dia seguinte, certo da vitória, Valverde visitou Atahualpa em seu pequeno palácio junto à nascente. Felipe e Alejo foram junto como intérpretes.

O sentido do longo sermão dirigido pelo padre aos incas pode ser retransmitido com poucas palavras. É compreensível que os incas não entendessem o que o padre queria deles.

O padre tirou o crucifixo de seu pescoço e o entregou a Atahualpa, para que ele pudesse vê-lo direito. Depois o crucifixo passou de mão em mão. Cada inca sentia pena do "homem" assassinado tão cruelmente.

— Este é o Filho de Deus. Ele morreu por nós; para salvar a nós, seres humanos! disse o padre com ênfase. O Filho de Deus chama-se Jesus... Quem o adora e o segue, para esse, o reino do céu está aberto!...

Alejo traduziu, o mais exato possível, a oração do padre. A reação, naturalmente, foi de novo totalmente diferente da que o padre esperava. Os incas olhavam calados e incrédulos para o padre. Depois pediram a Alejo que repetisse o sermão mais uma vez, pois tinham a impressão de não terem compreendido direito alguma coisa.

Ao ouvir pela segunda vez o sermão, contendo as mesmas palavras, olharam agitados e irados para o padre. Esse homem era um mentiroso ou um servo de ídolos...

— O pobre homem na cruz não morreu, mas sim foi morto cruelmente! Ou pretendes dizer que ele se pregou sozinho nessa armação?

O padre levantou a mão para interromper Atahualpa. Mas este estava tão irado e triste ao mesmo tempo, que não se deixou interromper:

— Chamas este morto na cruz de Filho de Deus? Como é teu Deus que deixou Seu filho ser assassinado por pessoas más? Este Deus parece ser um Deus morto! Mas nosso Deus vive em todo o Seu esplendor e poder! Nunca, estás ouvindo? Nunca... nós, incas, adoraremos esse Deus que deixou matar o Seu filho!...

Atahualpa tremia de agitação e não conseguiu pronunciar mais nenhuma palavra.

— Podes ir embora com teu Filho de Deus assassinado! ordenou um outro inca, indicando ao mesmo tempo a porta.

Padre Valverde, Felipe e Alejo ficaram com medo. Rapidamente deixaram o recinto e o palácio. Ao ver como o padre estava raivoso, Alejo procurou acalmá-lo.

— Eles ainda não estão maduros para aceitar, sem qualquer preparo, uma crença da qual nunca ouviram nada. Conheço outros povos onde isso será mais fácil. Eles são mais acessíveis do que os incas a tudo quanto é novo.

— Teus esforços são em vão, venerado padre! disse Felipe com um riso de escárnio. Esses incas nunca se tornarão cristãos! No mais, escarnecerão de ti e até de Jesus na cruz!

O padre Valverde procurou logo Pizarro, Almagro e os outros. Já estavam à espera dele, a fim de saber o que havia conseguido. A raiva diminuíra um pouco. Não obstante, todos perceberam que ele sofrera uma recusa.

— Enquanto esse rei estiver vivo, a santa Igreja nunca conquistará uma vitória! começou o padre, tão calmo quanto lhe era possível. Ele blasfemou contra Deus e Seu Filho, acusando-nos ainda de termos assassinado esse "pobre homem na cruz". A Igreja não tolera nenhuma blasfêmia. Ouro nenhum contrabalança a blasfêmia pronunciada por esse rei. Em nome de Jesus e da Igreja exijo a morte dele... sua morte na fogueira!

De Soto foi o primeiro a se pronunciar.

— Atahualpa, enfim, é um rei. Levemo-lo conosco para a Espanha, para que seja julgado por um rei.

Alguns nobres espanhóis concordaram com ele. Preso num navio, não poderia mais prejudicar ninguém. Almagro, Pizarro e outros, porém, opinaram que uma blasfêmia, ainda mais quando proferida por um pagão, era um pecado tão grave, que somente poderia ser remido com a morte.

— Não seria mais apropriado contentar-nos com o ouro e voltar em outra época? perguntou um dos nobres espanhóis que sentia simpatia e compaixão pelos incas.

Infelizmente ele, com sua proposta, constituía a minoria, e por isso ela não foi aceita. Trocaram ideias ainda demoradamente sobre como matar Atahualpa. Ninguém gostava da morte na fogueira.

— Há maneiras mais rápidas de morrer; um golpe de espada, por exemplo! opinou um que já assistira na Espanha a diversas mortes em fogueiras.

Mas padre Valverde era de opinião que apenas a morte pelo fogo deveria entrar em cogitação. O único que concordava com ele era Felipe. Se o padre e a Igreja opinavam que somente uma morte pelo fogo entraria em cogitação, então teria de ser levantada uma fogueira, para que a sentença pudesse ser executada.

Nesse ínterim, Atahualpa e os poucos incas de sua comitiva estavam juntos, sentados. A inatividade a que estavam condenados era difícil de suportar. Todavia, nada podiam fazer a não ser aguardar o que os inimigos resolveriam. Aguardar com calma, pois tinham agora a certeza de que todas as mulheres, crianças e um grande número de homens haviam deixado as cidades, encontrando-se a caminho dos lugares de refúgio. À noite, sem ser percebido, um mensageiro havia entrado às escondidas no palácio e lhes trouxera a reconfortante notícia.

Quando a fogueira estava erguida no meio de um jardim da cidade, os guerreiros buscaram Atahualpa e os seus no palácio. Nenhum dos incas tinha ideia do que significava a lenha empilhada no meio do jardim. Rapidamente, porém, ficaram cientes.

— A fogueira é para ti, Atahualpa! disse Pizarro, aborrecido com a ordem que lhe fora dada. Serás queimado nela. Pois blasfemaste contra Deus!

— Por que desejais minha morte? Já não vos dei mais ouro do que vossos navios podem carregar?

Não recebeu nenhuma resposta. Quando seus braços foram amarrados com uma corda, o padre aproximou-se dele, dizendo:

— Somente eu posso salvar-te! Não, este aqui pode salvar-te! Com essas palavras ele indicou o crucifixo sobre seu peito.

Atahualpa tinha o olhar preso no crucifixo, e uma profunda tristeza tomou conta dele. Uma tristeza tão profunda, que seus olhos encheram-se de lágrimas. Ao mesmo tempo ele viu, em espírito, um cometa que passava alto no céu, enquanto um grupo de pessoas reunidas num planalto, entre altas montanhas, seguiam-no com os olhos.

"O cometa anunciou o nascimento na Terra de um espírito extraordinariamente elevado!" dissera um sábio mais tarde. E Atahualpa pensou entristecido:

"Então foste tu que vieste para auxiliar os seres humanos. Mas o que aconteceu! Eles te assassinaram... Só agora compreendo por que a escuridão envolve a Terra... Sou apenas um ser humano e não venho de alturas como tu... Nada significa que me queiram matar... Mas teu assassínio..."

— Então, queres a salvação ou a morte? perguntou o padre, impaciente. Ambas estão em minhas mãos.

Atahualpa ergueu a cabeça, olhando para todos, um por um. Depois seu olhar fixou-se no padre.

— Escolho a morte... Estou pronto! Sou um pastor do onipotente Deus-Criador e sempre o serei!

Atahualpa pronunciou alto essas palavras, e todos sentiram o orgulho que nelas vibrava.

Antes mesmo que alguém compreendesse o que acontecia, Atahualpa caiu morto no chão. A corda com a qual deveria ser içado para cima da fogueira pendia solta em volta dele. Valverde e os outros, perplexos, fixavam os olhos no rosto de Atahualpa. Tinham visto como um mercenário que estava atrás dele puxava agora calmamente o punhal das costas do morto; ria até do que fizera ou devido aos rostos estupefatos em seu redor. Ele acertara exatamente o coração de Atahualpa. Esse mercenário estava bêbado. Bêbado com o pulque mexicano que sempre havia em abundância.

Com os sentimentos mais contraditórios, os nobres espanhóis deixaram o local da fogueira. Somente o padre Valverde ainda continuava indeciso ao lado do morto. Quando um dos incas mandou perguntar-lhe por intermédio de Alejo se poderiam enterrar o morto, ele inclinou quase inconscientemente a cabeça, concordando.

Os incas tiraram as cordas do assassinado, levantaram-no e desapareceram com ele o mais depressa possível, dirigindo-se para fora da cidade.

Atahualpa, o suposto rei, estava morto. Seus companheiros carregaram-no durante um dia. No dia seguinte, envolto num poncho branco, sepultaram-no debaixo de um monte de pedras. Como não possuíam ferramentas, afastaram as pedras soltas e abriram com suas mãos a terra até conseguirem uma cova suficientemente grande para sepultar nela o corpo morto. Após isso, amontoaram então novamente a terra e as pedras, de modo que se formou um monte. O lugar do sepultamento fora bem escolhido, pois o chão em redor estava coberto de flores azuis de alfafa. Além disso, próximo ao local, havia algumas belas árvores.

Pode-se intercalar aqui que nunca existiram múmias de incas envoltas em roupas douradas. Os reis incas deixavam-se enterrar na terra, tal como todos os outros membros do povo. Algo diferente, a sua religião nem permitia. Eram de opinião que aquilo que vinha da terra tinha de ser devolvido à terra. E estavam com a razão.

CAPÍTULO XX

APROXIMA-SE O FIM

A Invasão da Cidade de Ouro

Um dia depois que os incas desapareceram com o corpo de Atahualpa, um grupo de espanhóis guiados por Alejo já se encontrava a caminho da Cidade de Ouro. O percurso era longo, mas os incas, inconscientemente, haviam preparado tudo para seus inimigos. As casas de provisões nas estradas continham tudo que os viajantes precisavam e não possibilitavam nenhuma preocupação referente à alimentação.

— As casas de provisões e as bem construídas estradas e pontes são realmente dignas de admiração! Esses incas devem possuir, além do seu ouro, um talento especial para a organização! exclamou admirado um dos espanhóis.

— Eles são diferentes dos outros seres humanos. Acho que isto se deve à sua religião! respondeu Alejo, que cada vez gostava menos da sua vida de espião.

Enquanto os espiões caminhavam pela estrada, que passava por várias localidades até chegar à Cidade de Ouro, Pizarro voltou com todo o seu bando para Tumbes. A vitória tinha sido fácil e lhes rendera muito ouro e prata. A volta, estranhamente, realizou-se em silêncio. Os mais calados eram Hernando de Soto e o padre Valverde. A morte do inca, de certo modo, oprimia-os. De Soto sentia como se eles próprios fossem os perdedores e não o rei inca. Valverde procurava convencer-se à força de que a razão estava do lado deles. Jesus, pois, teria morrido em vão pelas criaturas humanas, se a Igreja não combatesse o paganismo na Terra...

Chegando a Tumbes, Pizarro, aconselhado por Felipe, decidiu aportar mais além e empreender de lá a marcha para a misteriosa Cidade de Ouro. Pizarro não se sentia oprimido. Ao contrário, estava como que embriagado por ter conseguido achar o lendário país do ouro, ao sul do Panamá.

Pouco depois de sua volta a Tumbes, vários navios entraram no porto. Foi uma surpresa para Pizarro e todos os que estavam junto com ele. Será que outros também queriam conquistar o país do ouro? Viu, então, que se tratava de Pedro de Candia, a quem conhecera na corte de Espanha. Depois dos cumprimentos, Candia declarou que viera como embaixador do rei e com cem guerreiros para reforço.

O reforço era muito bem-vindo para Pizarro; alegrava-se menos, porém, com o aparecimento de Candia, de quem desconfiava. Foi, no entanto, bastante astuto em esconder seus próprios sentimentos perante Candia, pois a Cidade de Ouro ainda não havia sido conquistada.

Quando Pizarro com os seus, munidos de alguns canhões, tomaram o caminho para a Cidade de Ouro, partindo de uma pequena localidade portuária, já se sabia em todo o país o que acontecera em Cajamarca. Os "barbudos" não apenas eram salteadores ávidos por ouro, mas também assassinos. Nenhuma mulher, nem mesmo as crianças estavam a salvo desses monstros. Queriam queimar Atahualpa numa fogueira, apesar do muito ouro que ele lhes dera...

Os conquistadores subiam vagarosamente pelas estradas muitas vezes íngremes que levavam à Cidade de Ouro. Passaram por localidades nas quais viram homens trabalhando pacificamente nos campos de cultivo. Uma vez pernoitaram junto de um povoado maior. Recebiam dos habitantes da região os gêneros exigidos. Depois que todos comeram e tomaram bastante pulque, Felipe dirigiu-se a uma das casas maiores, perguntando onde se encontravam as moças.

— Aqui não há mulheres, nem moças ou crianças. Estão num lugar onde não as podereis alcançar. Em vossas mãos está grudado o sangue que derramastes em Cajamarca.

Felipe virou as costas ao homem e dirigiu-se a Pizarro, contando-lhe que os homens dessa localidade estavam se unindo a fim de lhes armar uma cilada mais acima. Pizarro, então, mandou incendiar a localidade.

Huascar, muito entristecido por causa do irmão, ficou horrorizado e indignado quando os mensageiros relataram o que ocorrera em Cajamarca. A única coisa que não compreendia era o homem crucificado, tão importante para os invasores. Também a avidez pelo

ouro era-lhe incompreensível. Seu pai tinha razão quando os advertiu para que não lutassem contra essas criaturas humanas. Ele tinha de falar mais uma vez com os seus e adverti-los...
E assim fez. Mas todas as suas exortações foram em vão.
— Deixai-lhes o ouro... Eles apenas querem nosso ouro... Dai--lhes quanto quiserem! exortou-os.
Isso, porém, de nada adiantou. Os incas remanescentes, os *cholos* e ainda outros que se juntaram para lutar estavam firmemente decididos a defender a cidade. Alguns milhares receberiam os inimigos na planície diante da cidade, e se os demônios ávidos pelo ouro atacassem, eles saberiam se defender. O "exército" menor, de menos de quinhentos homens, estaria disposto em pontos estratégicos da cidade. Tudo o mais deveriam aguardar.
Um dia, de manhã, quando Huascar saiu do palácio, aproximou-se dele um homem.
— Sois Huascar, o segundo filho real! Fugi! Os conquistadores já estão a caminho!
Foi Alejo que rapidamente cochichara essas palavras, desaparecendo a seguir sem deixar rastro.
"Fugir, nunca! Eu não seria mais digno de portar o nome inca..." De bom grado, Huascar teria enfrentado sozinho os assassinos de seu irmão. Uma vez, porém, que os seus, apesar dos rogos e explanações, não queriam ouvir e sim lutar, em breve apenas haveria mortos. Ele estava desesperado com o pensamento de ser impotente contra isso.
Todos os sábios incas tinham conhecimento, desde a invasão do México, que seu país não seria poupado por muito tempo. Através do comércio costeiro, muitas pessoas sabiam da existência do país do ouro situado nos altiplanos.
Os espiões espanhóis que vieram de Cajamarca para a Cidade de Ouro tinham entrada livre como qualquer outro visitante e mercador. Tinham raspado as barbas ainda em Cajamarca e vestido as roupas de dois membros do povo *cara* assassinados. Com a barba feita diariamente, seus rostos, durante a caminhada, tomaram uma cor bronzeada. Alojaram-se numa casa inca abandonada nos arredores e vistoriaram a cidade desimpedidamente. O ouro que viam por toda parte despertava de tal forma a sua cobiça, que quase esqueciam por que tinham vindo. Teriam preferido desaparecer com todo o ouro

que pudessem carregar. Não viam exército em parte alguma. Pelo contrário, a cidade parecia-lhes vazia.

Eles não viam os *cholos* e os incas que se distribuíram fora da cidade para receber os inimigos. Não obstante, sentiam-se, de certa forma, ameaçados. A ausência de mulheres e crianças parecia-lhes até sinistra. Depois de algumas semanas, decidiram ir ao encontro dos seus. A espera tornou-se enfadonha para eles. A visão do ouro de nada lhes servia. Não podiam levá-lo. Tinham de esperar até que recebessem a sua parte do saque. Assim, os espiões deixaram a cidade. Sem Alejo. Este tinha desaparecido desde o anoitecer do último dia...

O exército dos espanhóis avançava lentamente. A altitude causava-lhes dificuldades. Muitos dos recém-chegados eram acometidos da doença das alturas. Além disso, havia o peso das espadas e dos mosquetões. Se não fosse o alto soldo que lhes fora prometido, a maioria teria voltado e partido com os navios. Nenhum deles se sentia bem. Todos tinham a impressão de como se fossem continuamente observados e ameaçados. Ameaçados por seres invisíveis... Mesmo o padre Valverde tinha dificuldades em lutar contra esse sentimento esquisito...

Apesar de tudo, certo dia alcançaram a planície diante da cidade. Os espiões, com quem se haviam encontrado três dias antes, disseram que em nenhuma parte tinham avistado um exército, e que a cidade estava vazia. Pizarro fez um gesto com a mão, quando começaram a falar entusiasticamente da riqueza de ouro da cidade. E apenas perguntou se nada tinham ouvido a respeito do filho do rei que fora assassinado. Quando Pizarro soube que Huascar, de cujo assassinato ouvira falar em Cajamarca, estava vivo e que nem ele nem Atahualpa eram reis, que nunca houve um fratricídio entre os incas, e que, além disso, nunca ocorreram assassínios, ficou pensativo. Depois acrescentaram que Alejo muito ainda poderia contar do que soubera através de outros.

A planície parecia vazia; de repente, porém, foram recebidos por uma chuva de flechas que surpreendeu a todos. Onde estavam os atacantes? Os espiões tinham mentido... Pois bem, os atacantes, ou melhor dito, os defensores, que não tinham ideia alguma dos efeitos mortíferos das armas inimigas, lançaram-se ao encontro dos invasores em vez de permanecerem em seus esconderijos. Não é difícil imaginar o que então aconteceu.

As balas dos mosquetões, os canhões que os espanhóis trouxeram e também as espadas puseram fim à luta, antes mesmo de propriamente haver começado. Os campos arenosos fora da cidade ficaram cobertos de mortos.

Depois da batalha, os espanhóis recuaram um pouco, permanecendo vários dias escondidos. Os espiões foram fuzilados como traidores, já que não tinham avisado nada sobre o exército com as flechas. Os mercenários limpavam suas armas e bebiam pulque, imaginando o que iriam fazer com as concubinas reais e demais moças.

— De joelhos elas terão de mendigar por suas vidas! gabavam-se entre si.

Pedro de Candia olhou atentamente ao seu redor. Valverde lia um breviário, mas seus pensamentos estavam voltados para as futuras conversões e as igrejas que seriam construídas em lugar dos templos pagãos. Apesar da aparente amizade, Francisco Pizarro e Diego Almagro eram inimigos. Pizarro já se via como regente do país, procurando em pensamentos, desde já, um posto para o incômodo Almagro. Um posto o mais distante possível deste país.

A Morte de Huascar

Como nada acontecesse durante vários dias, e os espiões, que entraram sorrateiramente na cidade, também nada de suspeito tinham ouvido ou visto, Pizarro resolveu marchar para dentro da cidade. Depois de uma reunião dos chefes, porém, a invasão ainda foi adiada. Ficou decidido que alguns deles, acompanhados de um pequeno grupo de mercenários, entrariam na cidade para ver com os próprios olhos o que estava acontecendo.

E assim também se realizou. De Soto, Valverde, Pizarro e Pedro de Candia entraram na cidade rodeados por um grupo de guerreiros. Levavam até um canhão consigo. De início ninguém veio ao seu encontro. Desconfiados, olhavam para todos os lados, avançando passo a passo. Ninguém estava à vista. Provavelmente também não teriam visto ninguém, pois o ouro nas casas, nas portas e os arbustos de ouro, nos quais pendiam frutas de ouro, os ofuscavam de tal forma, que esqueciam toda a cautela. Somente quando os mercenários se dispersaram, querendo arrancar os arbustos de ouro, tornaram-se novamente cientes de sua missão. O perigo de um ataque ainda não tinha passado.

Os mercenários quiseram se rebelar. Mas isso acabou logo, quando um deles caiu morto, com a cabeça rolando sobre uma laje de pedra.

— Isto vale como advertência para todos! disse o comandante, enxugando a espada ensanguentada na calça.

Os incas, naturalmente, observavam os barbudos em sua caminhada pela cidade, sem serem vistos. Os que viram como foi cortada cruelmente a cabeça de um deles compreenderam logo por que Huascar queria evitar qualquer luta.

Quando os inimigos se aproximavam de um dos palácios, encontraram subitamente um grupo de incas vestidos de branco. Os incas estavam sem armas e olhavam serenamente com seus brilhantes olhos dourados para os malcheirosos barbudos. "Não são do nosso mundo", pensou de Soto confuso. Pizarro teve de controlar-se à força, pois tinha a impressão de que cairia num abismo cheio de horrores, se ainda prosseguisse um único passo. O padre fixou seu olhar cheio de ódio nos discos do Sol de ouro dos incas, erguendo, como que conjurando, o crucifixo contra eles.

— Dize-lhes que somos guerreiros da cruz e que queremos trazer-lhes a verdadeira fé! ordenou o padre a Felipe, que viera junto como intérprete.

Os invasores espanhóis davam uma impressão miserável em relação aos incas. A começar por sua aparência. Seus cabelos pendiam desgrenhados até os ombros, seus paletós compridos e suas calças estavam impregnados de pó e sujeira e seus rostos estavam cobertos de suor.

"A altitude causa-lhes dificuldades!" pensou Huascar, e, assim como ocorrera com seu irmão, ele fixou os olhos no homem assassinado do crucifixo.

Finalmente Pizarro se refez. Olhou de modo maldoso e com arrogante autoridade para os incas e exclamou:

— Rendei-vos, pois somos mais fortes do que vós!

Felipe traduziu. Como prova de seu poder, Pizarro mandou disparar um canhão, cuja bala bateu na parede de uma casa próxima.

Huascar adiantou-se um passo e perguntou a Pizarro:

— És tu o assassino do meu irmão Atahualpa? Ele te deu todo o ouro que exigiste e não obstante quiseste queimá-lo! Somente o punhal que perfurou seu coração livrou-o da morte horrível que destinaste a ele.

Felipe traduziu as palavras; em seguida Huascar continuou a falar:

— Desde que soube da morte do meu irmão e agora vos vendo diante de mim, extinguiu-se minha vontade de viver. Matai-me, levai o ouro e deixai os meus em paz!

Pizarro contemplou-o com um olhar frio, sem saber como deveria comportar-se. Já a morte de Atahualpa prejudicara o seu prestígio, pois alguns nobres espanhóis mostraram-lhe claramente o que pensavam de seu procedimento. A decisão foi tirada de Pizarro. Pois de uma das casas próximas veio uma flecha que matou um dos mercenários postados junto ao canhão. Uma segunda flecha veio do outro lado, sem porém acertar ninguém.

— Caímos numa emboscada! Atirem! gritou o comandante.

Começou, então, uma fuzilaria desordenada. Huascar e os incas que o circundavam foram os primeiros a cair. Huascar não sentiu nem rancor nem dor. Ele sabia que chegara o fim de seu povo. As trevas que envolviam a maravilhosa Terra não toleravam mais nenhum ponto de Luz sobre ela.

Quando a fuzilaria começou, os incas saíram de diversas casas. Sem armas, pois haviam deixado as flechas para trás. Corriam literalmente para os braços dos inimigos. Era como se procurassem a morte. Também nenhum deles sobreviveu. Caíram perfurados pelas espadas ou pelas balas dos mosquetões.

De repente, a cidade estava cheia de inimigos, pois com o primeiro tiro de canhão, veio o exército que aguardava nos campos de cultivo fora da cidade.

— Atirem nas casas com os canhões! Derrubem as paredes e incendeiem os telhados! gritou o comandante.

Igual a Pizarro acreditava que muitos atiradores de flechas se mantinham escondidos nas casas.

Por dias seguidos escutou-se o estrondear dos canhões e mosquetões. Nenhuma casa, nenhum templo, nenhum palácio ficou sem ser danificado. Em alguns locais a cidade queimava; incendiaram também as casas onde muita lã se achava estocada.

— Eles levaram suas mulheres e crianças para um lugar seguro; é prova de que sabiam da nossa vinda! disse Pedro de Candia. Não obstante, nada empreenderam para se defender! acrescentou ele.
De Soto deu-lhe razão.
— Os atiradores que nos atacaram fora da cidade não eram incas. Tinham um aspecto diferente. Também suas roupas eram totalmente diferentes.
Esses dois e alguns dos nobres espanhóis eram os únicos que lamentavam a tragédia desse belo e inocente povo. Mas o que poderiam fazer contra isso? No fundo, os incas também eram pagãos... O único que calmamente perambulava entre as ruínas e os mortos era o padre Valverde. Ele pensava com satisfação que todos os seres humanos que viviam naquela parte da Terra, daquele momento em diante, poderiam participar das bênçãos da Igreja...

Cusilur, a Mulher de Huascar, Busca seu Corpo

Cusilur era uma encantadora e jovem mulher, mas agora sombras de tristeza pairavam sobre seu rosto adorável. Somente quando olhava para seu filho, Imasuai, de dois anos, ela sorria melancolicamente. Semelhante a muitas outras moças e mulheres, ela teria preferido ficar na cidade, a fim de ajudar os homens na luta.
"Deveríamos ter sido preparados para a luta!" pensou ela. "A conquista da terra dos astecas deveria ter sido uma advertência para nós..." Depois lembrou-se das palavras do sábio rei Huayna Capac.
"Poderíamos expulsá-los quando chegassem!" disse ele certa vez aos seus filhos. "Expulsar uma ou duas vezes, pois voltariam sempre de novo com armas às quais não temos como enfrentar..."
Cusilur não sabia que logo após a conquista do México, Huayna Capac recebera notícia de lá por intermédio de um navegante.
"Esses barbudos são ávidos por ouro, prata e outros tesouros!" tinha relatado aquele homem.
"Nosso ouro eles podem ter!" respondera o rei.
"Não são apenas os tesouros!..." dissera o homem hesitantemente. "Devem ser monstros."
"Monstros? Por quê?"

"Pelo que esses conquistadores barbudos fizeram de mal às mulheres, e mesmo às crianças, eles nada mais têm de humano." "Nossas mulheres e crianças nada sofrerão!" disse o rei com firmeza. "Nós abandonaremos nossas cidades, se isto for necessário, para que nenhum mal lhes aconteça."

Cusilur observava seu filho construindo casinhas de pedra com suas pequenas mãos. Mas seus pensamentos estavam junto de Huascar. Há dias ela não mais recebia notícias dele. Ele instalara um serviço de mensageiros que tinha funcionado bem até havia poucos dias. Agora, porém, não vinha mais nenhum deles.

Os mensageiros, entre eles dois netos de Naini, observaram o encontro de Huascar com os barbudos e viram como ele e os outros incas caíram ao chão, atingidos mortalmente pelas armas do inimigo. Ao invés de transmitirem logo a notícia, eles permaneceram escondidos na cidade, para ver o que os inimigos fariam a seguir.

Tendo passado dias e como não chegasse nenhuma notícia, Cusilur sabia que algo havia acontecido a Huascar. Resolveu voltar à cidade, pedindo a dois jovens incas que a acompanhassem. Ela queria trazer para o Monte da Lua, morto ou vivo, o seu querido marido, o filho do rei.

Foi uma caminhada penosa. Ao anoitecer do quarto dia, aproximaram-se da cidade pela trilha escondida dos mensageiros. Vieram ao encontro deles, então, os dois netos de Naini. Ao ver os rostos dos dois, Cusilur soube o que acontecera. Huascar estava morto.

— Falai! ordenou ela, com a voz sufocada pelas lágrimas.

Os dois mensageiros relataram tudo o que haviam visto e ouvido.

Estarrecidos, Cusilur e os dois incas escutaram o relato.

— Escondemos o corpo do filho do rei atrás de uma moita, a fim de levá-lo hoje à noite.

— Passamos por um lugar bonito. Dista dois dias daqui. Lá o enterraremos! disse Cusilur. Já está escuro. Conduzi-me até ele.

Um dos mensageiros indicou um conjunto fechado de moitas nas proximidades.

— Lá o escondemos.

Cusilur seguiu o mensageiro. Quando ele afastou os arbustos, ela se ajoelhou ao lado do morto e tomou-lhe uma das mãos.

— Podemos voltar logo. Não há ninguém nas proximidades. Mas precisamos de alguma ferramenta para fazer a cova! lembrou um dos incas.

— Ide à frente. Eu sigo depois! disse Cusilur decididamente, ao notar a hesitação dos dois incas.

Ela havia escutado vozes que vinham do palácio próximo. Vozes estranhas. Provavelmente os barbudos estavam lá. Queria ver com os próprios olhos os demônios inimigos.

Cusilur vestia uma longa capa preta e, embaixo, um vestido escuro. Movimentava-se tão silenciosamente que apenas um ouvido treinado teria escutado seus passos. Escondida atrás de uma coluna, olhou para o salão de recepções do palácio, iluminado por archotes. Seis ou sete homens feios e barbudos estavam sentados em volta de uma mesa. Eles discutiam em voz alta.

Ira surgiu em Cusilur ao ver os estrangeiros. Começou a tremer. Nunca sentira semelhante coisa. Demorou até que pudesse libertar-se desse sentimento intuitivo que abalava sua alma como uma tempestade.

Cusilur não sabia o que se passava com ela. De repente, sentiu-se como que empurrada para a frente por uma força invisível. Antes que se desse conta, estava no meio da sala, olhando, tão calmamente quanto lhe era possível, um homem após o outro. Os homens eram Pizarro, Almagro, de Soto, Pedro de Candia, Felipe e o padre Valverde.

No primeiro momento, ao ver diante de si a moça vestida de preto que entrara tão silenciosamente na sala, os homens julgaram tratar-se de uma aparição. De seu rosto dourado cintilavam olhos irados de cor verde-clara.

Valverde ergueu seu crucifixo, murmurando palavras conjurantes.

— Ela é uma bruxa! Jogai-a fora! berrou ele estridentemente.

— Mas uma bruxa bonita! disse um outro.

— É uma das belas moças incas que esconderam de nós! disse Pedro de Candia ao padre, que não podia acalmar-se.

Os homens não fizeram nenhum movimento. Sentiam-se, como mais tarde comentaram entre si, como que paralisados. Paralisados por uma força invisível.

— Ela é uma bruxa! Ela deve ir para a fogueira! conseguiu ainda gaguejar o padre.

Depois também ele se calou. Parecia passar uma eternidade. Nada interrompia o singular silêncio que se estendeu no recinto.

Cusilur adiantou-se um passo e disse com sua voz bonita e ainda um pouco infantil:

— Maldição paira sobre vós! Essa maldição vos perseguirá até cairdes condenados para sempre nas trevas que espalhastes na Terra. E tu, malvado! dirigiu-se ela ao padre. O homem assassinado que portas orgulhosamente sobre teu peito será vingado. Temei o dia em que o grande vingador aparecer em seu radiante esplendor no céu. Não sois seres humanos, pois me causais asco.

Depois dessas palavras Cusilur deixou vagarosamente o salão. Seus dois acompanhantes vieram preocupados ao seu encontro. Quando eles quiseram falar-lhe, ela fez um gesto com a mão.

Os quatro homens carregaram durante dois dias o corpo de Huascar, enterrando-o no local indicado por Cusilur. Lágrimas corriam pelas faces dela, quando os homens socavam a sepultura e plantavam sobre ela um arbusto de framboesas. Nas proximidades havia um solitário bloco de rocha, de modo que a sepultura sempre seria facilmente encontrada.

Os espanhóis ainda continuaram sentados e calados, quando a moça já havia muito tinha desaparecido. Felipe quis dar uma risada cínica, contudo não conseguiu fazê-lo. De Soto sentiu algo como vergonha e arrependimento brotar nele. Dois sentimentos que lhe eram estranhos.

— O que disse a bela? perguntou Pizarro ironicamente, pois aborrecia-se com a fraqueza que tomara conta dele ao ver a moça inca.

— Ela nos amaldiçoou, nada mais! respondeu Felipe, o mais indiferentemente possível. E a vós, reverendo, dirigindo-se ao padre, ela chamou de "malvado", afirmando que "o homem assassinado" que portais em vosso peito será vingado.

— Ela, pois, tem razão em amaldiçoar-nos. Provavelmente tiramos dela tudo o que amou! opinou de Soto.

— Ela não era uma criatura humana! Era uma bruxa! Eu sinto essa raça já de longe! disse Valverde, tremendo de raiva.

De repente sentiu-se como se tivesse sido enganado. Por causa de Cristo empreendera essa difícil marcha, sentindo-se fraco e doente, e essa cria do diabo ousara chamá-lo de "malvado".

Nem um dos homens esqueceu Cusilur enquanto viveu. O desprezo e o nojo vindos na expressão de seus maravilhosos olhos tinham algo de amedrontador.

A Cidade de Ouro Transformou-se numa Cidade de Ruínas

É impossível descrever o saque iniciado após a conquista da cidade. Foi executado, naturalmente, sob a supervisão dos dirigentes espanhóis. O ouro pertencia à coroa espanhola e à Igreja. Naturalmente, cada um que havia participado da expedição receberia o seu quinhão.

Enquanto uma parte das tropas arrancava das paredes e colunas dos templos e dos palácios as placas trabalhadas de ouro, outros juntavam montes de objetos de arte e utensílios, tudo em ouro, como por exemplo: xícaras, baixelas, travessas, canecas, jarros, etc. Seguiram-se depois as plantas ornamentais de ouro, colocadas artisticamente nos pátios, jardins e praças. Foram encontradas também muitas joias. Parecia que as mulheres haviam levado muito pouco consigo. Pizarro mandou guardar em baús os braceletes, anéis, correntes de pérolas de ouro, luvas de ouro e dedais utilizados para fazer os nós de quipo. Juntaram-se ainda a isso os muitos sóis, cometas, luas, estrelas dos templos e figuras – geralmente de animais – de prata, ouro e pedras preciosas. Não é possível mencionar todos os objetos de valor que os conquistadores reuniram...

Ainda havia incas na cidade que presenciaram, de locais escondidos, o saque. De bom grado teriam dado todo o ouro aos conquistadores. Mas, desde a morte de Atahualpa, sabiam que os conquistadores queriam mais ainda além do ouro.

— Os saqueadores sairão com seu roubo. Não obstante, para nós, incas, não há mais esperança. Agora conhecem o caminho e voltarão em grandes bandos. Vamos embora! disse um deles com tristeza na voz.

E assim fizeram.

Dois incas permaneceram na cidade junto aos *cholos* que não morreram. Os *cholos*, tratados como escravos, tiveram de conduzir o ouro roubado no dorso das lhamas até o porto.

Esses dois incas foram aprisionados e submetidos a interrogatório. Os inimigos supunham, com razão, que eles sabiam para onde haviam sido levadas suas mulheres. O próprio Pizarro conduziu o interrogatório, tendo Felipe a seu lado.

— Certamente sabemos onde nossas mulheres se encontram! disse calmamente um dos incas. De nós nunca sabereis o paradeiro delas.

Após Felipe ter traduzido essas palavras, Pizarro dirigiu-se ao segundo inca.

— Onde estão elas? perguntou raivoso.

— Assassinastes os filhos de nosso rei, destruístes nossa pátria, conspurcando-a, mas nunca fareis de nós traidores, pois somos incas e possuímos a dignidade que vos falta.

Quando Felipe traduziu as palavras do inca, Pizarro fez um gesto com a mão.

— Esses dois impertinentes terão de ser decapitados! Entregai--os ao comandante.

Somente quando Felipe avisou que tal ordem fora executada, a raiva de Pizarro se acalmou. Ao mesmo tempo sentiu o medo tomar conta dele, fazendo-o estremecer, pois novamente viu o abismo se abrindo à sua frente. Valverde libertou-o desse estado apavorante.

— Mandastes matar os incas cedo demais! disse o padre repreensivamente. Existem muitos meios para fazer pessoas renitentes falarem.

— Também torturas, se te referes a isso, em nada mudariam a inflexibilidade dos incas. Nem mesmo a fogueira.

Diversos *cholos* também foram interrogados sobre o paradeiro dos incas. Pizarro deu ordem a Felipe de interrogá-los. Talvez ele tirasse algo mais dos escravos... Os *cholos* nada sabiam. Isto logo se tornou evidente para o sagaz Felipe. Antes da conquista de sua cidade, os incas tiveram poucas ligações com os mestiços.

Tratados como prisioneiros, os *cholos* tiveram de presenciar como suas mulheres eram violentadas pelos soldados e suportavam a vida apenas graças às folhas do arbusto *biru*. Essas folhas colocavam-nos num estado em que tudo se lhes tornava indiferente...

A segunda cidade inca, um pouco menor, denominada Cidade da Lua, sofreu idêntico destino. Foi conquistada e saqueada do mesmo modo que a capital dos incas. Somente que a conquista demorou muito mais tempo. Pois os aimarás, que lá viviam junto aos incas, opuseram aos inimigos muito maior resistência. Por fim, também esses corajosos defensores foram mortos. Incas e aimarás morreram aos milhares. Não resistiam aos canhões, mosquetões, lanças, flechas e clavas.

Os saqueadores saíram com os despojos, deixando atrás de si destruição e milhares de mortos. Apenas os sininhos de prata que ainda estavam pendurados em algumas casas interrompiam o silêncio.

Os mortos ficavam onde caíam, sem serem sepultados. No ar seco das altas montanhas os corpos deterioravam-se muito lentamente. Dez anos depois, visitantes e historiadores ainda viam, na planície diante da Cidade de Ouro, muitos esqueletos, na maior parte ainda vestidos.

A ocupação do reino inca somente concretizou-se muito vagarosamente. Pois entre os próprios conquistadores irromperam brigas e rebeliões. Juntavam-se a isso as hostilidades dos diversos povos e tribos que se revoltavam aberta ou ocultamente contra o domínio espanhol, matando, sempre que lhes era possível, alguns dos opressores.

Cansados da luta de dezenas de anos contra os nativos, os espanhóis resolveram procurar um descendente inca, proclamando-o rei a seguir. Depois de demoradas buscas, acharam um homem que descendia de uma mulher *chibcha* e um inca. E que também estava disposto a aceitar o cargo que lhe fora ofertado. Tornou-se conhecido com o nome que os espanhóis lhe deram: Manco Capac. Não demorou muito, porém, e constatou-se que esse Manco Capac era um inimigo dos espanhóis, incitando rebeliões contra eles. Com isso ele se condenou à morte. Foi fuzilado pelas costas por um "cano que cuspia fogo", como os nativos chamavam os mosquetões.

Os Incas Desapareceram sem Deixar Vestígios

Um dia os incas apareceram e ninguém soube de onde. Agora, depois da conquista de suas cidades, novamente desapareciam sem deixar vestígios.

Durante muito tempo os espanhóis procuraram na região, interrogando centenas de pessoas sobre o paradeiro dos incas, contudo todas as buscas e perguntas foram em vão. As respostas que os espanhóis recebiam, diziam mais ou menos o seguinte:

"Os deuses acolheram os seus prediletos", ou "os deuses tornaram-nos invisíveis..."
Alguns, naturalmente, poderiam ter respondido as perguntas dos espanhóis. O Monte da Lua, pois, era conhecido por outros povos também como ponto de encontro dos astrônomos. As mulheres e crianças, provavelmente, foram levadas primeiro para lá. Contudo, ninguém trairia os incas, dos quais somente receberam coisas boas. Finalmente os espanhóis desistiram.

E assim os incas continuaram desaparecidos, pois desde o início qualquer procura teria sido infrutífera, uma vez que as estradas incas após pouco tempo ficaram tão encobertas pelo matagal, que ninguém mais poderia imaginar que ali havia existido um caminho.

Cerca de quatrocentos povos, entre eles também tribos menores, tinham feito alianças com os incas. Vieram voluntariamente. Todos eles consideravam uma honra fazer parte do reino inca, que se tornava cada vez maior.

A flecha de ouro de Inti*, que outrora, quando os incas chegaram, tinha aumentado o brilho da região florida cor de ouro, atingia agora apenas cidades destruídas. Constantemente formavam-se tempestades, com ventos e chuvas, que lavavam a última sujeira deixada pelos espanhóis.

Durante decênios os espanhóis evitavam, supersticiosos, as destruídas cidades incas. Tinham medo dos incas invisíveis. Alguns aventureiros que procuravam ouro fugiam depois de pouco tempo.

— No meio da noite as ruínas eram iluminadas por um vislumbre dourado! contaram mais tarde. Não pelo brilho do luar, pois eram noites sem luar! acrescentavam quando alguém falava de luar.

Primeiro os espanhóis fundaram uma cidade nova. Aliás, a cidade de Lima. Lá investiram Pizarro como vice-rei. Mais tarde, sobre os destroços da antiga Cidade de Ouro inca, erigiram a cidade de Cuzco.

Sobre as ruínas da outrora Cidade da Lua, situada na Bolívia de hoje, fundaram a cidade de "Nuestra Señora de La Paz".

Cajamarca, com sua fonte de água quente, continua existindo e é hoje um balneário muito procurado.

---

* Raio solar.

Diego Almagro, de início, recebeu um cargo de governador numa localidade que se situa no Chile de hoje. E Pedro de Candia tornou-se embaixador da casa real espanhola na cidade portuária de Tumbes.

O Que Aconteceu com o Ouro Inca?

A destruição das cidades incas com a pilhagem que se seguiu trouxe apenas desgraça a todos que disso participaram. O navio carregado de ricos tesouros em ouro, destinado à Igreja, nunca chegou a Roma. Uma violenta tempestade fez com que afundasse. Pedro de Toledo, homem de confiança da Igreja, fiscalizava pessoalmente o carregamento da preciosa carga. Ele tinha mandado costurar os objetos de arte em panos de lã. Os nativos recusaram-se a fazer esse trabalho. Quando Toledo mandou perguntar por que não queriam ajudar, um dos *quitos* disse:

— Sobre o ouro jazem sombras de sangue, não queremos sujar nossas mãos com isso.

Dos dois outros navios pesadamente carregados de ouro, destinados à Espanha, apenas um chegou. O segundo nunca alcançou seu destino. A tripulação do navio, juntamente com o capitão, foi acometida de uma espécie de peste, com resultados fatais. Também Hernando Pizarro e alguns mercenários que acompanhavam a preciosa carga morreram vítimas dessa peste.

O navio, como um navio fantasma, navegou durante alguns dias sobre o mar calmo, até que depois adernou e afundou com a maravilhosa carga de ouro e os cadáveres em decomposição.

Naturalmente, vários navios com ouro chegaram à Espanha. Os primeiros carregamentos desses navios foram logo transportados para a "casa da concentração", onde as maravilhosas obras de arte dos incas foram depressa fundidas e transformadas em barras de ouro.

Pizarro, juntamente com o muito ouro que requisitara para si, sobreviveu a seu irmão por poucos anos apenas. Um padre jesuíta encontrou-o certo dia, em sua casa em Lima, perfurado por numerosas facadas.

Diego Almagro igualmente não pôde alegrar-se com seu roubo. Dois ou três anos mais tarde foi estrangulado por ladrões devido a sua riqueza.

Também o padre Valverde não teve um fim bonito. Emagreceu até se transformar num esqueleto e foi tomado por uma espécie de delírio de perseguição. O crucifixo, que sempre portara tão orgulhosamente, começou a amedrontá-lo. E de uma maneira tal, que ele o largou completamente. "O crucificado está me perseguindo!" murmurava para si mesmo. Às vezes ele se lembrava das palavras de Cusilur e então ficava fora de si. Tentava fugir de algo que só ele via. Numa dessas fugas tropeçou, batendo forte com a testa numa pedra. Alguns nativos viram-no cair. Mas ninguém quis levantá-lo e levá-lo para sua casa. Temiam-no e detestavam-no ao mesmo tempo. Quando os outros padres o encontraram, já estava morto.

Com os demais participantes não se passou de melhor maneira. Ou tiveram uma morte violenta, ou, se viveram mais tempo, foram atormentados durante toda a vida por inexplicáveis sentimentos de medo. Por toda parte viam inimigos que queriam roubá-los e matá-los...

CAPÍTULO XXI

OS LOCAIS DE REFÚGIO

A Vida dos Incas Desaparecidos

Todos os incas se adaptaram rapidamente ao seu novo ambiente. Estavam em segurança. Contudo, ainda teria de passar algum tempo até que desaparecessem as sombras da tristeza que os envolviam. Muitos dos que caminharam até os vales das montanhas situados mais distantes tinham a impressão, ao ver as pequenas casas de pedra, de como se tivessem voltado para uma região há muito conhecida. Não era nada de extraordinário que esses vales montanhosos lhes parecessem de algum modo familiares. Entre eles encontravam-se pessoas que outrora haviam emigrado de vales parecidos, a fim de cumprir uma missão em outra parte. Agora, no fim, San e Bitur estavam novamente encarnados.

Fazia mil e quinhentos anos que San guiara o pequeno povo inca para fora de seus vales, ao encontro de seu novo destino. Agora ele fazia o mesmo, apenas em sentido contrário. Reconduzia-os para os vales das montanhas.

Decerto, não havia entre os incas nenhum homem e nenhuma mulher que não tivesse agradecido a Tupac, há muito falecido, e à mulher invisível com a "voz maviosa", pelos locais de refúgio. Sem essa precaução teriam passado mal.

Os agricultores incas trouxeram sementes de tudo, de modo que nada lhes faltaria. Além disso, havia naquele tempo, nas regiões andinas, milhares de pombos montanheses e galinhas semelhantes a faisões, que por toda parte se desenvolviam como verdadeiros animais domésticos.

Os incas eram seres humanos espiritualmente muito desenvolvidos, eis por que também se sentiam bem em simples casas de pedra. Apenas uma coisa havia mudado em sua vida. A alegria que antes sentiam pelo ouro tinha desaparecido completamente. Desde que souberam que havia pessoas que matavam apenas para apropriar-se de ouro, quase temiam esse outrora tão querido metal do sol.

Os ourives que havia entre eles entregaram-se a outros trabalhos. Também eles não tinham mais vontade de fazer obras de arte em ouro, embora ouro não lhes faltasse nos novos vales das montanhas...

O último ouro que os conquistadores europeus roubaram foram as placas da ilha de Titicaca. Esse ouro somente foi encontrado porque um cholo bêbado traiu o segredo da ilha.

O Monte da Lua situado mais próximo da outrora Cidade de Ouro tornou-se uma espécie de cidade-escola. Por esse motivo domiciliaram-se lá a maior parte dos jovens. Permaneciam ali até terminarem seu tempo de aprendizado. Após isso, geralmente já casados, transferiam-se para os vales das montanhas, onde seus parentes viviam.

Os sábios diziam a si próprios que também no exílio a juventude tinha de se apropriar o mais possível de saber espiritual. Pois somente isso lhes poderia dar o necessário apoio e segurança. Não somente na vida atual, mas também numa vida futura.

Cusilur e algumas moças, que melhor dominavam a arte do quipo, descreviam nessa escrita de nós a desgraça que se abatera sobre os incas. Com toda a sorte de detalhes. A morte de ambos os filhos do rei. A cobiça dos barbudos imundos, pelo ouro. A profecia do falecido astrônomo Tenosique a respeito do grande cometa, que dentro de poucos séculos apareceria no céu, como vingador. Fizeram menção até do homem com os olhos maus, aquele que portava sobre o peito, orgulhosamente, o assassinado numa cruz. Descreveram, por fim, a maravilhosa salvação da maior parte do seu povo.

No decorrer dos séculos, pesquisadores sempre de novo procuravam por uma cidade inca escondida, que deveria, pois, existir em alguma parte... Um povo inteiro não poderia ser levado pelos "deuses", como muitos nativos afirmavam...

Os incas ainda viveram em Machu Picchu cerca de cem anos. Os poucos que após esse tempo ainda ali viviam deixaram a pequena cidade montanhesa e seguiram mais além, por caminhos escondidos, até os vales das montanhas, a fim de ali se estabelecerem junto aos outros.

Todos os incas morriam de morte natural. Acontecia, muitas vezes, que pessoas ainda bem jovens se deitavam para dormir ao anoitecer e não mais acordavam na manhã seguinte. Depois de aproximadamente trezentos anos, não havia mais nenhum inca sobre a Terra.

A maior parte desse povo pôde voltar para seus reinos espirituais, para continuar lá sua vida, envoltos pelo brilho de ouro. Uma parte deles novamente está encarnada na Terra, a fim de cumprir uma missão agora durante a época do Juízo. Ou a fim de libertar-se de fios de culpa...

A Decadência de Povos Outrora de Nível Elevado

Muitas mentiras a respeito dos incas foram divulgadas pelos conquistadores. Falavam, por exemplo, de inimizade entre os filhos do rei e de fratricídio entre eles, de escravidão imposta a outros povos pelos incas, de sua vida perversa, de sangrentos cultos de ídolos e assim por diante. Tudo para desfazer seus próprios crimes, para se livrarem da mácula que pesava sobre eles. Os adeptos da Igreja que não sabiam de nada consideravam os cruéis conquistadores ainda como "libertadores", que haviam tornado a doutrina de Jesus acessível aos povos afundados no paganismo.

E assim aconteceu. A doutrina de Jesus, deturpada, foi divulgada nos países conquistados. Pois como era de se prever, a Igreja tinha ganho a supremacia. Embora demorasse decênios e às vezes séculos até que todos se deixassem "converter".

Não apenas a doutrina de Jesus, deturpada, mas também todos os males humanos chegaram com a conquista do país, ou melhor dito, dos países. Alastraram-se todas as espécies de doenças, vícios e mesmo a pobreza, que até aquela época era desconhecida. Por isso não é de se admirar que muitos se entregassem ao vício das folhas de coca. Essas folhas saciavam sua fome, amainavam suas dores e faziam-nos esquecer sua existência miserável.

Quase seis milhões de pessoas que ainda hoje vivem lá falam o quíchua, a língua inca. Por isso, erroneamente, são denominados de descendentes dos incas. Os pretensos descendentes não esqueceram os incas. Ainda fazem muito a fim de conservar viva, pelo menos em parte, a tradição inca.

Festejam, por exemplo, anualmente em Cuzco a festa "Inti Raymi", a festa do Sol. Esse festival, naturalmente, pouca semelhança tem com a festa do Sol celebrada outrora pelos incas. É hoje

uma espécie de festa popular moderna, para a qual peregrinam de longe os descendentes de povos que outrora pertenciam ao grande reino inca. Embora se trate de uma festa religiosa, muito se dança, muito se bebe e muita música ruidosa se executa.
Na praça em Cuzco, chamada "Praça das Armas", levantam-se inúmeras barracas nas quais se pode comprar toda a sorte de mercadorias. Coisas para comer, bebidas e objetos do artesanato regional. Finalmente, a outrora tão solene festa do Sol dos incas tornou-se uma atração turística.

A Descoberta de Machu Picchu

No ano de 1911 o arqueólogo americano Hiram Bingham descobriu Machu Picchu. Esse explorador demonstrou sempre um especial interesse pelos incas, tendo lido por isso tudo o que fora escrito sobre esse "povo misterioso". Através dessas leituras conheceu também a lenda segundo a qual o último rei inca teria desaparecido junto com suas concubinas e as virgens do Sol nos *yungas*[*].
Esse "desaparecer" deixou Bingham intrigado. Em alguma parte deveriam existir vestígios. Segundo os livros escritos sobre os incas, não se tratava apenas de um rei, mas de um povo inteiro. Estava firmemente decidido a encontrar os vestígios desse povo. Mesmo que tal empreendimento fosse muito penoso. O empreendimento não somente foi penoso, mas também muitas vezes perigoso.
Havia algo que o impelia a decifrar o mistério do povo desaparecido. E assim, acompanhado de um nativo, ele caminhou através de altas montanhas, de desfiladeiros, de vales profundos e por entre matagais espinhosos. Os caminhos que seguiu eram cansativos e extenuantes. Contudo, achou o que procurava.
Encontrou um dos locais de refúgio dos incas: Machu Picchu. Hoje uma estrada de ferro conduz até lá, sendo necessário subir quase quatro mil metros.
Turistas de todos os países viajam para Machu Picchu, fotografam e discutem sobre as ruínas, perdendo-se em suposições sobre as virgens do Sol, que pretensamente moraram em "conventos"...

---

* Zonas limítrofes das montanhas.

Nos conquistadores, ávidos pelo ouro, que obrigaram os incas a refugiarem-se numa região montanhosa de tão difícil acesso, nesses, decerto, ninguém dentre eles pensa.

É possível que algum dia encontrem um segundo ou terceiro refúgio dos incas, com as ruínas de singelas e pequenas casas de pedra.

No fundo, o desaparecimento dos incas não poderá ser designado de misterioso. Cada pessoa boa que se tornasse ciente dos atos cruéis dos conquistadores teria caminhado o mais longe possível, apenas para não encontrar nenhum deles.

Sim, também para Cuzco e La Paz vêm muitos turistas. Admiram as grandiosas igrejas e conventos, construídos em honra de Deus. Porém, as sombras sangrentas que estão nelas ninguém vê.

A Sabedoria Inca Continua Viva

Cusilur morreu com cerca de quarenta anos de idade. Com grande critério ela dirigiu uma escola, ensinando às meninas tudo o que deveriam saber. Vivia feliz e contente e assim também deixou a Terra quando sua hora chegou. O filho dela, Imasuai, desenvolvera-se bem e em tudo se parecia com o pai, Huascar.

"Reverei Huascar!" pensava Cusilur feliz. "Na época da nossa reencarnação na Terra, nós nos encontraremos." Isto lhe dissera um sábio, pouco depois da morte de Huascar.

"Quando o vingador, o grande cometa, aparecer no céu, tu e Huascar o vereis, pois ambos novamente estareis na Terra para cumprir uma missão." Assim diziam as palavras do sábio, que continuavam a viver nela de modo inesquecível.

Cusilur, porém, viu Huascar muito mais cedo do que imaginava. Viu-o logo ao desligar-se de seu corpo terreno e entrar no outro mundo.

Os que ficaram souberam logo do reencontro dos dois. Aliás, foi por intermédio de uma mulher já mais idosa, que passando pela Pedra do Sol, poucos dias depois da morte de Cusilur, viu-a junto a Huascar, ambos parados ali. Também outros que moravam entre as montanhas, nas diversas aldeias incas, viram no decorrer desse mês as belas e irradiantes almas de Cusilur e Huascar.

A alguns escolhidos, Cusilur e Huascar apareciam em sonho, transmitindo-lhes uma mensagem. Ao mesmo tempo, pediam que retransmitissem a mensagem a todos os incas. Conforme o sentido, ela dizia o seguinte:

"O grande astro, o vingador, que dentro de poucos séculos aparecerá no céu, visível a todos, não está sozinho. Ele pertence à comitiva do divino juiz e salvador, que o onipotente Deus-Criador enviará, na época das transformações, até embaixo, à maltratada Terra. O divino trará aos seres humanos uma Mensagem da Luz, de salvação e de sabedoria. Isto acontecerá pela última vez. Quem ainda for capaz de assimilar a Mensagem da Luz, esse poderá salvar-se e olhar de novo para cima. O grande cometa modificará com a sua força totalmente a superfície terrestre. A força dele apenas será perigosa para todos aqueles que não seguirem o portador da Luz. Serão muitos, inúmeros. Pois, na época da transformação da humanidade, os seres humanos ávidos pelo ouro e os falsos sacerdotes dominarão a Terra, oprimindo e atormentando os poucos bons! Também nós, incas, pelo menos uma parte, pertencemos à comitiva do onipotente Portador da Luz e salvador. Luta e sofrimento dominarão por toda parte, pois os maus se agarrarão até o último suspiro aos seus direitos imaginários."

"O grande espírito que nos trouxe essa Mensagem para retransmiti-la, deu-nos ao mesmo tempo o seguinte conselho:"

"Sois incas! Pastores e senhores na Criação! Sempre vencereis pela força de vossos espíritos puros, onde quer que os seres humanos das trevas queiram vos oprimir e prejudicar. Porém, nunca devereis ficar desanimados e medrosos! Mas inteligentes, corajosos e verdadeiros! O espírito, convicto de sua missão, contém uma força que penetra as trevas, trazendo à luz as maquinações dos maus.
Sede corajosos e estai preparados quando chegar o tempo da última prestação de contas. Não estais sozinhos. Muitos poderosos espíritos estarão ao vosso lado!"

Essa mensagem foi, sem perda de tempo, retransmitida a todos os incas. Agora estava esclarecida a existência do extraordinário cometa, com o qual Tenosique se havia ocupado durante toda a vida. Ele fazia parte da comitiva de um elevado enviado da Luz.

"Nós também pertencemos à comitiva dele!" pensavam os incas com alegria no coração. Cada um esperava que lhe fosse permitido estar junto quando o grande acontecimento se realizasse na Terra.

Imasuai, que se tornara um grande sábio, passou a vida visitando as aldeias incas, ensinando adultos e jovens e respondendo às perguntas deles. Por toda parte falava com os seus sobre a mensagem que lhes fora transmitida por Cusilur e Huascar. Nisso ele via sua principal missão.

"Devemos ajudar o salvador e juiz a transmitir a sua Mensagem!" dizia ele sempre ao final de suas explanações. "Para poder fazer isto, temos de ser muito alertas no espírito. Não devemos esquecer que existiram também incas que decaíram para um nível inferior, pois não estavam tão vigilantes no espírito e na Terra como deveriam estar..."

Imasuai alcançou mais de cem anos de idade. Morreu numa gruta onde sempre pernoitava, ao dirigir-se ao mais afastado vale montanhoso dos incas. Deitou-se ao anoitecer e não mais acordou.

Sua morte não surpreendeu ninguém, uma vez que nos últimos meses, por toda parte onde ia, alertava as pessoas dizendo já ver diante de si o último marco da estrada da vida. Ao mesmo tempo pedia que não procurassem por ele caso não mais voltasse.

— Meu corpo terreno deve ficar lá onde eu o deixar! acrescentou explicando.

Seguem agora algumas sentenças de Imasuai, o grande sábio inca:

"A alegria dos espíritos da natureza expressa-se através de suas obras. Ela se mostra no brilho da água, no bramir do vento, nos raios do sol e nas encostas cobertas de neve com seu vislumbre azulado. Também nos lagos montanheses ela se expressa, lagos que brilham como olhos em direção ao céu, e nos animais confiantes que procuram a proximidade do ser humano. A alegria é uma dádiva da qual apenas participam os puros no espírito."

"Há situações na vida que despertam no ser humano forças não imaginadas, proporcionando-lhe a vitória."

"Sê amável para com os teus próximos. E verdadeiro nas palavras e ações."

"Na alma jazem as causas para os problemas de saúde, os quais atormentam os seres humanos de hoje."

"Quanto tremerão as criaturas humanas de índole ruim, quando chegarem ao último marco do caminho."

"Para longe brilhou, outrora, o astro dos seres humanos. Hoje seu brilho desapareceu, e véus encobrem o semblante de Olija, a rainha da Terra."

"Apenas a religião que encerra a Verdade concede ao ser humano força e apoio, protegendo-o contra a decadência dos costumes."

"Na Terra não existe mais nenhuma verdadeira religião. Por isso os seres humanos estão abandonados. Como as criaturas humanas suportarão quando chegar o tempo do grande vingador no céu?"

"Os seres humanos devem ser pastores, protetores e senhores na Terra. O grande espírito mandou-nos comunicar isso. A maioria dos incas obedeceu à vontade do grande espírito. E por esse motivo assumiram um lugar de destaque. Contudo, houve entre nós também os que não foram suficientemente vigilantes, perdendo por isso tudo o que proporciona valor aos seres humanos."

"Amenizar incompatibilidades, também nisso jaz amor ao próximo."

"A mentira é um corpo estranho que atua mortalmente."

"Os seres humanos que fizeram desaparecer o brilho da Terra cobiçam e agarram-se a tudo o que é perecível."

"Aproximamo-nos de uma nova era universal! A mudança é trazida pelo cometa irradiante, o vingador!"

"Eu sinto o fulgor uniforme dos raios solares; o calor cheio de vida. Ao mesmo tempo me torno consciente da impressão de despedida que trazem consigo. Inti, nosso querido senhor do Sol, lentamente se despede de seu fulgurante reino."

"Olhando para o firmamento e sentindo as inúmeras correntezas e influências dos astros que mutuamente propiciam forças, admiro-me de que criaturas tão insignificantes como nós, seres humanos, tenham permissão de viver no grandioso mundo do Deus-Criador."

"Enquanto caminho na atmosfera alegre do luminoso meio-dia, fluem amor e gratidão de meu coração. Esse amor e gratidão são dirigidos a todos vós, espíritos da natureza, grandes e pequenos, que me possibilitaram a vida na Terra."

EPÍLOGO

Aqui termina a história dos incas. Na realidade são apenas episódios da vida desse povo extraordinário. No presente livro são mencionadas principalmente duas grandes cidades incas. A dourada Cidade do Sol e a Cidade da Lua. Existiam porém, ainda outras localidades maiores com seus templos e escolas. Algumas dessas localidades incas, sobre as quais também muito se poderia escrever, foram assaltadas pelas hordas de Pizarro, antes ainda de chegarem a Cuzco.

Essa história não é completa. Como acima se mencionou, trata-se apenas de episódios, com os quais o leitor pode formar uma imagem dos seres humanos que se denominavam pastores e senhores, não conhecendo o dinheiro e vendo no ouro o reflexo do sol.

Ao longo do tempo os incas dominaram cerca de quinhentas tribos e povos maiores e menores. Sim, eles dominaram esses povos. Mas não no sentido que hoje se entende por "dominar". Os incas exerciam seu poder devido às suas extraordinárias capacitações espirituais. Dominavam, portanto, "espiritualmente". A singular posição que possuíam entre os outros povos efetuava-se pela força de seus espíritos puros. Da maneira mais natural. Por intermédio de seu saber, sua capacidade, seu amor ao próximo e assim por diante.

A riqueza em ouro dos incas era incalculável. Uma vez que o saque prosseguiu durante cinquenta anos, é compreensível que não tenha restado muito para ser guardado. As obras de arte que se encontram no "Museo del Oro", em Lima, pertenciam apenas em mínima parte aos incas. Não devemos nos esquecer que entre os povos aliados dos incas havia grandes artistas mestres nos trabalhos em metal.

O ouro dos incas desapareceu. Os conquistadores cuidaram para que se apagasse o último brilho que seres humanos difundiram espiritual e terrenamente.

Ainda não desapareceram, porém, os vestígios que os amigos dos incas e de outros povos daquele tempo, os gigantes, deixaram. Cada bloco de pedra, pesando toneladas, nas ruínas que ainda são visíveis dá testemunho da existência deles.

Mesmo as hoje tantas vezes citadas linhas e figuras descobertas no Vale de Nazca, no sul do Peru, lembram em suas imensas medidas os gigantes, que ainda hoje são designados como deuses por alguns dos povos ali radicados.

O Vale de Nazca, com suas redes de linhas, figuras de animais e pessoas, constitui na realidade um livro de ensino, que os seres humanos, para os quais foi feito, compreendiam perfeitamente.

A rede de linhas, dentre as quais algumas parecem estradas, representa um atlas astronômico, como constatou acertadamente o professor Kosok... Atlas este que reproduz os movimentos individuais de astros de modo claro e visível. Entre eles encontram-se também os "astros invisíveis", que emitem mais irradiações para a Terra do que se pode imaginar. A Terra é, pois, "bombardeada" dia e noite por irradiações emitidas não apenas pelos astros por nós conhecidos e visíveis.

As igualmente gigantescas figuras de animais no Vale de Nazca viveram outrora naquela região em forma semelhante, embora não de tal tamanho. Aliás, numa época em que o maciço montanhoso dos Andes ainda emergia do mar como uma ilha tropical verde. Também as figuras de seres humanos com as cabeças circundadas por raios têm um significado mais profundo.

Por intermédio dos raios, os "mestres" enteais indicavam que na ilha verde tinham vivido seres humanos. Seres humanos bons e irradiantes.

Essas explicações, naturalmente, apenas serão assimiladas e sentidas como verdadeiras por aquelas pessoas que ainda possuem uma ligação com o grande reino da natureza e seus espíritos. E tão somente para essas pessoas foi escrito o presente livro.

Que lhes traga alegria e elucidação sobre o último povo ligado à Luz que viveu na Terra!

ÍNDICE

INTRODUÇÃO 9

PRIMEIRA PARTE — A FUNDAÇÃO DO IMPÉRIO INCA

I — A Cultura Sul-Americana
Os Povos Pré-incaicos 13
Os Incas 15
A Vida nos Altiplanos 16
Não Havia Doenças 19
O Cometa 20

II — O Caminho para o Alvo Desconhecido
A Partida 24
O Novo Guia 26
Às Margens do Titicaca 29
Recomeça a Caminhada 32
A Região do Titicaca 33
O Encontro 34
"Deuses Brancos" 36

III — O Início do Grande Reino
O Alvo É Alcançado 39
O Lançamento da Pedra Fundamental 42
A Extensão do Reino 45
Os Trabalhos para a Construção da Cidade se Iniciam 47
Auxílio para a Construção 49
Sarapilas Confessa sua Culpa 51
A Cidade Cresce 55

IV — Os Médicos Incas e seus Métodos de Cura
A Vontade de Ajudar 58
Doenças da Alma 59
Magnetismo Terapêutico 64
O Efeito Protetor da Aura 68

V —	**Sacsahuamán – A Fortaleza Inca**

Malfeitores Invadem a Cidade 71
Os Sábios Pedem Auxílio 73
Chega o Auxílio 77
O Atrevimento de Tatoom 79
Termina o Trabalho dos Gigantes 82
A Solenidade de Agradecimento 85

VI —	**As Crianças Incas e sua Educação**

Os Pillis 90
Os Corpos Auxiliares 91
As Atividades das Crianças 94
A Escolha do Ofício 96
A Origem do Ser Humano 99

VII —	**Festas Incas**

A Ligação com a Natureza 101
Festa das Flores 102
Festa da Espiga de Milho 102
Festa dos Espíritos das Nascentes 103
O Cerimonial do Casamento 105

VIII —	**Os Templos Incas**

A Construção do Primeiro Templo Inca 107
A Reconstrução do Templo dos Falcões 109
Os Mandamentos Incas 112

IX —	**Os Dois Acontecimentos Importantes do Ano 400**

Manco Capac 115
A Mais Longa Estrada da Terra 117
Os Pumas Negros 118
A Descoberta dos Esqueletos 119
O Vale Benfazejo 121
Ursos nos Andes 123
A Sabedoria de Vida dos Incas 124

SEGUNDA PARTE — O ESPLENDOR DO IMPÉRIO INCA

X —	**Chuqüi, o Grande Rei**

Os Incas Viviam Envoltos em Ouro 129
A Casa da Despedida 130
O Sucessor 133
O Desenlace do Rei 135

O Grande Rei é Sepultado	137
A Festa da Despedida	138
A Coroação	141
Os Narradores	142
Tenosique	143

XI — **As Diferenças entre os Incas e os outros Povos**

Eu Queria Ser um Inca!	146
Maus Desejos	148
A Casa da Juventude	149
Em que os Incas se Diferenciam de Nós?	152
Mirani	154

XII — **As Sombras Aterrorizantes**

Os Estrangeiros	157
As Informações de Sogamoso	159
Machu Picchu	161
A Advertência da Mulher Runca	164

XIII — **A Luta Contra a Introdução de Entorpecente**

As Escolas dos Jovens	167
As Escolas das Virgens do Sol	169
A Reunião com as Moças	171
A Ilha do Sol	172
A Morte de Chiluli	174
Nymlap, o Sacerdote Idólatra	176
As Consequências do Entorpecente	180
A Decepção de Huascar	182

XIV — **A Convocação dos Sábios**

Os Membros do Conselho	185
O Alvo Comum Deu-lhes Força, Confiança e Persistência	187
Os Povos Descontentes	189
A Falha do Sábio Chia	192

XV — **As Fontes do Amor e da Vida Jazem no Espírito**

A União de Tenosique e Mirani	194
As Visões de Naini	196
Coban e Ave	199

XVI — **Os Gigantes Estão Trabalhando e a Terra Treme**

Dois Príncipes Oferecem Auxílio	202
O Terremoto	203
Os Gigantes Continuam Amigos dos Incas	204
Jovens Incas Frequentam outras Escolas	205

TERCEIRA PARTE — A INVASÃO DOS ESPANHÓIS

XVII — As Profecias do Fim
O Conselho dos Sábios se Reúne	211
Pela Segunda Vez a Voz Fez-se Ouvir	214
Os Guias se Apresentam	217
O Êxodo para o Brasil	219
Eu Vi Seu Astro!	220
A Geração Seguinte Completou o Trabalho	222

XVIII — As Primeiras Sombras se Fazem Sentir
As Determinações do Rei	224
Os Prenúncios da Catástrofe Vindoura	227
A Aflição Aproxima-se do Reino Inca	229

XIX — A Tragédia de Cajamarca
Atahualpa Recebe os Espanhóis	232
A Prisão de Atahualpa	235
A Morte de Atahualpa	239

XX — Aproxima-se o Fim
A Invasão da Cidade de Ouro	244
A Morte de Huascar	248
Cusilur, a Mulher de Huascar, Busca seu Corpo	251
A Cidade de Ouro Transformou-se numa Cidade de Ruínas	255
Os Incas Desapareceram sem Deixar Vestígios	257
O Que Aconteceu com o Ouro Inca?	259

XXI — Os Locais de Refúgio
A Vida dos Incas Desaparecidos	261
A Decadência de Povos Outrora de Nível Elevado	263
A Descoberta de Machu Picchu	264
A Sabedoria Inca Continua Viva	265

EPÍLOGO **270**

AO LEITOR

A Ordem do Graal na Terra é uma entidade criada com a finalidade de difusão, estudo e prática dos elevados princípios da Mensagem do Graal de Abdruschin "NA LUZ DA VERDADE", e congrega as pessoas que se interessam pelo conteúdo das obras que edita. Não se trata, portanto, de uma simples editora de livros. Se o leitor desejar uma maior aproximação com as pessoas que já pertencem à Ordem do Graal na Terra, em vários pontos do Brasil, poderá dirigir-se aos seguintes endereços:

Por carta
ORDEM DO GRAAL NA TERRA
Rua Sete de Setembro, 29.200 – CEP 06845-000
Embu das Artes – SP – BRASIL
Tel.: (11) 4781-0006

Por e-mail
graal@graal.org.br

Pela Internet
www.graal.org.br

NA LUZ DA VERDADE

Mensagem do Graal

de Abdruschin

Obra editada em três volumes, contém esclarecimentos a respeito da existência do ser humano, mostrando qual o caminho que deve percorrer a fim de encontrar a razão de ser de sua existência e desenvolver todas as suas capacitações.

Seguem-se alguns assuntos contidos nesta obra: O reconhecimento de Deus • O mistério do nascimento • Intuição • A criança • Sexo • Natal • A imaculada concepção e o nascimento do Filho de Deus • Bens terrenos • Espiritismo • O matrimônio • Astrologia • A morte • Aprendizado do ocultismo, alimentação de carne ou alimentação vegetal • Deuses, Olimpo, Valhala • Milagres • O Santo Graal.

vol. 1 ISBN 978-85-7279-026-0 • 256 p.
vol. 2 ISBN 978-85-7279-027-7 • 480 p.
vol. 3 ISBN 978-85-7279-028-4 • 512 p.

ALICERCES DE VIDA
de Abdruschin

"Alicerces de Vida" reúne pensamentos de Abdruschin extraídos da obra "Na Luz da Verdade". O significado da existência é tema que permeia a obra. Esta edição traz a seleção de diversos trechos significativos, reflexões filosóficas apresentando fundamentos interessantes sobre as buscas do ser humano.

Edição de bolso • ISBN 978-85-7279-086-4 • 192 p.

OS DEZ MANDAMENTOS E O PAI NOSSO
Explicados por Abdruschin

Amplo e revelador! Este livro apresenta uma análise profunda dos Mandamentos recebidos por Moisés, mostrando sua verdadeira essência e esclarecendo seus valores perenes.

Ainda neste livro compreende-se toda a grandeza de "O Pai Nosso", legado de Jesus à humanidade. Com os esclarecimentos de Abdruschin, esta oração tão conhecida pode de novo ser sentida plenamente pelos seres humanos.

ISBN 978-85-7279-058-1 • 80 p.

Também em edição de bolso

RESPOSTAS A PERGUNTAS
de Abdruschin

Coletânea de perguntas respondidas por Abdruschin no período de 1924-1937, que esclarecem questões enigmáticas da atualidade: Doações por vaidade • Responsabilidade dos juízes • Frequência às igrejas • Existe uma "providência"? • Que é Verdade? • Morte natural e morte violenta • Milagres de Jesus • Pesquisa do câncer • Ressurreição em carne é possível? • Complexos de inferioridade • Olhos de raios X.

ISBN 85-7279-024-1 • 192 p

Obras de Roselis von Sass

A DESCONHECIDA BABILÔNIA
A desconhecida Babilônia, de um lado tão encantadora, do outro ameaçada pelo culto de Baal. Entre nesse cenário e aprecie uma das cidades mais significativas da Antiguidade, conhecida por seus Jardins Suspensos, pela Torre de Babel e por um povo ímpar – os sumerianos – fortes no espírito, grandes na cultura.
ISBN 978-85-7279-063-5 • 304 p.

A GRANDE PIRÂMIDE REVELA SEU SEGREDO
Revelações surpreendentes sobre o significado dessa Pirâmide, única no gênero. O sarcófago aberto, o construtor da Pirâmide, os sábios da Caldeia, os 40 anos levados na construção, os papiros perdidos, a Esfinge e muito mais… são encontrados em "A Grande Pirâmide Revela seu Segredo". Uma narrativa cativante que transporta o leitor para uma época longínqua em que predominavam o amor puro, a sabedoria e a alegria.
ISBN 978-85-7279-044-4 • 352 p.

A VERDADE SOBRE OS INCAS
O povo do Sol, do ouro e de surpreendentes obras de arte e arquitetura. Como puderam construir incríveis estradas e mesmo cidades em regiões tão inacessíveis? Um maravilhoso reino que se estendia da Colômbia ao Chile. Roselis von Sass revela os detalhes da invasão espanhola e da construção de Machu Picchu, os amplos conhecimentos médicos, os mandamentos de vida dos Incas e muito mais.
ISBN 978-85-7279-053-6 • 288 p.

ÁFRICA E SEUS MISTÉRIOS
"África para os africanos!" é o que um grupo de pessoas de diversas cores e origens buscava pouco tempo após o Congo Belga deixar de ser colônia. Queriam promover a paz e auxiliar seu próximo. Um romance emocionante e cheio de ação. Deixe os costumes e tradições africanas invadirem o seu imaginário! Surpreenda-se com a sensibilidade da autora ao retratar a alma africana!
ISBN 85-7279-057-8 • 336 p.

ATLÂNTIDA. Princípio e Fim da Grande Tragédia
Atlântida, a enorme ilha de incrível beleza e natureza rica, desapareceu da face da Terra em um dia e uma noite… Roselis von Sass descreve os últimos 50 anos da história desse maravilhoso país, citado por Platão, e as advertências ao povo para que mudassem para outras regiões.
ISBN 978-85-7279-036-9 • 176 p.

FIOS DO DESTINO DETERMINAM A VIDA HUMANA

Amor, felicidade, inimizades, sofrimentos!... Que mistério fascinante cerca os relacionamentos humanos! Em narrativas surpreendentes a autora mostra como as escolhas presentes são capazes de determinar o futuro. O leitor descobrirá também como novos caminhos podem corrigir falhas do passado, forjando um futuro melhor.

ISBN 978-85-7279-045-1 • 208 p.

LEOPOLDINA, uma vida pela Independência

Pouco se fala nos registros históricos sobre a brilhante atuação da primeira imperatriz brasileira na política do país. Roselis von Sass mostra os fatos que antecederam a Independência e culminaram com a emancipação política do Brasil, sob o olhar abrangente de Leopoldina.

Extraído de *Revelações Inéditas da História do Brasil*.

Edição de bolso • ISBN 978-85-7279-111-3 • 144 p.

O LIVRO DO JUÍZO FINAL

Uma verdadeira enciclopédia do espírito, onde o leitor encontrará um mundo repleto de novos conhecimentos. Profecias, o enigma das doenças e dos sofrimentos, a morte terrena e a vida no Além, a 3ª Mensagem de Fátima, os chamados "deuses" da Antiguidade, o Filho do Homem e muito mais...

ISBN 978-85-7279-049-9 • 384 p.

O NASCIMENTO DA TERRA

Qual a origem da Terra e como se formou? Roselis von Sass descreve com sensibilidade e riqueza de detalhes o trabalho minucioso e incansável dos seres da natureza na preparação do planeta para a chegada dos seres humanos.

ISBN 85-7279-047-0 • 176 p.

OS PRIMEIROS SERES HUMANOS

Conheça relatos inéditos sobre os primeiros seres humanos que habitaram a Terra e descubra sua origem. Uma abordagem interessante sobre como surgiram e como eram os berços da humanidade e a condução das diferentes raças. Roselis von Sass esclarece enigmas... o homem de Neanderthal, o porquê das Eras Glaciais e muito mais...

ISBN 978-85-7279-055-0 • 160 p.

PROFECIAS E OUTRAS REVELAÇÕES

As pressões do mundo atual, aliadas ao desejo de desvendar os mistérios da vida, trazem à tona o interesse pelas profecias. O livro traz revelações sobre a ainda intrigante Terceira Mensagem de Fátima, as transformações do Sol e o Grande

Cometa, e mostra que na vida tudo é regido pela lei de causa e efeito e que dentro da matéria nada é eterno!
Extraído de *O Livro do Juízo Final*.
Edição de bolso • ISBN 978-85-7279-088-8 • 168 p.

REVELAÇÕES INÉDITAS DA HISTÓRIA DO BRASIL
Através de um olhar retrospectivo e sensível, a autora narra os acontecimentos da época da Independência do Brasil, relatando traços de personalidade e fatos inéditos sobre os principais personagens da nossa História, como a Imperatriz Leopoldina, os irmãos Andrada, Dom Pedro I, Carlota Joaquina, a Marquesa de Santos, Metternich da Áustria e outros... Descubra ainda a origem dos guaranis e dos tupanos, e os motivos que levaram à escolha de Brasília como capital, ainda antes do Descobrimento do Brasil.
ISBN 978-85-7279-112-0 • 256 p.

SABÁ, o País das Mil Fragrâncias
Feliz Arábia! Feliz Sabá! Sabá de Biltis, a famosa rainha que desperta o interesse de pesquisadores da atualidade. Sabá dos valiosos papiros com os ensinamentos dos antigos "sábios da Caldeia". Da famosa viagem da rainha de Sabá, em visita ao célebre rei judeu, Salomão. Em uma narrativa atraente e romanceada, a autora traz de volta os perfumes de Sabá, a terra da mirra, do bálsamo e do incenso, o "país do aroma dourado"!
ISBN 978-85-7279-066-6 • 400 p.

TEMPO DE APRENDIZADO
"Tempo de Aprendizado" traz frases e pequenas narrativas sobre a vida, o cotidiano e o poder do ser humano em determinar seu futuro. Fala sobre a relação do ser humano com o mundo que está ao redor, com seus semelhantes e com a natureza. Não há receitas para o bem-viver, mas algumas narrativas interessantes e pinceladas de reflexão que convidam a entrar em um novo tempo. Tempo de Aprendizado.
Livro ilustrado • *Capa dura* • ISBN 85-7279-085-3 • 112 p.

Obras de Diversos Autores

A VIDA DE ABDRUSCHIN
Por volta do século XIII a.c., o soberano dos árabes parte em direção aos homens do deserto. Rústicos guerreiros tornam-se pacíficos sob o comando daquele a quem denominam *Príncipe*.
Na corte do faraó ocorre o previsto encontro entre Abdruschin e Moisés, o libertador do povo israelita.
A Vida de Abdruschin é a narrativa da passagem desse *Soberano dos soberanos* pela Terra.
ISBN 85-7279-011-X • 264 p.

A VIDA DE MOISÉS
A narrativa envolvente traz de volta o caminho percorrido por Moisés desde seu nascimento até o cumprimento de sua missão: libertar o povo israelita da escravidão egípcia e transmitir os Mandamentos de Deus.
Com um novo olhar, acompanhe os passos de Moisés em sua busca pela Verdade e liberdade.
Extraído de *Aspectos do Antigo Egito*.
Edição de bolso • ISBN 978-85-7279-074-1 • 160 p.

ASPECTOS DO ANTIGO EGITO
O Egito ressurge diante dos olhos do leitor trazendo de volta nomes que o mundo não esqueceu – Tutancâmon, Ramsés, Moisés, Akhenaton e Nefertiti.
Reviva a história desses grandes personagens, conhecendo suas conquistas, seus sofrimentos e alegrias, na evolução de seus espíritos.
ISBN 85-7279-076-4 • 288 p.

BUDDHA
Os grandes ensinamentos de Buddha ficaram perdidos no tempo...
O livro traz à tona questões fundamentais sobre a existência do ser humano, o porquê dos sofrimentos, e também esclarece o Nirvana e a reencarnação.
ISBN 978-85-7279-072-7 • 336 p.

CASSANDRA, a princesa de Troia
Pouco explorada pela história, a atuação de Cassandra, filha de Príamo e Hécuba, reis de Troia, ganha destaque nesta narrativa.
Com suas profecias, a jovem alertava constantemente sobre o trágico destino que se aproximava de Troia.
Edição de bolso • ISBN 978-85-7279-113-7 • 240 p.

ÉFESO
A vida na Terra há milhares de anos. A evolução dos seres humanos que, sintonizados com as leis da natureza, eram donos de uma rara sensibilidade, hoje chamada *sexto sentido*.
ISBN 85-7279-006-3 • 232 p.

ESPIANDO PELA FRESTA
de Sibélia Zanon, com ilustrações de Fátima Seehagen
Espiando pela fresta tem o cotidiano como palco.
As 22 frestas do livro têm o olhar curioso para questões que apaixonam ou incomodam.
A prosa de Sibélia Zanon busca o poético e, com frequência, mergulha na infância: espaço propício para as descobertas da existência e também território despretensioso, capaz de revelar as verdades complexas da vida adulta.
ISBN 978-85-7279-114-4 • 112 p.

JESUS ENSINA AS LEIS DA CRIAÇÃO
de Roberto C. P. Junior
Em *Jesus Ensina as Leis da Criação*, Roberto C. P. Junior discorre sobre a abrangência das parábolas e das leis da Criação de forma independente e lógica. Com isso, leva o leitor a uma análise desvinculada de dogmas.
O livro destaca passagens históricas, sendo ainda enriquecido por citações de teólogos, cientistas e filósofos.
ISBN 85-7279-087-X • 224 p.

JESUS, Fatos Desconhecidos
Independentemente de religião ou misticismo, o legado de Jesus chama a atenção de leigos e estudiosos.
Jesus, Fatos Desconhecidos traz dois relatos reais de sua vida que resgatam a verdadeira personalidade e atuação do Mestre, desmistificando dogmas e incompreensões nas interpretações criadas por mãos humanas ao longo da História.
Extraído do livro *Jesus, o Amor de Deus*.
Edição de bolso • ISBN 978-85-7279-089-5 • 192 p.

JESUS, o Amor de Deus
Um novo Jesus, desconhecido da humanidade, é desvendado. Sua infância... sua vida marcada por ensinamentos, vivências, sofrimentos... Os caminhos de João Batista também são focados.
Jesus, o Amor de Deus – um livro fascinante sobre aquele que veio como Portador da Verdade na Terra!
ISBN 85-7279-064-0 • 400 p.

LAO-TSE
Conheça a trajetória do grande sábio que marcou uma época toda especial na China. Acompanhe a sua peregrinação pelo país na busca de constante aprendizado, a vida nos antigos mosteiros do Tibete, e sua consagração como superior dos lamas e guia espiritual de toda a China.
ISBN 978-85-7279-065-9 • 304 p.

MARIA MADALENA
Maria Madalena é personagem que provoca curiosidade, admiração e polêmica! Símbolo de liderança feminina, essa mulher de rara beleza foi especialmente tocada pelas palavras de João Batista e partiu, então, em busca de uma vida mais profunda. Maria Madalena foi testemunha da ressurreição de Cristo, sendo a escolhida para dar a notícia aos apóstolos.
Extraído do livro *Os Apóstolos de Jesus*.
Edição de bolso • ISBN 978-85-7279-084-0 • 160 p.

NINA E A MONTANHA GIGANTE
de Sibélia Zanon, com ilustrações de Paloma Portela e Tátia Tainá
Nina faz um passeio pelas montanhas. No caminho encontra tocas habitadas e casas abandonadas. Mas o que ela quer mesmo é chegar bem lá no alto.
Literatura Infantojuvenil • ISBN 978-85-7279-171-7 • 32 p.

NINA E A MÚSICA DO MAR • SEREIAS
de Sibélia Zanon, com ilustrações de Tátia Tainá
Nas férias, Nina faz uma viagem com a vovó Dora. O Cabelinho vai junto, é claro. Eles visitam o mar! É a primeira vez da Nina e do Cabelinho na praia. Nina está muito curiosa... o que tem dentro das ondas?
Literatura Infantojuvenil • ISBN 978-85-7279-150-2 • 32 p.

NINA E O DEDO ESPETADO • DOMPI
de Sibélia Zanon, com ilustrações de Tátia Tainá
Num dia ensolarado, Nina decide dar uma voltinha pelo jardim. No caminho, ela sente uma espetada. Aaaai!! Mas Nina não está sozinha. Seu amigo Cabelinho está por perto e a joaninha Julinha vai fazer com que ela se lembre de alguém muito especial.
Literatura Infantojuvenil • ISBN 978-85-7279-136-6 • 36 p.

O DIA SEM AMANHÃ
de Roberto C. P. Junior
Uma viagem pela história, desde a França do século XVII até os nossos dias. Vivências e decisões do passado encontram sua efetivação no presente, dentro da indesviável lei da reciprocidade. A cada parada da viagem, o leitor se depara com

novos conhecimentos e informações que lhe permitem compreender, de modo natural, a razão e o processo do aceleramento dos acontecimentos na época atual.

Edição nos formatos e-pub e pdf. • ISBN 978-85-7279-116-8 • 510 p.

O FILHO DO HOMEM NA TERRA. Profecias sobre sua vinda e missão
de Roberto C. P. Junior

Profecias relacionadas à época do Juízo Final descrevem, com coerência e clareza, a vinda de um emissário de Deus, imbuído da missão de desencadear o Juízo e esclarecer à humanidade, perdida em seus erros, as Leis que governam a Criação. Por meio de uma pesquisa detalhada, que abrange profecias bíblicas e extrabíblicas, Roberto C. P. Junior aborda fatos relevantes das antigas tradições sobre o Juízo Final e a vinda do Filho do Homem.

Edição de bolso • ISBN 978-85-7279-094-9 • 288 p.

OS APÓSTOLOS DE JESUS

Conheça a grandeza da atuação de Maria Madalena, Paulo, Pedro, João e diversos outros personagens. *Os Apóstolos de Jesus* desvenda a atuação daqueles seres humanos que tiveram o privilégio de conviver com Cristo, dando ao leitor uma imagem inédita e real!

ISBN 85-7279-071-3 • 256 p.

QUEM PROTEGE AS CRIANÇAS?
de Antonio Ricardo Cardoso, ilustrações de Maria de Fátima Seehagen e Edson J. Gonçalez

Qual o encanto e o mistério que envolve o mundo infantil? Entre versos e ilustrações, o mundo invisível dos guardiões das crianças é revelado, resgatando o conhecimento das antigas tradições que ficaram perdidas no tempo.

Literatura Infantojuvenil • *Capa dura* • ISBN 85-7279-081-0 • 24 p.

REFLEXÕES SOBRE TEMAS BÍBLICOS
de Fernando José Marques

Neste livro, trechos como a missão de Jesus, a virgindade de Maria de Nazaré, Apocalipse, a missão dos Reis Magos, pecados e resgate de culpas são interpretados sob nova dimensão. Obra singular para os que buscam as conexões perdidas no tempo!

Edição de bolso • ISBN 978-85-7279-078-9 • 176 p.

ZOROASTER

A vida empolgante do profeta iraniano, Zoroaster, o preparador do caminho Daquele que viria, e posteriormente Zorotushtra, o conservador do caminho. Neste livro são narrados de maneira especial suas viagens e os meios empregados para tornar seu saber acessível ao povo.

ISBN 85-7279-083-7 • 288 p.

Veja em nosso site os títulos disponíveis em formato
e-book e em outros idiomas: www.graal.org.br

Correspondência e pedidos

Ordem do Graal na Terra

Rua Sete de Setembro, 29.200 – CEP 06845-000
Embu das Artes – SP – BRASIL
Tel.: (11) 4781-0006
www.graal.org.br
graal@graal.org.br

Fonte: Times
Papel: Chambril Avena 70g/m²
Impressão: Corprint Gráfica e Editora Ltda.